# Tua per Sempre, Lara Jean

Le citazioni alle pp. 4 e 331 sono tratte da *Anna dai capelli rossi* di Lucy Maud Montgomery, traduzione di Maria Bastanzetti, Edizioni Piemme, Milano 2014.

www.edizpiemme.it

Titolo originale: *Always and Forever, Lara Jean*


Pubblicato per PIEMME da Mondadori Libri S.p.A.
I Edizione 2018
I Edizione Pickwick 2018
Nuova Edizione 2020

ISBN 978-88-566-7584-9

Anno 2020-2021-2022 Edizione 1 2 3 4 5 6 7 8 9 10

Finito di stampare presso Grafica Veneta S.p.A.
Via Malcanton, 2 – Trebaseleghe (PD)
Printed in Italy

# 1

Mi piace guardare Peter quando non sa che lo sto osservando. Mi piace contemplare la linea dritta della sua mascella, la curva del suo zigomo. C'è un candore sul suo volto, un'innocenza... un particolare tipo di gentilezza. È quella gentilezza che mi tocca il cuore più di ogni altra cosa.

È un venerdì sera e dopo la partita di lacrosse siamo venuti a casa di Gabe Rivera. La nostra scuola ha vinto, quindi siamo su di giri; Peter più degli altri perché è stato lui a segnare il punto decisivo. In questo momento è dall'altra parte della stanza a giocare a poker con alcuni compagni di squadra, la sedia in equilibrio su due gambe, all'indietro, la schiena contro il muro, i capelli ancora umidi per la doccia del dopo partita. Io, invece, sono sul divano con i miei amici Lucas Krapf e Pammy Subkoff, che sfogliano l'ultimo numero di «Teen Vogue» e discutono se Pammy debba o meno farsi la frangia.

«Tu che ne pensi, Lara Jean?» chiede Pammy, passandosi le dita tra i capelli color carota. Pammy è una ragazza che ho conosciuto perché esce con Darrell, un amico di Peter. Ha il volto di una bambola, tondo come una ciambella, e spruzzatine di lentiggini su viso e spalle.

«Ecco, io credo che la frangia sia una scelta importante, da non decidere sull'onda di un capriccio passeggero. Dipende da quanto in fretta ti crescono i capelli, per esempio: potresti metterci un anno, anche di più, per riaverli lunghi. Secondo me sarebbe meglio aspettare l'autunno perché in estate la frangia può rivelarsi appiccicosa, sudaticcia e irritante...» I miei occhi tornano a posarsi su Peter, che alza lo sguardo, si accorge che lo sto osservando e solleva le sopracciglia con aria interrogativa. Mi limito a sorridere e a scuotere la testa.

«Allora niente frangia?»

Sento il cellulare vibrare nella borsa. È Peter.

Vuoi che andiamo?

No.

Allora perché mi stavi guardando?

Perché mi andava di farlo.

Lucas legge da dietro le mie spalle. Lo spingo via e lui scuote il capo dicendo: «Davvero vi messaggiate quando siete a pochi metri l'uno dall'altro?».

Pammy arriccia il naso e dice: «Che dolci».

Sto per replicare quando alzo gli occhi e vedo Peter venire nella mia direzione in modo deciso. «È ora di portare la mia ragazza a casa» dice.

«Che ore sono?» chiedo. «È già così tardi?» Peter mi tira su dal divano e mi aiuta a infilare la giacca. Poi mi prende per mano e mi guida attraverso il soggiorno. Mi volto a guardare gli amici salutando con la mano: «Ciao,

Lucas! Ciao, Pammy! Comunque staresti benissimo con la frangia!».

«Perché tanta fretta?» chiedo a Peter che mi costringe a camminare velocemente attraverso il cortile sino alla strada dove ha parcheggiato la macchina.

Si ferma davanti all'auto, poi mi tira a sé e mi bacia. «Non riesco a concentrarmi sulle carte quando mi guardi in quel modo, Covey.»

«Mi dispiace» sto per dire, ma Peter mi bacia di nuovo, le mani premute contro la mia schiena.

Mentre saliamo in macchina lo sguardo mi cade sul cruscotto: è soltanto mezzanotte. «Ho ancora un'ora prima di dover rientrare. Che cosa facciamo?»

Tra le persone che conosco, io sono l'unica ad avere un orario da rispettare. Quando scocca l'una, mi trasformo in una zucca. Ormai nessuno si stupisce più: la ragazza-a-modo di Peter Kavinsky che deve essere a casa entro l'una in punto. Onestamente, non mi ha mai dato fastidio. Non è che mi perda chissà quale meraviglia... com'è quel vecchio detto? Dopo le due di notte non succede più niente. A meno che non si trovi divertente guardare qualcuno che gioca a Flip Cup. Non io. Io preferisco il mio pigiama di flanella, una tisana rilassante e un buon libro. Assolutamente.

«Andiamo a casa tua. Entro un attimo a salutare tuo padre e mi fermo per un po'. Potremmo finire di guardare *Aliens*.» Peter e io abbiamo scritto una lista di film che comprende quelli scelti da me (che lui non ha visto), quelli scelti da lui (che io non ho visto) e quelli che nessuno dei due ha ancora visto. *Aliens* è uno dei suoi e ho scoperto che non è affatto male. E anche se una volta Peter ha detto che non ama le commedie romantiche,

*Insonnia d'amore* gli è piaciuto molto. Per me è stato un sollievo perché non so se potrei stare con qualcuno che non ama quel film.

«Non torniamo subito a casa» propongo. «Andiamo da qualche parte.»

Peter ci pensa un attimo, tamburella con le dita sul volante e poi dice: «Mi è venuto in mente un posto».

«Dove?»

«Aspetta.» Peter abbassa i vetri e l'aria fresca della notte entra nell'auto.

Mi appoggio allo schienale. Le strade sono vuote, quasi tutte le case hanno le finestre buie. «Fammi indovinare. Stiamo andando in caffetteria perché hai voglia di pancake ai mirtilli.»

«No.»

«Mmm. È troppo tardi per andare da Starbucks e Biscuit Soul Food è chiuso.»

«Ehi, guarda che non mi interessa solo mangiare» protesta Peter. Poi chiede: «C'è ancora qualche biscotto?».

«Se Kitty non se li è mangiati tutti.» Metto il braccio fuori dal finestrino e lo lascio penzolare. È una delle ultime sere in cui c'è ancora abbastanza fresco da avere bisogno di una giacca.

Con la coda dell'occhio guardo il profilo di Peter. A volte non riesco a credere che sia mio. Il più bel ragazzo fra tutti i bei ragazzi è mio, tutto mio.

«Che c'è?» chiede.

«Niente.»

Dieci minuti dopo siamo dentro il campus dell'Università della Virginia, anche se nessuno lo chiama campus: è l'UVA e basta. Peter parcheggia a lato della strada.

È tranquillo per essere la notte di venerdì in una cittadina universitaria, ma è la settimana delle vacanze di primavera e molti ragazzi sono via.

Camminiamo attraverso il prato, mano nella mano, quando di colpo vengo assalita da un'ondata di panico. Mi fermo e chiedo: «Ehi, non pensi che possa portarmi sfortuna venire qui prima di essere stata ammessa?».

Peter ride. «Non è un matrimonio. Non stai per sposare questo posto.»

«Per te è facile, sei già dentro.»

Peter ha un accordo verbale con la squadra di lacrosse dell'Università della Virginia che risale allo scorso anno, e ha presentato una domanda di iscrizione anticipata in autunno. Come la maggior parte degli studenti che praticano sport a buon livello, gli bastavano voti accettabili per essere ammesso. Quando ha avuto la conferma ufficiale, lo scorso gennaio, sua madre ha organizzato una festa e io ho preparato una torta con una scritta di glassa gialla che diceva: *Vado a vincere con l'UVA*.

Peter mi tira per la mano ed esclama: «Andiamo, Covey. Siamo noi gli artefici della nostra fortuna. E poi siamo già stati qui due mesi fa al Miller Center».

«Ah, è vero.»

Riprendiamo a camminare sul prato. Adesso so dove stiamo andando. Alla Rotunda, per sederci sulla gradinata. La Rotunda è stata disegnata da Thomas Jefferson, il fondatore della scuola, sul modello del Pantheon, con il colonnato bianco e la grande cupola. Peter corre su per i gradini di mattoni, stile Rocky, e una volta in cima si siede a terra. Io mi sistemo davanti a lui, appoggiandomi con la schiena al suo corpo. «Sai che cosa rende unica l'Università della Virginia? Il suo centro, che si trova proprio dentro alla Rotunda, è una biblioteca e non una chiesa. Jefferson credeva che scuola e religione dovessero rimanere due cose separate.»

«L'hai letto nell'opuscolo?» mi prende in giro Peter baciandomi sul collo.

«Ce l'hanno detto durante la visita guidata dell'anno scorso» rispondo con tono sognante.

«Non me l'avevi raccontato. Perché fare un tour del posto, proprio tu che sei di qui? Ci sarai stata un milione di volte!»

Ha ragione, ci sono stata un milione di volte. Sono cresciuta qui con la mia famiglia. Quando mamma era ancora viva andavamo a sentire i cori a cappella, che le piacevano molto. Abbiamo anche una foto tutti insieme sul prato. E nei giorni di bel tempo, dopo essere stati in chiesa, venivamo qui a fare un picnic.

Mi volto per guardare Peter. «Ho fatto il tour guidato perché volevo sapere tutto su questa università! Cose che anche chi vive qui non sa. Per esempio, tu lo sai quando hanno permesso alle donne di frequentare l'università?»

Peter si gratta la nuca. «Mmm... non saprei. Quando è stata fondata la scuola? Nei primi dell'Ottocento? Nel 1920?»

«No. Era il 1970.» Mi volto di nuovo verso il prato. «Dopo centocinquant'anni.»

«Wow. Ma è pazzesco» esclama Peter, incuriosito. «Dai, raccontami qualcos'altro.»

«È l'unico college statunitense a essere stato nominato Patrimonio dell'Umanità dall'Unesco.»

«Ok, basta così» dice Peter. «Adesso spiegami perché muori dalla voglia di entrare in quest'università.»

«Dimmelo tu, prima. Perché sei così felice all'idea?»

«Semplice» risponde immediatamente. «Per correre nudo sul prato con te.»

«È questo che aspetti con ansia? Scorrazzare in giro senza vestiti?» Poi aggiungo in fretta: «Sia chiaro che io non farò mai una cosa del genere».

Peter si mette a ridere. «È la tradizione dell'UVA. Pensavo che ci tenessi alle tradizioni.»

«Peter!»

«Sto scherzando.» Si sporge in avanti e mi cinge le spalle, strofinandomi il naso sul collo. Peter adora sfiorarmi il collo così. «Tocca a te.»

Mi concedo un minuto per pensarci. Se sarò ammessa, che cosa mi piacerebbe fare? Sono così tante le cose, che a malapena riesco a elencarle tutte. Mi piacerà mangiare waffle ogni giorno con Peter. Scendere in slittino con lui dalla collina dell'Osservatorio in inverno. I picnic nella bella stagione. Restare svegli sino a notte fonda a parlare, svegliarsi e parlare ancora. Fare il bucato in lavanderia la sera tardi e decidere di partire per un viaggio all'ultimo momento. Fare... qualunque cosa. Alla fine dico: «Non voglio gufare».

«E dai!»

«E va bene! Penso che la cosa che mi attiri di più sia poter andare nella sala McGregor ogni volta che ne avrò voglia.» La gente la chiama la stanza di Harry Potter, perché ci sono tappeti, candelabri, poltrone di cuoio e ritratti appesi ai muri. Gli scaffali occupano le pareti da cima a fondo e i libri, preziosissimi, sono protetti da grate di metallo. È una stanza d'altri tempi. Silenziosa, quasi autorevole. Un'estate, dovevo avere cinque o sei anni perché Kitty non era ancora nata, mamma seguiva un corso all'università. Margot e io disegnavamo o leggevamo, mentre lei studiava. La mamma la chiamava la "biblioteca magica" perché Margot e io non litigavamo mai lì dentro. Restavamo quiete come topolini: tutti quei libri, tutti quei ragazzi concentrati ci intimidivano.

Peter sembra deluso. Immagino si aspettasse qualcosa da fare insieme, io e lui. Diciamo che, per il momento, voglio tenere quelle speranze solo per me.

«Puoi venire nella sala McGregor» aggiungo. «Ma devi promettere di non fare rumore.»

«Lara Jean,» mi dice Peter con tono affettuoso «solo tu puoi desiderare con tutto il cuore di frequentare una biblioteca.»

In realtà, a giudicare anche solo da Pinterest, sono sicurissima che a un sacco di gente piacerebbe avere a disposizione una biblioteca così bella. Semplicemente non sono le persone che conosce Peter. Lui pensa che la sua ragazza sia un tipo molto originale. E non sarò io a informarlo del fatto che, in realtà, non lo sono poi tanto, e che siamo in molti a essere felici di poter stare a casa a preparare biscotti, incollare foto e ritagli sull'album dei ricordi e di visitare biblioteche. Anche se la maggior parte di queste persone probabilmente è sulla cinquantina... Comunque, mi piace il modo in cui mi guarda, come se fossi una ninfa dei boschi incontrata per caso che ha dovuto portare a casa e tenere con sé.

Estrae il cellulare dalla tasca della felpa. «È mezzanotte e mezza. Dovremmo andare.»

«Di già?» chiedo sospirando. Mi piace essere qui in piena notte. Sembra che l'intero posto ci appartenga.

Nel mio cuore c'è sempre stata l'UVA. Non mi sono mai aspettata davvero di andare da nessun'altra parte, non l'ho nemmeno mai preso in considerazione. Avevo pensato di iscrivermi subito, insieme a Peter. Ma la mia tutor, la signora Duvall, mi ha dissuasa da un'iscrizione prima del tempo. Pensava che fosse meglio aspettare che la commissione esaminatrice avesse la possibilità di vedere i miei voti del primo quadrimestre. Secondo la signora Duvall è sempre meglio fare domanda quando si è all'apice.

E così ho finito per presentare domanda in cinque università diverse. Per prima l'UVA, quella in cui è più difficile essere ammessi e che è solo a quindici minuti da casa mia; poi la William and Mary, seconda in ordine di difficoltà, a due ore da qui; come terza scelta, a pari merito, l'università di Richmond e la James Madison, entrambe a circa un'ora di distanza. Queste quattro sono tutte entro i confini dello Stato. Ma la signora Duvall mi ha convinta a fare domanda anche presso l'università di un altro Stato, perché è sempre meglio avere anche quell'opzione; così ho spedito la domanda anche all'Università del Nord Carolina, la UNC di Chapel Hill. Lì è davvero difficile essere ammessi, ma ho fatto un tentativo ugualmente perché mi ricorda l'UVA. Ha un ottimo programma di studi umanistici ed è abbastanza vicina per tornare a casa velocemente, se fosse necessario.

Ma se potessi, sceglierei l'UVA sempre e comunque. Io non ho mai voluto allontanarmi da casa. Io non sono come mia sorella Margot. Il suo sogno era andarsene da qui. Lei ha sempre aspirato a conoscere il mondo. Invece io desidero solo restare qui e, siccome per me l'UVA è casa, questo è il motivo per cui l'ho presa come metro di paragone per valutare le altre. Per me è il campus ideale, dove tutto è perfetto. E poi c'è Peter, naturalmente.

Restiamo seduti ancora un poco, mentre racconto a Peter qualche altro aneddoto sull'università e lui mi prende in giro. Poi mi accompagna a casa. Le luci al piano terra sono spente, ma in camera di papà no. Non va mai a letto prima che io sia rientrata. Faccio l'atto di scendere, ma Peter si allunga e mi blocca proprio mentre sto per aprire lo sportello. «Dammi un bacio della buonanotte come si deve.»

«Peter! Devo andare» rispondo ridendo.

Senza ascoltare ragioni chiude gli occhi e resta in attesa. Mi chino su di lui e gli do un rapido bacio sulle labbra. «Ecco. Soddisfatto?»

«No.» Mi bacia di nuovo, come se avessimo tutto il tempo del mondo e chiede: «Che cosa succederebbe se tornassi dopo che tutti sono andati a dormire, passassi la notte con te e me ne andassi al mattino presto? Diciamo, prima dell'alba?».

«Non puoi, quindi non lo sapremo mai» rispondo sorridendo.

«Ma se lo facessi?»

«Mio padre mi ucciderebbe.»

«No, non lo farebbe.»

«Ucciderebbe te.»

«No, non lo farebbe.»

«No, in effetti» ammetto. «Ma sarebbe deluso da me. E furioso con te.»

«Solo se ci beccasse» dice Peter, ma non sembra molto convinto. Nemmeno lui rischierebbe. Ci tiene troppo a restare nelle grazie di papà. «Sai cosa aspetto più di ogni altra cosa?» Mi dà una tirata alla treccia e dice: «Il momento in cui non ci dovremo più dare la buonanotte. Odio darti la buonanotte».

«Anch'io.»

«Non vedo l'ora di essere al college con te.»

«Anch'io» ripeto e lo bacio un'ultima volta, prima di scendere dalla macchina e correre verso casa. Mentre mi allontano, alzo gli occhi e guardo la luna e le stelle che coprono il cielo come una coperta ed esprimo un desiderio. *Caro Dio, ti prego, ti prego, fammi entrare all'UVA.*

# 2

«Che cosa metto sulla parrucca di Marie, il glitter rosa o quello dorato?» Sollevo un uovo di Pasqua verso lo schermo del computer per farlo vedere a Margot. Ho dipinto di verde acqua la superficie su cui poi ho incollato un cammeo di Maria Antonietta usando la tecnica del *découpage*.

«Avvicinalo» dice Margot fissando la videocamera. È in pigiama e sul viso ha una maschera di bellezza. I capelli le sono cresciuti oltre le spalle, quindi ben presto li taglierà. Penso che li terrà sempre corti, ormai. Le stanno benissimo.

In Scozia, da lei, è notte mentre qui è ancora pomeriggio. Siamo separate da cinque ore di fuso orario e da oltre cinquemilaseicento chilometri. Margot è nella sua stanza, nel dormitorio, mentre io sono al tavolo della cucina circondata da uova di Pasqua e da ciotoline di colore e brillantini e piumette candide che ho tenuto dalle decorazioni dello scorso Natale. Ho il portatile appoggiato su una pila di libri di ricette. Margot mi tiene compagnia mentre finisco di preparare le uova. «Penso che farò un bordo di perline che corre tutto attorno, se può esserti utile per decidere» la informo.

«Allora direi rosa» risponde, sistemandosi meglio la maschera di garza sul viso. «Il rosa si nota di più.»

«Era quello che pensavo anch'io» concordo, poi riprendo a spolverare l'uovo di glitter con un vecchio pennellino da ombretto. La notte scorsa ho passato ore a togliere i tuorli dalle uova. Se ci fosse stata Kitty con me, sarebbe stato divertente, ma Madeline Klinger l'aveva invitata a casa sua e quindi mi ha abbandonato. Un invito da parte di Madeline Klinger è un'occasione rara e importante, per cui, naturalmente, non la biasimo.

«Manca poco alla risposta, vero?»

«Entro il mese» dico iniziando ad allineare le perline. Una parte di me vorrebbe sapere il risultato in fretta, ma l'altra, invece, è felice di ritardare il momento della verità, di avere ancora tempo per sperare.

«Sarai ammessa» afferma Margot e la frase suona come una sentenza. Tutti quelli che mi conoscono sembrano convinti che la mia ammissione all'università sia scontata. Peter, le mie sorelle, papà. La mia tutor, la signora Duvall. E anche se non lo direi mai a voce alta, per scaramanzia, anch'io, dentro di me, ne sono convinta. Ho lavorato sodo e ricevuto voti d'ammissione alti. Ho fatto tutto bene. Ma sarà abbastanza? Ormai non mi resta che aspettare e sperare. E sperare e ancora sperare.

Sono tutta presa a incollare un cerchietto bianco sulla cima del mio uovo, quando mi fermo di colpo e lancio un'occhiata sospettosa a mia sorella. «Aspetta un momento. Se sarò ammessa, cercherai di convincermi a rinunciare, solo per farmi "spiccare il volo"?»

Margot ride e la maschera le scivola giù dal viso.

«No, credo che tu sappia qual è la cosa migliore per te.»

Lo pensa davvero. Lo so e le sue parole lo rendono reale. Anch'io ho fiducia in me stessa. Sono certa che quando arriverà il momento saprò che cosa è meglio per me. E per me l'UVA è il meglio. Ne sono convinta. «L'unica cosa che ti dirò è di farti degli amici tuoi. Peter ne avrà un sacco grazie al lacrosse, ma le persone con cui farà amicizia non saranno necessariamente le stesse che sceglieresti tu. Quindi fatti delle tue amicizie. Trova le persone giuste. L'Università della Virginia è grande.»

«Lo farò» le prometto.

«E iscriviti all'associazione asiatica. L'unica cosa che mi sembra di avere perso, studiando in un altro paese, è il gruppo asio-americano. È molto importante andare al college e trovare la tua identità culturale. Come, per esempio, Tim.»

«Tim chi?»

«Tim Monahan, il mio compagno di classe.»

«Ah, Tim» dico. Tim Monahan è coreano ed è stato adottato. Non ce ne sono molti di ragazzi asiatici nella nostra scuola, quindi ci conosciamo tutti, per lo meno di vista.

«Non girava mai con ragazzi asiatici alle superiori, poi è andato al Virginia Tech, ha conosciuto un sacco di studenti coreani e adesso è presidente della confraternita asiatica.»

«Wow!»

«Sono contenta che quelle congregazioni tramandate dall'antica Grecia non siano diffuse nel Regno Unito. Non avrai intenzione di unirti a una di quelle confraternite femminili, vero?», poi aggiunge in fretta: «Ma non ti giudicherei se lo facessi!».

«Non ci ho ancora pensato.»

«Peter probabilmente si unirà a una confraternita maschile.»

«Nemmeno lui ne ha parlato...» Ma anche se non ne ha parlato, immagino che probabilmente lo farà.

«Ho sentito dire che è dura se il tuo ragazzo fa parte di uno di quei gruppi e tu no. I gruppi femminili e quelli maschili si incontrano a feste che sono aperte solo ai membri dei due gruppi, cose così insomma. Non so. A me sembra una scemenza, ma potrebbe valerne la pena. Mi hanno detto che le confraternite femminili amano dedicarsi a lavori artigianali» dice guardandomi con le sopracciglia sollevate.

«E per restare in argomento...» dico sollevando l'uovo «ta-da!»

Margot si avvicina allo schermo per guardare bene. «Dovresti farlo professionalmente! Fammi vedere le altre.»

Sollevo la scatola. Ci sono una dozzina di uova: rosa pallido con decorazioni a zigzag rosa fluo, blu elettrico e giallo limone, oppure lilla con fiori di lavanda incollati. Ne avevo comprato un sacchetto mesi fa per una crème brûlée alla lavanda, ed era rimasto a rubare spazio in dispensa.

«Che cosa ci vuoi fare?» chiede Margot.

«Le voglio portare a Belleview così possono esporle alla reception. È sempre così triste e spoglio, lì.»

Margot si appoggia ai cuscini. «Come stanno a Belleview?»

«Bene. Sono stata così occupata con le domande di ammissione e lo studio per l'ultimo anno che non sono riuscita ad andarci spesso come prima. Ora che non lavoro più lì, è molto più complicato trovare il tempo.» Osservo l'uovo che ho in mano. «Penso che questo lo regalerò a Stormy. È proprio il suo stile.» Sistemo l'uovo Maria Antonietta sulla mensola ad asciugare, poi prendo quello color lavanda e inizio a incollare delle perline violetto. «Ho intenzione di andarci più spesso, in futuro.»

«Quando verrò a casa per le vacanze primaverili, ci andremo insieme. Voglio presentare Ravi a Stormy.»

Ravi è il ragazzo di Margot da sei mesi. I suoi genitori sono indiani, ma lui è nato a Londra, quindi ha un accento molto ricercato, come potete immaginare. «Hai l'accento del principe William» gli ho detto quando ci siamo incontrati su Skype. Lui ha riso e ha risposto: «Grazie». Ha due anni in più di Margot e, forse perché è più grande o magari perché è inglese, sembra un tipo molto sofisticato e completamente diverso da Josh. Non uno snob, solo diverso. Più colto, probabilmente perché vive in una grande città e può andare a teatro quando vuole, incontrare persone importanti e roba simile, visto che sua madre è una diplomatica. Quando l'ho detto a Margot, lei ha riso e ha risposto che non lo conosco bene, che Ravi in realtà è un vero nerd, per niente raffinato e che non ha nulla in comune col principe William. «Non lasciarti ingannare dall'accento» ha detto. Margot porterà Ravi a casa nostra per le prossime vacanze di primavera, quindi potrò farmi un'idea molto presto. Ravi resterà da noi due giorni e poi andrà in Texas a trovare dei parenti, mentre Margot rimarrà per tutta la settimana.

«Non vedo l'ora di incontrarlo di persona» dico e lei si illumina.

«Ti piacerà molto.»

Non ho dubbi. Mi piace chiunque piaccia a Margot, ma la cosa davvero importante è che adesso che Margot ha conosciuto Peter, ha capito quanto sia speciale. Quando Ravi sarà qui potremo uscire insieme, un vero appuntamento a quattro.

Io e mia sorella ci siamo innamorate nello stesso periodo ed è bellissimo poter condividere una cosa del genere.

# 3

L'indomani mattina metto il lucidalabbra color papavero che piace a Stormy, sistemo le uova di Pasqua in un cestino bianco di vimini e guido sino a Belleview. Faccio una sosta alla reception per lasciare le uova e fare due chiacchiere con Shanice. Le chiedo se ci sono novità e lei mi racconta che sono arrivati due nuovi volontari, entrambi studenti dell'Università della Virginia, meglio conosciuta come UVA, cosa che mi fa sentire un po' meno in colpa per essermi fatta vedere poco.

Dopodiché, vado da Stormy con l'uovo di Pasqua che ho realizzato per lei. Mi apre la porta in kimono cachi e rossetto in tinta, urlando: «Lara Jean!», mi abbraccia e aggiunge preoccupata: «Stai guardando la mia ricrescita, vero? Lo so, avrei bisogno di una tinta».

«Si nota appena.»

L'uovo Maria Antonietta le piace molto, infatti dice che non vede l'ora di farlo vedere ad Alicia Ito, un'amica con cui è in competizione. «Ne hai portato uno anche a lei?»

«Solo a te» rispondo e i suoi occhi chiari si illuminano.

Una volta sedute sul suo divano, Stormy agita un dito nella mia direzione dicendo: «Devi essere davvero pazza del tuo giovanotto, visto che non ti sei più fatta vedere».

«Mi dispiace» rispondo sentendomi colpevole. «Verrò a trovarti più spesso adesso che le domande di ammissione al college sono inoltrate.»

«Bah.»

Quando Stormy è di quest'umore la cosa migliore è assecondarla e coccolarla. «Ho solo fatto quello che mi avevi suggerito tu.»

«Che cosa ti avevo suggerito?» chiede inclinando la testa.

«Mi avevi raccomandato di uscire un sacco e divertirmi, proprio come facevi tu.»

Stringe le labbra colorate cercando di non sorridere. «Be', ti ho dato un ottimo consiglio. Tu dai retta a Stormy e tutto filerà liscio come l'olio. Ora raccontami qualcosa di eccitante.»

«La mia vita non è molto eccitante» dico ridendo.

Scuote il capo. «Non hai qualche festa in arrivo? Quand'è il ballo di fine anno?»

«A maggio.»

«E ce l'hai un vestito?»

«Non ancora.»

«Sarà meglio darti una mossa. Non vuoi che un'altra ragazza ti soffi il vestito, no?» mi osserva per un po' e poi aggiunge: «Con la tua carnagione dovresti indossare il rosa». Poi guarda in alto facendo schioccare le dita. «A proposito! C'è qualcosa che voglio darti.» Si alza e sparisce nella sua camera da letto. Quando torna, ha in mano una scatolina di velluto.

La apro e rimango senza fiato. È il suo il diamante rosa! Quello che le regalò il veterano che perse la gamba in guerra. «Stormy, non posso accettarlo.»

«Oh, prendilo. Sei la ragazza giusta per portarlo.»

Lentamente estraggo l'anello e lo infilo all'anulare sinistro e, mio Dio, come brilla. «È bellissimo! Ma davvero non dovrei...»

«È tuo, tesoro» dice strizzandomi l'occhio. «Ascolta le mie parole, Lara Jean. Non dire mai di no, quando in realtà vorresti dire di sì.»

«Allora... sì! Grazie, Stormy! Ti prometto che ne avrò cura.»

Mi dà un bacio sulla guancia. «Ne sono certa.»

Quando arrivo a casa, per prima cosa, lo metto al sicuro nella scatola dei miei gioielli.

Più tardi, quello stesso giorno, mi trovo in cucina con Kitty e Peter ad aspettare che i miei biscotti si raffreddino. Ho passato le ultime settimane a cercare di perfezionare la mia ricetta dei biscotti con le gocce di cioccolato, con Peter e Kitty come fedeli compagni di avventura. A Kitty piace un tipo di biscotto al cioccolato sottile, mentre Peter preferisce quelli più morbidi. Il mio biscotto ideale è una via di mezzo tra i due. Croccante *e* morbido. Di un bel marrone intenso, non smorto e con un buon profumo. Non sottilissimo, ma nemmeno troppo alto. Ecco il tipo di biscotto che sto tentando di sfornare.

Ho letto un sacco di blog, passato in rassegna centinaia di foto: biscotti con solo zucchero bianco contro biscotti di solo zucchero scuro, o con zucchero chiaro e scuro in parti uguali; con il bicarbonato al posto del lievito in polvere; con il baccello di vaniglia e non l'estratto; con il cioccolato in scaglie invece del cioccolato a pezzi in alternativa al cioccolato in barrette. Ho provato a congelare l'impasto in un'unica palla. Ho provato a congelarlo sotto forma di tronchetto. Ho appiattito le palline con la base di un bicchiere prima di congelarle. Ho congelato le palline prima di appiattirle. Nonostante ciò, i miei biscotti continuano a gonfiarsi troppo.

Questa volta ho usato molto meno lievito, eppure i biscotti sono troppo gonfi e io avrei voglia di buttare via tutto. Cosa che, naturalmente, non faccio perché sarebbe uno spreco di ottimi ingredienti. Così dico a Kitty: «Settimana scorsa sei stata sgridata per avere chiacchierato in classe, vero?». Kitty annuisce. «Porta i biscotti alla tua insegnante, dille che li hai fatti tu e che ti dispiace.»

La verità è che non so più a chi regalare i miei biscotti. Ne ho già dati al lattaio, all'autista del bus di Kitty, alle infermiere dell'ospedale in cui lavora papà...

«Che cosa farai quando avrai trovato la ricetta giusta?» mi chiede Kitty con la bocca piena di briciole.

«Sì, qual è lo scopo?» chiede Peter. «Voglio dire, a chi importa se un biscotto al cioccolato è leggermente migliore del precedente biscotto al cioccolato? Resta sempre un biscotto al cioccolato.»

«Lo scopo è sapere che ho la ricetta perfetta. Il piacere di poterla tramandare alla prossima generazione di ragazze Song.»

«O di ragazzi» dice Kitty.

«O di ragazzi» concordo. «Ora vai di sopra e prendimi un contenitore di vetro per questi biscotti. E un nastro.»

«Ne porti qualcuno a scuola, domani?»

«Vedremo» rispondo, perché voglio vedere sul suo viso quell'espressione imbronciata che mi piace tanto. «Sei peggio di un bimbo piccolo.»

«Ma ti piace» dice facendo quel broncio incantevole e afferrando un altro biscotto. «Iniziamo a guardare il film. Ho promesso a mia madre che sarei andato al negozio e l'avrei aiutata a spostare dei mobili.» La madre di Peter ha un negozio di antichità, Linden & White, e Peter l'aiuta quando può.

Il film della nostra lista di oggi è *Romeo + Juliet*, la versione del 1999 con Leonardo Di Caprio e Claire Danes. Kitty l'ha già visto una dozzina di volte, io solo a pezzi e Peter mai.

Kitty trascina il suo cuscinone giù dalle scale e si sistema sul pavimento, con una confezione gigante di popcorn. Il nostro terrier, Jamie Fox-Pickle, si piazza subito accanto a lei nella speranza di raccogliere le briciole da terra. Peter e io restiamo sul divano, accoccolati sotto la coperta che Margot ci ha spedito dalla Scozia.

Dal momento in cui Leo appare sullo schermo nel suo completo blu, ho il cuore in gola. È come un angelo, un bellissimo angelo ferito.

«Come mai è così stressato?» chiede Peter allungandosi per prendere una manciata di popcorn da Kitty. «È una specie di principe?»

«No, non è un principe» rispondo. «È solo ricco. La sua è una famiglia molto potente.»

«È il ragazzo dei miei sogni» dichiara Kitty.

«Be', ormai è grande» dico senza staccare gli occhi dallo schermo. «Ormai ha l'età di papà.» E comunque...

«Ehi, aspetta un momento, pensavo di essere io il ragazzo dei tuoi sogni» interviene Peter. Non sta parlando con me, ma con Kitty. Lui sa che il ragazzo dei miei sogni è Gilbert Blythe, il protagonista di *Anna dai capelli rossi*. Bello, leale e bravo a scuola.

«Che schifo» dice Kitty. «Sei come un fratello per me.»

Peter sembra davvero ferito, così cerco di consolarlo con dei colpetti d'incoraggiamento sulla spalla.

«Non ti sembra un po' magrolino?» chiede Peter.

Io gli faccio segno di tacere, ma lui insiste: «Non capisco, voi parlate durante il film e io vengo zittito. È odioso».

«È casa nostra» replica Kitty.

«Tua sorella mi dice di stare zitto anche a casa mia!»

Lo ignoriamo entrambe.

Nell'opera di Shakespeare, Romeo e Giulietta non hanno nemmeno quindici anni, mentre nel film ne hanno almeno diciassette o diciotto. Comunque, due adolescenti. Come fanno a sapere che ne valeva la pena? Uno sguardo attraverso l'acquario è sufficiente? Come sapevano che era un amore per cui valeva la pena morire? Perché lo sanno. Ci credono. Immagino che la differenza sia che a quei tempi le persone si sposavano giovanissime. Realisticamente, *finché morte non ci separi* significava quindici o vent'anni al massimo.

Eppure, quando i loro occhi si incontrano attraverso l'acquario... quando Romeo va sotto il balcone di Giulietta e le dichiara il suo amore... non posso farci niente: ci credo anch'io. So che si conoscono appena, che la loro storia è finita prima ancora di iniziare, che la parte difficile sarebbe stata la vita di ogni giorno, scegliere di stare insieme nonostante i problemi. Eppure, sono sicura che sarebbero riusciti a far funzionare le cose, se soltanto avessero vissuto abbastanza.

Mentre scorrono i titoli di coda, sento le lacrime salirmi agli occhi e vedo che anche Peter è triste, mentre la piccola Kitty, del tutto indifferente, balza in piedi e annuncia che è l'ora dei bisognini per Jamie Fox-Pickle. Dopo che mia sorella è uscita, io resto sul divano in preda alle emozioni, ad asciugarmi le lacrime.

«È stato proprio amore a prima vista» dico con voce roca.

«Che cosa si intende per amore a prima vista?» chiede Peter, sdraiato su un fianco con la testa appoggiata a una mano. Ha un'aria così adorabile che vorrei dargli un buffetto sulla guancia, ma mi trattengo.

«Amore a prima vista è quando due persone si incontrano e restano abbagliate l'una dall'altra e tu capisci che finiranno con lo stare insieme. Più forte è l'attrazione al primo sguardo, meglio è.»

«Come quando in *Terminator* Reese salva Sarah Connor e dice: "Vieni con me se vuoi vivere". È una battuta incredibile.»

«Ecco, be', immagino che in un certo senso... comunque, io pensavo più a qualcosa come *Accadde una notte*. Dovremmo aggiungerlo alla nostra lista.»

«È a colori o in bianco e nero?»

«Bianco e nero.»

Peter geme e si accascia sui cuscini.

«Che brutto, noi non ci siamo innamorati a prima vista» dico.

«Mi sei saltata addosso nel corridoio della scuola. Secondo me è un po' amore a prima vista.»

«Ma ci conoscevamo già, quindi non vale» replico aggrottando la fronte. «Non ci ricordiamo nemmeno come ci siamo conosciuti, che triste.»

«Io ricordo la prima volta che ti ho vista.»

«Ma smettila. Bugiardo!»

«Ehi, se tu non ti ricordi qualcosa, non vuol dire che l'ho scordata anch'io! Io mi ricordo di un sacco di cose.»

«Va bene, allora dimmi come ci siamo conosciuti» lo sfido. Sono sicura che qualunque cosa dirà, sarà un'invenzione.

Peter apre la bocca, poi la richiude. «Non te lo dico.»

«Ecco, vedi! Non puoi mentire...»

«No, non meriti che te lo dica, visto che non mi credi.»

Alzo gli occhi al cielo. «Ti stai inventando tutto.»

Spengo la tv e andiamo a sederci in veranda a bere il tè freddo che ho preparato la sera prima. Fuori l'aria è fresca grazie a un venticello pungente che ti fa capire che non è ancora piena primavera, ma manca poco. L'albero di corniolo in giardino ha iniziato a sbocciare. Penso che potrei restare seduta qui tutto il pomeriggio a guardare i rami che ondeggiano e le foglie che danzano.

Abbiamo ancora un po' di tempo prima che Peter debba andare ad aiutare sua madre. Andrei volentieri con lui. Starei alla cassa mentre lui sposta i mobili, ma l'ultima volta che Peter mi ha portato con sé, sua madre ha brontolato che il suo negozio era un posto di lavoro, non un "ritrovo per ragazzi". Non credo di dispiacerle e non ha niente di serio contro di me... solo non mi ha perdonato per aver lasciato Peter lo scorso anno. È gentile con me, ma sento la sua sfiducia, una sorta di "cautela". Come se una parte di lei pensasse *Aspettiamo-*

*e-vediamo-che-succede; aspettiamo e vediamo se farai di nuovo soffrire mio figlio*. Ho sempre sognato che avrei avuto un'intesa speciale con la madre del mio ragazzo. Che avremmo cucinato insieme, preso il tè, giocato a Scarabeo nei pomeriggi piovosi...

«A che cosa pensi?» mi chiede Peter. «Hai quello sguardo.»

Mi mordo il labbro inferiore e dico: «Vorrei piacere di più a tua madre».

«Ma le piaci! Se non le piacessi non ti inviterebbe a cena.»

«Mi invita per vedere te, non me.»

«Non è vero.» Credo che questo pensiero non gli fosse mai passato per la testa prima.

«Probabilmente si augura che ci lasciamo prima che inizi l'università» mi lascio sfuggire.

«Anche tua sorella.»

«Ah! Vedi? Lo ammetti!» Non so perché lo dico in modo così esultante. In realtà, questa conferma mi rattrista.

«Mamma pensa che fare sul serio, quando si è così giovani, non sia una buona idea. Non ha nulla a che vedere con te. Solo perché non ha funzionato fra lei e papà, non significa che non funzionerà per noi. Io non sono come mio padre. E tu non sei come mia madre.»

I genitori di Peter hanno divorziato quando lui era in prima media. Suo padre abita a mezz'ora da qui con la nuova moglie e due figli piccoli. Quando si tratta di suo padre, Peter si chiude. Lo nomina di rado e lo vede ancora meno. Quest'anno però, di punto in bianco, il signor Kavinsky ha cercato di riallacciare i rapporti: lo ha invitato a vedere delle partite di basket e a cenare con loro.

«Tuo padre ti somiglia? Fisicamente intendo.»

«Sì» ammette controvoglia. «Me lo dicono tutti.»

Appoggio la testa sulla sua spalla e dico: «Allora dev'essere molto bello».

«Un tempo, forse. Ora sono più alto di lui.»

Ecco una cosa che io e Peter abbiamo in comune: lui vive solo con la mamma e io vivo solo con il papà. Peter pensa che io sia più fortunata perché ho perso una madre che mi amava, mentre lui ha un padre vivo e stronzo. Parole sue, non mie. In parte sono d'accordo, perché io ho un sacco di bei ricordi di mamma, mentre lui non ne ha neanche uno di suo padre.

Mi piaceva quando, dopo il bagno, mi sedevo a gambe incrociate a guardare la tv mentre mamma mi pettinava i capelli. Ricordo che Margot odiava stare seduta a farsi spazzolare, invece a me non dava fastidio. È il tipo di ricordo che preferisco, più una sensazione che un episodio accaduto. Come l'eco di una memoria, sfocata, delicata. Un altro ricordo come quello è quando portavamo Margot alle lezioni di piano, e la mamma e io mangiavamo segretamente una coppa di gelato nel parcheggio del fast food. Caramello e gelatina di fragole; mamma mi dava la sua granella di nocciole. Una volta le chiesi come mai non le piacesse, e lei rispose che le piaceva, ma sapeva che io la *amavo*. E lei amava me.

Ma nonostante i miei ricordi, che non cambierei per nulla al mondo, so che se anche mia madre fosse stata una stronza, la vorrei qui con me. Spero che un giorno Peter la penserà allo stesso modo riguardo a suo padre.

«A che cosa pensi, Lara Jean?»

«A mia madre.»

Peter posa il suo bicchiere, si stira e appoggia il capo sul mio grembo. Alza lo sguardo verso di me e dice: «Vorrei averla conosciuta».

«Le saresti piaciuto molto» dico accarezzandogli i capelli. Poi, un po' incerta, gli chiedo: «Pensi che un giorno potrò conoscere tuo padre?».

Il suo volto si rabbuia e subito mi pento di avere sollevato l'argomento. «Non ti piacerebbe conoscerlo» risponde. «Non ne vale la pena.» Poi si stringe a me. «Ehi, Gli studenti dell'UVA escono tutti per Halloween. Magari potremmo vestirci da Romeo e Giulietta.»

Mi appoggio allo schienale, mi piace che Peter usi l'acronimo UVA per Università della Virginia. Però sta cambiando discorso e io so perché, ma decido di stare al gioco. «Potremmo vestirci come Romeo e Giulietta nella versione di Leo e Claire.»

«Sì» dice tirandomi la treccia. «Sarò il tuo cavaliere dall'armatura splendente.»

«Potresti farti crescere un po' i capelli. E magari... tingerli di biondo? Altrimenti gli altri penseranno che sei solo un cavaliere.»

Peter ride così forte che non sono sicura abbia sentito il resto della frase. «Oh, Dio, Covey. Come fai ad avere idee così assurde?»

«Stavo scherzando!» In parte. «Ma lo sai che, quando si tratta di costumi, faccio le cose seriamente. Perché fare qualcosa a metà?»

«Ok, potrei indossare una parrucca, ma non ti prometto nulla. Sarà il nostro primo Halloween all'UVA.»

«Io sono già stata a una festa di Halloween all'UVA.» Il primo autunno, dopo che Margot aveva preso la patente, abbiamo portato anche Kitty vestita da Batman. Chissà se le piacerebbe rifarlo.

«Voglio dire che finalmente potremo andare in modo ufficiale, senza intrufolarci di nascosto. Quando ero in seconda liceo, io e Gabe siamo stati cacciati dalla festa di una confraternita ed è stato il momento più imbarazzante della mia vita.»

Lo guardo sorpresa. «Tu? Tu non sei mai imbarazzato.»

«Be', quel giorno sì. Stavo cercando di parlare a una ragazza travestita da Cleopatra, quando un gruppo di studenti più grandi ci ha buttato fuori gridando cose tipo: "Fuori di qui, sfigati", mentre Cleopatra e la sua amica ridevano. Che stronzi.»

Mi abbasso e lo bacio su tutte e due le guance. «Io non riderei mai di te.»

«Tu ridi di me in continuazione» protesta. Poi solleva la testa e ci baciamo, il mento rovesciato alla maniera dell'Uomo Ragno.

«Ma a te piace» sussurro. Peter sorride e si stringe nelle spalle.

# 4

È il primo giorno della settimana senior. Nell'East Coast e nel Sud degli Stati Uniti i neodiplomati fanno festa o vanno al mare con gli amici e ogni giorno è a tema. Quello di oggi è la scuola e io indosso la maglia da lacrosse di Peter con una coda di cavallo, legata con nastri che hanno i colori della scuola, azzurro e bianco. Peter si è colorato la faccia metà azzurra e metà bianca. Quando è venuto a prendermi stamattina, ho lanciato un urlo di sorpresa.

Il resto della settimana: martedì anni Settanta, mercoledì in pigiama, giovedì giornata dedicata a un personaggio famoso (quella che aspetto di più) e venerdì gita scolastica. La scelta era tra New York e Disney World, e New York ha avuto la meglio. Stiamo via per tre giorni con un pullman a noleggio. È il momento perfetto per questo viaggio, perché stiamo impazzendo mentre attendiamo le risposte delle varie università e abbiamo tutti un disperato bisogno di distrazioni. Tutti tranne i ragazzi che sono stati ammessi in anticipo, come Peter e Luca Krapf, che andrà al Sarah Lawrence. La maggior parte della mia classe resterà nello Stato. Come dice sempre la nostra tutor, la signora Duvall, qual è il vantaggio di vivere in Virginia se non si approfitta di tutte le sue grandi università statali? Penso che sia bello che molti di noi resteranno qui, invece di sparpagliarsi ai quattro angoli del mondo.

All'ora di pranzo, mentre Peter e io ci dirigiamo in mensa, un coro a cappella sta cantando *Will you still love me tomorrow?* a una giovane studentessa. Ma hanno cambiato le parole in "Vieni al ballo con me, Gina?". Ci fermiamo un attimo ad ascoltare, prima di metterci in coda per il pranzo. Manca ancora qualche mese al ballo di fine anno, ma gli inviti sono già iniziati. Il più sensazionale l'ho visto la settimana scorsa, quando Steve Bledell è riuscito ad hackerare il tabellone elettronico degli annunci e a sostituire gli appuntamenti di quel giorno con la scritta *Vieni al ballo con me, Liz?* La sezione informatica ci ha messo due ore per risistemarlo. E stamattina Darrell ha riempito di rose rosse l'armadietto di Pammy e ha scritto *BALLO*?, incollando i petali allo sportello. Le foto sulla pagina Instagram di Pammy sono grandiose, il che fa passare in secondo piano l'arrabbiatura del custode. Non so cosa abbia in mente Peter. Non è il tipo da indimenticabili gesti romantici.

Peter allunga la mano verso un dolce, ma io lo fermo: «Lascia perdere... ho portato i biscotti».

«Me ne dai uno adesso?» chiede contento. Estraggo il contenitore dalla borsa e Peter ne prende uno. «Mangiamoceli tutti noi» mormora con fare cospiratorio.

«Troppo tardi, i nostri amici ci hanno visti.»

Ci siamo seduti, e appena posato il contenitore sul tavolo i ragazzi iniziano a contenderseli, afferrandoli e trangugiandoli.

Pammy riesce a prenderne uno e dice: «Siete un branco di troll».

Darrell lancia un suono gutturale facendola ridere.

«Questi sono la fine del mondo» mugola Gabe, leccandosi via il cioccolato dalle dita.

«Grazie» dico, con tono dimesso. «Ma non sono spettacolari. Non sono perfetti.» Prendo un pezzo del biscotto di Peter. «Appena sfornati sono migliori.»

«Hai voglia di venire a casa mia a cucinarli così che possa assaggiarli ancora caldi?» dice Gabe assaggiandone un altro con aria deliziata.

Peter brontola: «Smettetela di mangiare i biscotti della mia ragazza!». Persino dopo un anno, mi dà i brividi sentirmi chiamare così e sapere di esserlo.

«Lo facciamo per te» dice Darrell. «Ti verrà la pancia se mangi da solo tutta quella roba.»

Peter alza la maglietta. «Saluta la mia tartaruga, bello.»

«Sei una ragazza fortunata, Lara Jean» ammette Gabe.

Darrell scuote il capo. «No, è Kavinsky quello fortunato.»

Peter mi guarda facendomi l'occhiolino e il mio cuore accelera i battiti.

Ho l'impressione che, quando avrò l'età di Stormy, ricorderò questi momenti: Peter con la testa inclinata di lato che sgranocchia un biscotto; il sole che entra dalla finestra della mensa e gli illumina i capelli; come mi guarda.

Dopo le lezioni Peter ha allenamento di lacrosse, perciò io mi siedo sulle gradinate a fare i miei compiti. Presto Peter lascerà la squadra e l'allenatore si sta già lamentando. Non capisco bene tutti i dettagli del gioco, ma so quando applaudire e quando fischiare. Mi piace guardare Peter che gioca, come se fosse convinto che ogni suo tiro andrà a segno e di solito è proprio così.

Papà e la signora Rothschild sono ufficialmente una coppia ormai dal settembre scorso. Kitty è al settimo cielo. «Io lo sapevo» si vanta. E in effetti... la mia sorellina prevede le cose. Aveva predetto che io e Peter saremmo tornati insieme e, nonostante le scarse possibilità, adesso siamo innamoratissimi.

Sebbene non abbiano molto in comune, la signora Rothschild e papà sono una coppia affiatata. (Come Peter e me, d'altronde). Nel loro caso, la logistica ha fatto la differenza: due vicini soli, Netflix, una coppia di cani, una bottiglia di vino bianco. In poche parole: perfetto. Adesso che sta con la signora Rothschild, papà ha una vita. La domenica mattina, per esempio, prima che noi ci svegliamo, vanno a camminare e ad aspettare l'alba. Non credo che papà si fosse mai alzato presto per fare moto, ma si è gettato in questa attività come un pesce nell'acqua. Escono a cena, vanno alle degustazioni delle enoteche, al cinema con gli amici della signora Rothschild. Certo, continua a piacergli starsene in casa a guardare un documentario, ma il suo mondo è molto più ricco con lei e molto meno solitario. Non mi ero mai resa conto che lo fosse, in questi otto anni dalla morte di mamma, ma adesso capisco che deve esserlo stato. La signora Rothschild mangia con noi qualche volta, durante la settimana, e sta iniziando a sembrare strano non vederla seduta al tavolo della cucina, con la sua risata e il suo bicchiere di vino bianco accanto alla birra di papà.

Quella sera, dopo cena, quando tiro fuori biscotti e gelato per dessert, papà chiede: «Altri biscotti?» e lui e la signora Rothschild si scambiano uno sguardo d'intesa. Mentre spalma di gelato alla vaniglia un frollino, papà dice: «Hai fatto un sacco di dolci ultimamente. È la tensione per le risposte alle ammissioni?».

«No, non c'entra » rispondo a entrambi. «Sto solo cercando di perfezionare la mia ricetta di biscotti al cioccolato. Dovreste esserne contenti, gente.»

«Sai,» dice papà «ho letto uno studio secondo il quale preparare dolci è terapeutico. È qualcosa che ha a che vedere col fatto di ripetere i gesti, misurare gli ingredienti, e usare la creatività. Gli psicologi la chiamano "attivazione comportamentale".»

«Ehi, se funziona va bene.» La signora Rothschild spezza un biscotto prima di infilarselo in bocca. «Per esempio, io vado in palestra, è lì che ritrovo il mio equilibrio.» Se Margot fosse qui alzerebbe gli occhi al cielo. La signora Rothschild una volta mi ha portata con sé, ma io continuavo a muovermi fuori tempo ed è stato uno strazio. «Lara Jean, devi tornarci. Abbiamo un nuovo insegnante molto competente che mette musica Motown. Ti piacerà.»

«Posso venire io con te, Tree?» chiede Kitty. Kitty continua a chiamarla così, mentre io penso ancora a lei come alla signora Rothschild. Mi sforzo di chiamarla Trina, ma non me ne ricordo sempre.

«Potrai venire quando avrai dodici anni» risponde lei. «Sono le regole della palestra.»

È strano pensare che Kitty abbia già undici anni e che a maggio io ne avrò diciotto. Il tempo passa così in fretta. Guardo papà, dall'altra parte del tavolo, che con un sorriso malinconico guarda Kitty e poi me. Sta pensando la stessa cosa, lo so.

Vede che lo sto osservando e canta: «*Lara Jean, don't you worry 'bout a thing*» cercando di imitare Stevie Wonder. «Hai lavorato sodo; tutto andrà per il verso giusto.»

«Non c'è alcun motivo al mondo per cui l'UVA dovrebbe rifiutarti» commenta la signora Rothschild.

«Tocchiamo ferro!» esclama Kitty, allungando la mano verso il cucchiaio. Poi si volta verso di me e dice: «Tocca anche tu».

Obbediente allungo la mano. «Perché si dice "tocca ferro"?»

Papà si anima di colpo. «Nel Medioevo si usava inchiodare un ferro di cavallo alla porta usando un numero di chiodi dispari. Secondo la leggenda, una volta il diavolo chiese a San Dunstano di ferrargli il cavallo, ma il santo, invece, ferrò gli zoccoli del diavolo. In cambio della libertà, il demonio promise di non entrare nelle case in cui fosse esposto il ferro...»

La signora Rothschild, Kitty e io ci scambiamo uno sguardo divertito. Papà è così "quadrato" e la signora Rothschild sembra così giovane in confronto. E comunque funziona.

Quella notte non riesco a addormentarmi, così me ne sto nel letto a ripensare ai miei crediti. I più importanti sono Belleview e il tirocinio in biblioteca. Margot è stata ammessa con soli quaranta punti più di me. Ho preso un dieci all'esame di storia. So di gente che è stata ammessa con molto meno.

Mi auguro che il tema d'ammissione mi dia una spinta. Ho scritto di mia madre e delle mie sorelle, del modo in cui lei ci ha plasmate, quando era viva e anche dopo. La signora Duvall ha detto che era il più bel lavoro che avesse letto negli ultimi anni. Ma la signora Duvall ha sempre avuto un debole per le sorelle Song, quindi non si può mai dire.

Mi giro e mi rigiro ancora per un po', alla fine scosto le lenzuola e scendo dal letto. In cucina, inizio a dosare gli ingredienti per i biscotti con le gocce di cioccolato.

# 5

È giovedì, la giornata dei personaggi famosi, il giorno che ho atteso per tutta la settimana. Peter e io abbiamo passato ore a decidere cosa indossare. Mi sarebbe piaciuto scegliere una coppia del periodo della Rivoluzione americana, ma quando ho capito quanto mi sarebbero costati i costumi ho lasciato perdere. Penso che scegliere costumi in coppia sia l'aspetto più bello di avere un ragazzo. Oltre a baciarsi, avere passaggi gratuiti in auto e naturalmente *Peter*.

Lui avrebbe voluto vestirsi da Uomo Ragno e fare indossare a me una parrucca rossa, come Mary Jane Watson, principalmente perché lui ha già il costume... e facendo gli allenamenti di lacrosse è davvero in forma e perché non dare alla gente ciò che desidera? Cito testualmente.

Alla fine abbiamo optato per Tyler Durden e Marla Singer, i personaggi di *Fight Club*. L'idea è stata di Chris, la mia migliore amica. Lei, Kitty e io stavamo guardando il film a casa mia, quando Chris ha esclamato: «Tu e Kavinsky potreste fare quei due matti!». Dice che avrebbe avuto un effetto pazzesco e, per quanto mi riguarda, ha perfettamente ragione. Sulle prime ho risposto di no, perché Marla non è asiatica e io voglio indossare solo costumi di persone asiatiche, ma poi la mamma di Peter gli ha trovato un giubbotto di pelle rossa a un mercatino, semplicemente perfetto. Per il mio costume la signora Rothschild mi presterà qualcosa di suo, visto che era giovane negli anni Novanta.

Stamattina la signora Rothschild è passata ad aiutarmi prima di andare al lavoro. Sono seduta in cucina nel suo abitino nero, giacchina di finto mohair peloso e una parrucca che Kitty si sta divertendo a scompigliare per darle il giusto aspetto arruffato e folle. Io continuo a spingere via le sue mani piene di schiuma e lei continua a ripetere: «Ma il look è questo».

«Sei fortunata che io sia il tipo che conserva tutto» dice la signora Rotschild sorseggiando caffè dal suo thermos. Fruga nella borsa ed estrae un paio di scarpe nere con la zeppa altissima. «Quando avevo vent'anni, ero una fanatica di Halloween. Ero la regina dei travestimenti. Ora la corona spetta a te, Lara Jean.»

«Puoi essere ancora una regina» replico.

«No, travestirsi va bene per i giovani. Se oggi mi vestissi da Sherlock Holmes sembrerei una disperata.» Gonfia la mia parrucca e conclude: «Va bene. Devo andare adesso». Poi rivolta a Kitty chiede: «Che cosa dici? Ci vuole ancora un pochino di ombretto, vero?».

«Non esageriamo» dico.

«L'unico scopo del travestimento è esagerare» risponde allegramente la signora Rotschild. «A scuola fatti fare un bel po' di foto e poi mandamele. Voglio mostrarle ai colleghi. Cavoli, a proposito di lavoro, che ore sono?»

La signora Rotschild è costantemente in ritardo, cosa che fa impazzire papà perché lui è sempre in anticipo di almeno dieci minuti.

Quando Peter arriva, corro di fuori, apro la porta del passeggero e, appena lo vedo, lancio un urlo di sorpresa. Si è tinto i capelli!

«Oh!» strillo. «Sei biondo!»

Mi rivolge un sorrisetto compiaciuto. «È uno spray. Me l'ha trovato mia madre. Lo potrò usare di nuovo quando faremo Romeo e Giulietta per Halloween.» Poi mi squadra. «Mi piacciono quelle scarpe. Sei sexy.»

Mi sento avvampare. «Fai il bravo.»

Imbocca in retromarcia il vialetto di casa e, senza smettere di sorridere, aggiunge: «Comunque è la verità».

«Io vorrei solo che si capisse chi sono.»

«Non preoccuparti, ci penso io» mi rassicura.

E lo fa. Quando arriviamo all'ingresso di quelli dell'ultimo anno, Peter mette a massimo volume i Pixies che suonano *Where is my mind?* sullo smartphone e tutti i presenti iniziano a battere le mani. E nessuno mi chiede se sono il personaggio di un manga.

Peter e io siamo sdraiati sul divano, i suoi piedi penzolano oltre il bracciolo. Lui è ancora con il suo costume addosso, io invece mi sono infilata i miei abiti normali.

«Hai sempre delle calze molto carine» dice sollevando il mio piede destro. Ne indosso un paio grigio a pois bianchi con facce di orsetti.

«La mia prozia me le spedisce dalla Corea» dico con orgoglio. «In Corea abbiamo cose fichissime.»

«Puoi chiederle di mandarne un paio anche per me?

Non con gli orsi, magari con le tigri. Le tigri sono fichissime.»

«I tuoi piedi sono troppo grossi per delle calze così carine. Sai una cosa, forse riesco a trovarti calze che potrebbero essere usate... ecco, allo zoo...» Peter si tira su e inizia a farmi il solletico. «Immagino che... anche i panda e i gorilla debbano tenere... i piedi caldi in inverno» riesco a dire tra una risata e l'altra. «Forse hanno anche calze deodoranti.» Poi non resisto più e strillo: «Smettila... smettila di farmi il solletico!».

«Allora tu smettila di dire cattiverie sui miei piedi!» Infilo la mano sotto il suo braccio e inizio a fargli il solletico senza pietà. Ma così facendo mi espongo a ulteriori attacchi.

«Va bene, va bene, tregua!»

Peter si blocca e io fingo di fermarmi, invece raggiungo il suo braccio, riesco a fargli il solletico e lui lancia un gridolino molto poco "Peteresco".

«Avevi detto tregua!» mi rinfaccia. Siamo entrambi senza fiato. «Davvero pensi che mi puzzino i piedi?»

No. Mi piace il suo odore dopo una partita di lacrosse, un misto di sudore ed erba calpestata. Ma mi diverto a stuzzicarlo, adoro quell'espressione incerta che gli attraversa il volto per un attimo. «Be', sai, nei giorni delle partite...» dico. A quel punto Peter mi assale di nuovo e siamo lì che ci facciamo il solletico tra mille risate quando entra Kitty reggendo un vassoio con un panino al formaggio e un bicchiere di succo d'arancia.

«Andate di sopra» dice sedendosi sul pavimento. «Questo è uno spazio pubblico.»

Mentre mi risistemo, protesto: «Non stiamo facendo nulla di scandaloso, *Katherine*».

«Tua sorella ha detto che mi puzzano i piedi» dice Peter, puntandone uno nella sua direzione. «Mente, non credi?»

Kitty lo allontana con il gomito. «Non ho intenzione di annusare il tuo piede» sentenzia, poi alza le spalle e aggiunge: «Voi due siete strani».

Come risposta le lancio un cuscino.

«Sei fortunata che non sia finito sul mio succo!» protesta infastidita. «Papà ti avrebbe uccisa se avessi di nuovo macchiato il tappeto.» Poi aggiunge pungente: «Ti ricordi cos'è successo con l'acetone, vero?».

Peter mi scompiglia i capelli. «Lara Jean, la pasticciona.»

Lo spingo via e replico: «Non sono io la pasticciona. Sei tu quello che è inciampato nei propri piedi cercando di prendere la pizza, l'altra sera a casa di Gabe».

Kitty scoppia a ridere e Peter le tira un cuscino urlando: «La smettete? Volete coalizzarvi contro di me?».

«Ti fermi a cena?» gli chiede Kitty, quando riesce a smettere di ridere.

«Non posso. Mia madre ha fatto le cotolette di pollo.»

Mia sorella sfoggia un'espressione deliziata. «Che fortuna. Lara Jean, noi che cosa mangiamo?»

«Sto scongelando dei petti di pollo» rispondo. Kitty fa una smorfia e io le dico: «Se non ti piacciono, puoi sempre imparare a cucinare. Non sarò più qui a cucinare per te quando andrò al college, sai?».

«Tanto sarai qui tutte le sere» risponde. Poi rivolta a Peter: «Posso venire a cena da te?».

«Certo. Potete venire tutte e due.»

Kitty inizia a esultare, ma io la freno. «Non possiamo.

Papà resterebbe solo. La signora Rotschild stasera è in palestra.»

Kitty dà un morso al suo panino e poi dice: «Allora mi faccio un altro sandwich. Non voglio mangiare un vecchio pollo mezzo congelato e mezzo bruciato».

Mi tiro su di scatto e le dico: «Ti preparo qualcos'altro, se mi pettini domani mattina. Voglio qualcosa di speciale per andare a New York». Non ci sono mai stata in vita mia. L'ultima volta che sono andata in vacanza con la famiglia ho proposto New York, ma hanno preferito il Messico. Kitty voleva mangiare tacos e nuotare nell'oceano e Margot voleva vedere le rovine dei Maya e fare pratica di spagnolo. Alla fine ne sono stata contenta. Prima di andare in Messico, Kitty e io non eravamo mai andate oltre confine e non avevamo mai visto acqua così azzurra.

«Lo farò, solo se mi resterà del tempo dopo che mi sarò pettinata io» risponde Kitty, e da parte sua è già la massima concessione. È davvero brava con le acconciature.

«Chi mi pettinerà all'università?» chiedo.

«Io» risponde Peter, convinto.

«Tu non sei capace» lo sfotto.

«La piccola mi può insegnare. Mi insegni, piccola?»

«Se mi paghi» risponde Kitty.

Dopo una lunga contrattazione, finalmente, trovano un accordo: un sabato pomeriggio Peter porterà Kitty e le sue amiche al cinema. Ed è il motivo per cui, alla fine, mi ritrovo seduta sul pavimento a gambe incrociate mentre Peter e Kitty sono seduti alle mie spalle, con Kitty che mostra a Peter come si fa la treccia alla francese e lui che fa il video col cellulare.

«Ora prova tu.»

Le ciocche continuano a scivolare e la cosa getta Peter nello sconforto. «Hai un sacco di capelli, Lara Jean.»

«Se non riesci, ti insegnerò qualcosa di più facile» dice Kitty, con un tono che tradisce una certa commiserazione.

Peter se ne accorge e risponde: «No, ce la faccio. Dammi solo un secondo. Diventerò un maestro, come in quell'altra cosa francese». E mi strizza l'occhio.

Kitty e io insorgiamo. «Non parlare in quel modo davanti a mia sorella!» urlo, dandogli una spinta.

«Stavo scherzando!»

«E poi non sei così bravo.» Anche se, a voler essere onesta, quella è proprio una bugia.

Peter mi fissa con uno sguardo che dice *Chi vuoi prendere in giro?* e io alzo le spalle perché in effetti... chi voglio prendere in giro?

Più tardi, mentre lo accompagno alla macchina, Peter si ferma davanti alla portiera del passeggero e mi chiede: «Ehi, ma quanti ragazzi hai baciato?».

«Solo tre. Tu, John Ambrose McClaren...» pronuncio il nome in fretta, come se stessi staccando un cerotto, ma anche così è sufficiente per far accigliare Peter. «E il cugino di Allie Feldman.»

«Il ragazzo strabico?»

«Sì. Si chiama Ross. Mi sembrava carino. È successo una sera che ho dormito da Allie. L'ho baciato per scommessa, ma volevo farlo.»

Peter mi guarda pensoso. «Quindi, io, John e il cugino di Allie.»

«Già.»

«Te ne sei dimenticata uno, Covey.»

«Chi?»

«Sanderson!»

Faccio un gesto con la mano come a scacciare l'idea e dico: «Oh, lui non conta davvero».

«Il cugino di Allie che hai baciato per scommessa conta, ma non Josh, con cui tecnicamente mi hai messo le corna!» Peter agita un dito nella mia direzione. «Non penso proprio.»

«Ma io e te all'epoca non stavamo davvero insieme e lo sai!»

«Va bene» ammette, lanciandomi una lunga occhiata. «Comunque il tuo numero supera il mio. Io ho baciato solo Gen, Jamila e te.»

«E la ragazza che hai incontrato a Myrtle Beach con i tuoi cugini? Angelina?»

«Ah, sì. Come fai a saperlo?»

«Te ne sei vantato con tutti!» Era l'estate prima della seconda media. Mi ricordo che Genevieve era infuriata perché un'altra ragazza aveva baciato Peter prima di lei. Avevamo cercato di scovare Angelina online, ma senza trovare molte informazioni. Solo il nome. «Quindi, le ragazze che hai baciato sono quattro e hai fatto molto di più che baciare alla francese, Peter.»

«Ok!»

Ora tocca a me. «Tu sei l'unico che io abbia baciato davvero. E sei stato il primo. Primo bacio, primo ragazzo, primo tutto! Hai un sacco di prime posizioni con me, mentre io non ne ho neanche una con te.»

«In realtà, non è così» replica un po' incerto.

Stringo gli occhi e lo fisso in attesa del resto. «Cioè?»

«Non c'è mai stata nessuna ragazza in spiaggia. Mi ero inventato tutto.»

«Non esiste nessuna Angelina tettona?»

«Non ho mai detto che fosse tettona!»

«Sì che l'hai detto! Lo hai detto a Trevor.»

«E va bene! Gesù! Il punto non è quello, comunque.»

«E qual è il punto, Peter?»

Peter si schiarisce la gola e poi dice: «Quel giorno nel seminterrato dei McClaren. Quello che ci siamo dati è stato il mio primo bacio».

Smetto di ridere di colpo. «Sul serio?»

«Sì.»

Lo guardo per un attimo, poi chiedo: «Perché non me l'hai detto?».

«Non so. Me ne sono scordato. E poi era imbarazzante dirti che mi ero inventato di avere avuto una ragazza. Non dirlo a nessuno!»

Un senso di calda meraviglia mi avvolge. Quindi io sono la prima ragazza che Kavinsky ha baciato! È meraviglioso, assolutamente perfetto!

Gli getto le braccia al collo e alzo il mento in attesa del mio bacio della buonanotte. Strofina la faccia contro la mia e io sono felice che le sue guance siano così lisce. Poi mi schiocca un casto bacio sulla fronte. «Buonanotte, Covey.»

Apro gli occhi stupita. «Questo sarebbe un bacio?»

«Prima hai detto che non sono bravo, se non sbaglio» risponde con un sorrisetto.

«Stavo scherzando!»

Mi strizza l'occhio e salta in macchina, mentre io resto a guardarlo allontanarsi. È un anno che stiamo insieme e ancora sembra tutto nuovo. Amare un ragazzo. Essere ricambiata. Ha qualcosa di miracoloso.

Non rientro subito in casa. Casomai decida di tornare indietro. Aspetto mezzo minuto con le mani sui fianchi prima di voltarmi, ed è in quel momento che la sua macchina torna in retromarcia. Peter sporge la testa dal finestrino e dice: «D'accordo allora. Facciamo un po' di pratica».

Corro verso l'auto, lo tiro a me afferrandolo per la maglietta e avvicino il mio volto al suo, ruotando appena il capo... poi lo spingo via e corro in casa ridendo, con i capelli che mi sbattono sulle guance.

«Covey!»

«È ciò che ti meriti!» gli urlo allegramente. «Ci vediamo sul pullman domani!»

Quella sera, mentre siamo in bagno a lavarci i denti, chiedo a Kitty: «In una scala da uno a dieci, quanto ti mancherò quando sarò via? Sii sincera».

«È troppo presto per questa conversazione» risponde, impegnandosi con lo spazzolino.

«Rispondi e basta.»

«Diciamo quattro.»

«Quattro! Per Margot avevi dato sei e mezzo!»

Kitty scuote il capo e chiede: «Lara Jean, perché ricordi ogni minimo dettaglio? Non è un bene».

«Potresti almeno fingere che ti mancherò!» sbotto. «Sarebbe il minimo.»

«Margot stava andando dall'altra parte del mondo. Tu sarai a quindici minuti da qui, quindi non avrò nemmeno la possibilità di sentire la tua mancanza.»

«E comunque...»

Kitty si porta le mani al petto. «D'accordo. Mi mancherai così tanto che piangerò tutte le notti! Così va bene?»

Sorrido. «Molto meglio.»

«Mi mancherai così tanto che vorrò tagliarmi le vene!»

«Katherine. Non dire queste cose!»

«E allora smettila di elemosinare attenzioni» protesta, poi se ne va a letto mentre io mi trattengo ancora un po' per preparare il beauty per il viaggio a New York. Se andrò all'UVA probabilmente lascerò qui un po' di trucchi, creme e prodotti per i capelli, in modo da non dovermeli portare avanti e indietro ogni volta. Margot ha dovuto calcolare esattamente che cosa prendere per andare alla Saint Andrew, perché la Scozia è lontana e lei non può permettersi di tornare spesso a casa. Invece io porterò con me solo il necessario per l'autunno e l'inverno, lascerò a casa lozioni e creme solari e farò il contrario al cambio di stagione.

# 6

Papà mi accompagna in auto a scuola, dove ci aspetta il pullman. «Chiamami appena ti sei sistemata» mi dice mentre siamo fermi a un semaforo.

«Va bene.»

«Hai preso i soldi di emergenza?»

«Sì.»

Ieri sera papà mi ha dato una banconota da venti dollari da mettere nel taschino segreto della giacca, per ogni evenienza.

Ho anche la sua carta di credito.

La signora Rothschild mi ha fatto mettere in valigia il suo ombrello pieghevole e un caricabatterie di riserva.

Papà mi guarda e sospira.

«Sta succedendo tutto troppo in fretta. Prima questa vacanza, poi il ballo di fine anno, e alla fine il diploma. Nel giro di un battito di ciglia te ne sarai andata da casa.»

«Hai ancora Kitty» dico. «Sebbene non sia *esattamente* un raggio di sole come me.»

Papà ride e io continuo: «Se andrò all'UVA sarò spesso

a casa, quindi non preoccuparti». Dopodiché papà inizia a cantare, alla maniera di Stevie Wonder.

Sul pullman mi siedo accanto a Peter, Chris invece si siede vicino a Lucas. Pensavo che sarebbe stato difficile convincere Chris e, invece, eccola qua. Nemmeno lei ha mai visto New York.

Stiamo viaggiando da un'ora, quando Peter propone a tutti il gioco "obbligo o verità". Io fingo di dormire perché non sono il tipo da droghe, sesso e tutte quelle cose che interessano a tutti. Grazie a Dio sembra che nessuno abbia realmente voglia di giocare, forse perché è molto meno divertente quando non si può farlo con dei bicchieri pieni da trangugiare. Proprio mentre apro gli occhi, stiro le braccia e faccio finta di svegliarmi, Gabe lo propone insistentemente e io sento subito una fitta allo stomaco.

Penso subito allo scandalo del mio video insieme a Peter nella vasca idromassaggio, lo scorso anno, e mi sento a disagio. Non voglio che qualcuno chieda "la verità" riguardo a quello che facciamo o non facciamo. Riguardo al sesso, intendo. *Con quante persone hai fatto sesso? Hai mai fatto una cosa a tre? Quante volte al giorno ti masturbi?* Ecco il tipo di domande che si rivolgono i partecipanti, e se qualcuno lo chiedesse a me, dovrei rispondere che sono vergine, anche se immagino che sia la risposta più sovversiva di qualunque altra. Di solito, quando alle feste si comincia con questi giochi, io scappo in cucina o in un'altra stanza. Ma oggi non ci sarebbe modo di fuggire, perché siamo su un pullman, in trappola.

Peter mi lancia un'occhiata divertita. Sa a cosa sto

pensando. Dice che non gli importa di ciò che pensa la gente, ma io non credo sia vero. A Peter importa *molto* di ciò che gli altri pensano di lui.

«Obbligo o verità?» chiede Gabe a Lucas.

Lucas beve un sorso d'acqua.

«Hai mai fatto sesso con un ragazzo?»

Accidenti. Lucas è gay e non lo nasconde, ma non va nemmeno in giro a strombazzarlo. Non ha voglia di dover dare spiegazioni alla gente ogni volta, e perché dovrebbe, poi? Sono solo affari suoi.

C'è un attimo di tensione prima che Lucas risponda: «No. È una proposta?».

Tutti scoppiano a ridere mentre Lucas sorride e torna a bere, ma io noto la tensione nel collo, nelle spalle. Dev'essere dura dover tenere sempre la guardia alta, pronti a replicare a domande indiscrete, a sviare l'attenzione, a sorridere e a far ridere. In confronto, la mia verginità è una sciocchezza. Comunque non mi va di rispondere.

Spero che Lucas scelga me dopo, perché so che lui ci andrebbe cauto. Ma Lucas non deve aver notato gli sguardi supplichevoli che gli ho rivolto, perché invece di chiamare me, si rivolge a Genevieve, che, seduta qualche fila dietro, sta trafficando con il cellulare. Esce con un tipo che frequenta la sua stessa chiesa, ma che è iscritto a una scuola diversa, quindi nessuno di noi lo conosce più di tanto. Ho saputo da Chris che i genitori di Genevieve hanno divorziato e che suo padre si è trasferito in un appartamento con la sua suova compagna. Chris mi ha raccontato che la mamma di Genevieve ha avuto un crollo nervoso e ha dovuto essere ricoverata per qualche giorno, ma ora le cose vanno meglio e io ne sono felice. Peter le ha mandato dei fiori quando è stata dimessa e abbiamo pensato insieme a che cosa scrivere sul biglietto. Alla fine abbiamo deciso per un semplice: *Bentornata a casa, Wendy. Con affetto. Peter*. I fiori erano stati una mia idea e ho partecipato alla spesa, ma ovviamente non ho messo il mio nome sul cartoncino. Wendy mi è sempre piaciuta, è sempre stata carina con me, sin da quando ero piccola. Mi si stringe sempre lo stomaco quando vedo Genevieve, ma non quanto prima. So che non torneremo più amiche e me ne sono fatta una ragione.

«Obbligo o verità, Gen?» le urla Lucas.

Lei alza gli occhi. E senza esitare sceglie obbligo. Ovvio. Genevieve può avere un sacco di difetti, ma non è vigliacca. Anch'io sceglierei obbligo, ma solo perché farei qualunque cosa pur di non rispondere a una domanda sul sesso.

Lucas sfida Genevieve ad andare a sedersi vicino al prof Jain e a posargli il capo sulla spalla. «Rendilo credibile» ordina Lucas. Tutti adesso ridono come matti. Si capisce che Gen non ne ha voglia ma, come dicevo, non è una codarda.

Restiamo tutti a osservarla, mentre si avvia nel corridoio e poi si ferma vicino alla fila del professore. Il signor Jain è nuovo, arrivato quest'anno, insegna biologia. È giovane e carino; indossa jeans aderenti e camicie sportive per venire a lezione. Genevieve gli si siede accanto e tutto quello che riesco a vedere è la sua nuca e il fatto che lui stia sorridendo. Poi Gen si avvicina e gli posa il capo sulla spalla, e a quel punto lui schizza in piedi come un gatto impaurito. Ridiamo tutti e il prof si volta a guardarci scuotendo la testa, sollevato dal fatto che si trattasse di uno scherzo.

Genevieve torna da noi trionfante. Si siede e si guarda attorno; per un attimo il nostro sguardo si incrocia e il mio stomaco si contrae. Poi lei sposta lo sguardo su Chris. «Obbligo o verità?»

«Questo gioco è davvero una rottura» risponde Chris. Gen la guarda, con le sopracciglia sollevate in atteggiamento di sfida e, alla fine, Chris alza gli occhi infastidita e dice: «E va bene. Verità». Quando sono una di fronte all'altra in questo modo, è impossibile non notare che sono imparentate.

Genevieve si prende un po' di tempo per pensare alla domanda. Poi assesta il colpo. «È vero che giocavi al dottore con nostro cugino Alex, quando eri in terza elementare? E non mentire.»

Stanno facendo strilli e gridolini tutti quanti e il viso di Chris è paonazzo. Io le rivolgo uno sguardo di solidarietà. So la risposta a questa domanda. «Vero» borbotta e tutti urlano ancora più forte.

Fortunatamente per me in quel momento il prof Jain si alza e inserisce un DVD nel lettore, così il gioco termina lì e io la scampo. Chris si volta e dice a bassa voce: «Tu te la cavi sempre».

«Non ci speravo» bisbiglio come risposta e Peter ridacchia. Può sbellicarsi fin che gli pare, ma io sono sicura che anche lui sia contento. Anche se non ha mai detto niente, non credo gli farebbe piacere che i suoi compagni scoprissero che lui e la ragazza con cui esce da un anno (di più, se vogliamo contare il periodo in cui stavamo insieme per finta) non hanno ancora fatto sesso.

Quasi nessuno della nostra classe è mai stato a New York, quindi siamo tutti un po' sbalorditi. Non credo di avere mai visto un posto così effervescente. È una città con un proprio cuore pulsante. Non posso credere a quanta gente ci sia, a quanto sia affollata e a come tutti quanti sembrino sofisticati. Hanno tutti l'aspetto di... gente di città. Tranne i turisti come noi, naturalmente. Chris cerca di fingersi annoiata. Poiché si sta dando un tono indifferente, non si regge alla maniglia e, quando saliamo sulla metropolitana per andare all'Empire State Building, quasi cade a terra per una fermata improvvisa. «È diverso da DC» brontola. Questo è poco ma sicuro. DC è la città più grande tra quelle vicine a Charlottesville, ma paragonata a New York, sembra una sonnacchiosa cittadina di provincia. Qui c'è così tanto da vedere, così tanti negozi in cui vorrei fermarmi. Purtroppo siamo sempre di corsa, con orari da rispettare e luoghi da raggiungere. Peter viene apostrofato da una signora anziana perché cammina guardando il cellulare. Tutti ridono e, per una volta, Peter è in imbarazzo. È tutto... *travolgente*.

Quando arriviamo all'Empire State Building, chiedo a Peter di fare una foto di me e lui davanti agli ascensori. Una volta in cima mi gira la testa, siamo così in alto. La signora Davenport mi dice di stare seduta con la testa tra le ginocchia per un minuto, cosa che mi aiuta a stare meglio.

Quando mi passa la nausea, mi alzo e vado a cercare Peter, che si era allontanato un momento. Girato l'angolo sento Peter urlare: «Aspetti! Aspetti! Signore!». Sta seguendo una guardia di sicurezza che si sta avvicinando a uno zaino rosso sul pavimento.

La guardia si abbassa e solleva lo zaino. «È tuo questo?» chiede.

«Sì, sì...»

«Perché l'hai lasciato a terra?» chiede, e intanto apre la cerniera e tira fuori un orsetto.

Peter si guarda velocemente attorno e poi dice: «Può rimetterlo dentro? È per l'invito al ballo di fine anno. Dev'essere una sorpresa per la mia ragazza».

La guardia scuote il capo. Borbotta qualcosa e poi riprende a esaminare il contenuto dello zaino.

«Per favore, signore, prema il pupazzo.»

«No che non lo premo, il pupazzo» risponde la guardia.

Peter allunga la mano, strizza l'orsetto che con la sua vocetta chiede: «Vieni al ballo con me, Lara Jean?».

Mi porto le mani alla bocca, estasiata.

«Siamo a New York, ragazzo» dice la guardia severamente. «Non puoi mollare uno zaino a terra per fare la tua dichiarazione.»

«A dire il vero è un invito al ballo di fine anno» lo corregge Peter e la guardia gli lancia un'occhiataccia. «Mi dispiace. Ora me lo può restituire?» E in quel momento mi vede. «Per favore, Lara Jean. Vuoi dirgli che *Insonnia d'amore* è il tuo film preferito?»

Mi precipito da loro e rivolta alla guardia dico: «Signore, quello è il mio film preferito. Non lo cacci via, la supplico».

L'agente di sicurezza cerca di non ridere. «Non lo stavo cacciando» mi dice. Poi, rivolto a Peter: «Cerca di stare più attento. A New York siamo sempre all'erta. Se vediamo qualcosa che non quadra, verifichiamo. Capito? Qui non è come nella città da cui arrivate, qualunque essa sia. Questa è New York, ragazzo. Qui non si scherza».

Sia io sia Peter annuiamo e finalmente la guardia se

ne va. Non appena rimaniamo soli, Peter e io ci guardiamo scoppiando a ridere. «Qualcuno ha segnalato il mio zaino!» dice. «Mi hanno fottuto la scena dell'invito.»

Estraggo l'orsetto dal suo zaino e lo stringo al petto. Sono così felice che non gli dico nemmeno di moderare il linguaggio. «Lo adoro.»

«L'idea era che tu girassi l'angolo e vedessi lo zaino qui, tra i due telescopi. Poi ti saresti avvicinata per raccogliere l'orsetto, l'avresti strizzato e poi...»

«Perché mai l'avrei dovuto strizzare?» chiedo.

Peter tira fuori dallo zaino un pezzo di carta spiegazzato. Sopra c'è scritto: *Strizzami*. «È caduto quando la guardia l'ha spostato. Vedi? Avevo pensato a tutto.»

A tutto, tranne alle inevitabili conseguenze dell'abbandono di uno zaino in un luogo pubblico a New York City, ma a parte questo... È il pensiero che conta e il pensiero è dolcissimo. Premo l'orsetto e di nuovo la voce ripete: «Vuoi venire al ballo con me, Lara Jean?».

«Sì, Howard.» Howard, naturalmente è il nome dell'orsetto di *Insonnia d'amore*.

«Perché hai risposto sì a lui e non a me?» chiede Peter.

«Perché è stato lui a chiedermelo.» Alzo il viso, lo osservo e resto in attesa.

Peter scuote il capo e borbotta: «Lara Jean, vuoi venire al ballo con me? Gesù, sei davvero incontentabile».

Alzo l'orsetto davanti a lui e dico: «Ci vengo, ma prima dai un bacino a Howard».

«Covey. No, davvero, non lo faccio.»

«Ti prego!» gli lancio uno sguardo supplichevole. «È nel film, Peter.»

E brontolando Peter obbedisce davanti a tutti, dandomi la prova che è totalmente, completamente mio.

Di nuovo sull'autobus diretti all'albergo in New Jersey, Peter mi bisbiglia all'orecchio: «Che cosa ne pensi se, dopo il controllo, sgusciassimo fuori dal letto e tornassimo in città?». Sta scherzando. Sa che non sono il tipo da sgattaiolare fuori dal letto durante una gita scolastica.

Poi chiedo: «E come ci andremmo a New York? In taxi dal New Jersey?». Non riesco a credere di averlo chiesto. Non è da me. Peter mi guarda sorpreso. In fretta dico: «No, no, non importa. Non possiamo. Ci perderemmo o ci rapinerebbero, e poi verremmo mandati a casa e io sarei arrabbiatissima per essermi persa Central Park e tutto il resto».

Peter mi lancia un'occhiata scettica. «Pensi davvero che Jain e Davenport ci spedirebbero a casa?»

«Forse no, ma potrebbero decidere di stare tutto il tempo incollati a noi, il che sarebbe anche peggio. Non rischiamo.» Poi aggiungo: «Che cosa faremmo?». Sto solo chiedendo, e non realmente progettando la cosa. Peter sta al gioco.

«Potremmo andare a sentire della musica o a vedere una commedia. Qualche volta gli attori famosi improvvisano spettacoli a Broadway.»

«Io vorrei vedere *Hamilton*.» Mentre passavamo attraverso Times Square, Lucas e io avevamo sporto le teste per vedere se riuscivamo a scorgere il gazebo di *Hamilton* ma non abbiamo visto niente, purtroppo.

«Domani voglio comprare una ciambella e assaggiare com'è rispetto a quelle di Bodo. Le ciambelle di Bodo sono famose a Charlottesville e noi ce ne facciamo tutti un gran vanto...»

Metto la testa sulla sua spalla, sbadiglio e dico: «Vorrei andare alla pasticceria Levain e provare i loro biscotti. Pare che quelli con le gocce di cioccolato siano i migliori in assoluto. E voglio anche andare al negozio di cioccolato di Jacques Torres. I suoi biscotti sono perfetti, sai? Una vera leggenda...». Chiudo gli occhi e sento Peter che mi accarezza i capelli. Sto iniziando a addormentarmi, quando mi accorgo che Peter mi sta sciogliendo la treccia che Kitty mi aveva fissato sulla sommità del capo. Apro gli occhi ed esclamo: «Peter!».

«Sssh, dormi. Voglio fare un po' di pratica.»

«Non riuscirai mai a rifarla uguale.»

«Lasciami provare» sussurra, con le forcine in mano.

Quando arriviamo all'albergo, nonostante i suoi sforzi, le mie trecce sono arruffate e mezze sciolte, ed è impossibile risistemarle. «Manderò una foto a Kitty, per farle vedere che razza di allievo sei.»

«No, dai» si affretta a dire Peter, in un modo che mi fa davvero tenerezza.

Il giorno successivo, sorprendentemente, ci regala una temperatura da primavera inoltrata, nonostante sia solo marzo. Il sole splende e i primi boccioli hanno già iniziato a schiudersi. Sembra di essere in *C'è posta per te*, quando Kathleen Kelly va a incontrare Joe Fox in Riverside Park. Mi piacerebbe vedere il punto del parco in cui i protagonisti si baciano alla fine del film, ma la nostra guida ci conduce a Central Park. Chris e io stiamo facendo foto al mosaico di *Imagine*, a Strawberry Fields, quando mi accorgo che Peter è sparito. Chiedo a Gabe e a Darrell, ma nessuno l'ha visto. Gli mando un messaggio, ma non risponde. Stiamo per muoverci verso Sheep Meadow per il picnic e io sto iniziando a preoccuparmi all'idea che i prof si accorgano che un allievo è scomparso. Proprio in quel momento lo vedo arrivare a passo svelto. Non è nemmeno affannato o minimamente impensierito dall'eventualità di restare indietro.

«Dov'eri?» gli chiedo. «Stavamo quasi per andare!»

Con aria trionfante mi porge un sacchetto di carta marrone. «Apri, dai.»

È un biscotto con gocce di cioccolato di Levain, ancora caldo. «Oh, mio Dio, Peter! Sei così dolce.» Mi alzo in punta di piedi e lo abbraccio, poi mi volto verso Chris. «Non è dolce, Chris?» Peter è affettuoso, ma non lo è mai stato così tanto. Mi ha già fatto due sorprese di fila, quindi immagino che dovrei lodarlo, visto che i ragazzi rispondono molto bene ai rinforzi positivi.

Chris mette la mano nel sacchetto e si infila un pezzo di biscotto in bocca. «Davvero dolce» dice, allungando la mano per prenderne un altro, ma Peter le toglie il sacchetto ed esclama: «Dannazione, Chris! Lascia che Covey l'assaggi perlomeno, prima di farlo sparire».

«Ma perché ne hai preso uno solo?»

«Perché è enorme! E costa qualcosa come cinque dollari.»

«Non riesco a credere che tu ti sia precipitato fin là per me» dico. «Non avevi paura di perderti?»

«Ma no» risponde, con orgoglio. «Ho guardato su Google Maps e ho corso. Ero un po' disorientato al ritorno, ma ho chiesto indicazioni e me le hanno date. I newyorkesi sono davvero gentili. Tutte quelle storie sul fatto che siano maleducati devono essere tutte balle.»

«È vero. Tutti quelli che abbiamo incontrato sono stati cordiali. Tranne la donna anziana che ti ha sgridato perché camminavi guardando il cellulare» dice Chris, ridendo in faccia a Peter e ricevendo in cambio un'occhiataccia. Assaggio un pezzo di biscotto, compatto e pastoso. Anche abbastanza pesante. Non assomiglia a nessun biscotto con gocce di cioccolato mangiato sinora.

«Allora?» mi chiede Peter. «Com'è?»

«È unico nel suo genere.» Sto dando un altro morso, quando arriva la signora Davenport e ci dice di muoverci, e intanto rivolge un'occhiata sospettosa al biscotto che ho in mano.

La nostra guida ha una paletta che sembra la torcia della Statua della Libertà e la tiene sollevata così non la perdiamo di vista. In realtà, è abbastanza imbarazzante e io vorrei tanto che potessimo andarcene in giro per conto nostro ed esplorare da soli la città, ma naturalmente è impossibile. La nostra guida è un tipo con la coda di cavallo e una giacca color cachi. Personalmente lo trovo piuttosto banale, ma la Davenport sembra molto presa da lui. Dopo Central Park prendiamo la metropolitana in centro e scendiamo per una passeggiata sul ponte di Brooklyn. Mentre tutti gli altri sono in fila per un gelato, Peter e io facciamo un salto al negozio di cioccolato di Jacques Torres. È stata un'idea di Peter. Naturalmente, prima ho chiesto il permesso alla signora Davenport. Lei era occupata a parlare alla guida turistica quindi ci ha liquidati con un cenno della mano. Mi sento così cresciuta a camminare per le strade di New York senza la compagnia di adulti.

Quando arriviamo al negozio sono così eccitata da tremare. Alla fine riesco a provare uno dei famosi biscotti al cioccolato. Lo addento: è sottile, leggermente gommoso e compatto. Il cioccolato si è aggregato sulla superficie solidificandosi! Il burro e lo zucchero sembrano quasi caramellati. Un vero paradiso.

«I tuoi sono migliori» sentenzia Peter con la bocca piena, mentre io gli faccio segno di tacere e mi volto a controllare che la ragazza al banco non abbia sentito.

«Smettila di dire balle» rispondo.

«Sul serio!»

«Non capisco perché i miei non vengano così» mi chiedo. «Devono essere i forni industriali.» A quanto pare dovrò farmene una ragione, accettare i miei biscotti imperfetti e accontentarmi del loro buon livello.

Mentre usciamo da lì, noto un forno dall'altro lato della strada, con l'insegna *Almondine*, e un altro all'angolo opposto, denominato One Girl Cookies. New York è davvero una città piena di gente che sforna dolci.

Peter e io raggiungiamo i nostri compagni mano nella mano. Li troviamo sul pontile, seduti a mangiare gelato sulle panche e a farsi selfie con lo sfondo di Manhattan. New York è una città sorprendentemente gradevole.

Peter probabilmente pensa la stessa cosa perché mi stringe la mano e mi dice: «Questa città è incredibile».

«Davvero.»

Sto dormendo profondamente, quando sento bussare alla porta. Mi alzo di scatto. Fuori è ancora buio. Nel letto accanto al mio, Chris non si muove.

Poi sento la voce di Peter dietro la porta. «Sono io, Covey. Vuoi venire sul tetto a vedere l'alba?»

Corro ad aprire la porta. Peter, con la felpa dell'Università della Virginia, ha una tazza di acqua calda in una mano e un sacchetto pieno di bustine di tè nell'altra. «Che ore sono?»

«Le cinque e mezza. Sbrigati, prendi la giacca.»

«Va bene, aspetta un minuto» bisbiglio. Poi mi precipito nel bagno della nostra camera a lavarmi i denti e cerco al buio qualcosa da mettere. «Non trovo la giacca!»

«Ti do la mia felpa» dice Peter dalla soglia.

«Vi giuro che se non tacete...» brontola Chris da sotto le coperte.

«Scusa» bisbiglio. «Vuoi venire a guardare il sole che sorge insieme a noi?»

Peter fa un'espressione scocciata, ma la testa di Chris è sotto le coperte e quindi non può vederlo. «No. Uscite e basta!»

«Scusa, scusa» dico e schizzo fuori dalla porta.

Prendiamo l'ascensore sino all'ultimo piano. Fuori è ancora buio, ma sta iniziando a schiarire. La città si sta svegliando. Peter si leva la felpa, io alzo le braccia e lui me la fa passare attraverso la testa. È calda e profuma del sapone da bucato che usa sua madre.

Poi si sporge dal cornicione guardando oltre l'acqua, verso la città. «Ci pensi se vivessimo qui, dopo l'università? Potremmo abitare in un grattacielo. Con un portinaio e una palestra.»

«Io non voglio vivere in un grattacielo. Io voglio vivere in una casa nel West Village. Vicino a un negozio di libri.»

«Ci penseremo.»

Mi sporgo anch'io. Non ho mai pensato di vivere a

New York. Prima di venire qui mi sembrava un posto minaccioso, per duri che non hanno paura di essere coinvolti in una rissa in metropolitana, o per uomini in giacca e cravatta che lavorano a Wall Street, o per artisti che vivono nei loft di Soho. Ma ora che ci sono, non ho paura, non con Peter al mio fianco. Gli rivolgo un'occhiata. È questo che succede, quindi? Ti innamori e niente sembra più davvero spaventoso. Anzi, la vita si riempie di possibilità?

# 7

Per tornare in Virginia, ci vogliono sei ore di viaggio durante le quali dormo quasi sempre. Quando arriviamo a destinazione è già buio, ma io vedo la macchina di papà parcheggiata davanti alla scuola. Da tempo ormai abbiamo le nostre macchine e siamo indipendenti, ma tornare da una gita e vedere tutti i genitori che ci aspettano ci fa sentire di nuovo alle elementari. Ed è una bella sensazione. Compriamo delle pizze sulla strada di casa. La signora Rothschild ci raggiunge per cena e le mangiamo tutti insieme davanti alla televisione.

Dopo che ho disfatto il mio bagaglio e sistemato i piatti, chiamo Peter ed è già ora di andare a dormire. Una volta a letto, però, continuo a rigirarmi tra le coperte. Forse è perché ho dormito sul pullman o forse è perché arriverà la risposta dell'UVA da un giorno all'altro. Comunque, non riesco a prendere sonno, così vado di sotto senza fare rumore e inizio ad aprire i cassetti e gli sportelli.

Che cosa potrei cucinare questa volta? Qualcosa che non richieda del burro ammorbidito, perché non ho la pazienza di aspettare. Una domanda che ricorre spesso ultimamente, nella mia vita. La signora Rothschild sostiene che basterebbe lasciare il burro fuori dal frigo, ma noi non siamo una famiglia da burro-fuori-dal-frigo, siamo una famiglia da burro-dentro-al-frigo. Inoltre, rischierebbe di diventare troppo morbido, alterando la ricetta: in Virginia in primavera e in estate tutto si scioglie alla svelta.

Magari potrei provare la ricetta dei brownie alla cannella con cui mi sto trastullando da un po'. È una variante dei brownie di Katharine Hepburn, con un pizzico di cannella e formaggio spalmabile variegato alla cannella da spalmare sopra.

Sto facendo sciogliere il cioccolato a bagnomaria e sono già pentita di avere iniziato questo progetto così tardi, quando papà entra in cucina con la vestaglia scozzese che Margot gli ha regalato lo scorso Natale. «Non riesci a dormire, eh?» dice papà.

«Sto provando una nuova ricetta. Penso che potrei chiamarla Brownella o Brownie Peccaminoso.»

«Domani mattina non riuscirai a svegliarti» commenta papà massaggiandosi la nuca.

Sbadiglio e gli dico: «Sai, pensavo che potresti chiamarmi tu, io potrei dormire sino a tardi e poi potremmo fare insieme, padre e figlia, una bella colazione rilassante. Magari preparo le omelette ai funghi».

Ride. «Bel tentativo.» Mi spinge verso le scale dicendo: «Lo finisco io il Brownie Peccaminoso o come si chiama. Vattene a letto».

Sbadigliando di nuovo gli chiedo: «Posso fidarmi del fatto che tu sappia fare una crema di formaggio spalmabile variegata?». Papà mi guarda preoccupato, così io mi affretto ad aggiungere: «Lascia perdere. Domani preparo la crema e li metto in forno».

«Ti aiuto.»

«Sono a buon punto ormai.»

«Non importa.»

«Ok, allora. Puoi occuparti della farina?»

Papà annuisce e prende il dosatore.

«Quello è per i liquidi. A noi serve la tazza graduata, così si può livellare la farina.» Papà torna alla credenza e prende le tazze misurino. Lo guardo versare la farina e poi passare con attenzione un coltello sulla superficie per livellarla. «Bravo.»

«Ho imparato dalla migliore.»

«E tu perché sei ancora sveglio, papà?»

«Ah, penso che sia perché ho un sacco di cose per la testa.» Rimette il coperchio al barattolo della farina, si ferma esitante e poi mi chiede: «Che ne pensi di Trina? Ti piace, vero?».

Rispondo mentre tolgo il pentolino con la cioccolata dal fuoco: «Molto. Penso che potrei volerle davvero bene. E *tu* gliene vuoi?».

Questa volta papà non esita. «Sì.»

«Bene, mi fa piacere.»

«Bene» ripete, sollevato. «Bene.»

Le cose tra loro devono essere serie, altrimenti non me l'avrebbe chiesto. Starà pensando di farla venire a vivere con noi? Prima che possa chiederglielo, dice: «Nessuno prenderà il posto di vostra madre. Questo lo sai, vero?».

«Certo.» Assaggio il cioccolato sul cucchiaio con la punta della lingua. È troppo caldo. È una cosa bella che papà sia innamorato di nuovo, che abbia una vera compagna. È stato solo così a lungo che ci eravamo abituate, ma è molto meglio adesso, con la signora Rothschild. Non riesco a pensarla in modo diverso. «Sono felice per te, papà.»

# 8

Per tutta la mattina ho controllato il telefono, più o meno come hanno fatto tutti i miei compagni dell'ultimo anno. Lunedì è trascorso senza notizie dall'UVA, poi martedì, poi mercoledì... Giovedì e ancora nulla. L'ufficio ammissioni dell'UVA redige tutte le risposte prima del primo aprile e l'anno scorso sono state inviate durante la terza settimana di marzo, quindi le aspettiamo da un giorno all'altro. Per saperlo si va online, nella pagina dedicata, si effettua l'accesso e si conosce il proprio destino.

In passato, le università spedivano per posta le risposte. La signora Duvall dice che a volte, quando arrivava il postino, i genitori telefonavano a scuola e gli studenti saltavano in auto per precipitarsi a casa. C'è qualcosa di romantico nell'attendere una lettera che arriverà per posta, nell'attendere qualcuno che recapiti il tuo destino.

Sono seduta in classe nell'ora di francese, la mia ultima lezione per quel giorno, quando qualcuno urla: «L'UVA ha appena twittato! Hanno pubblicato i risultati!».

Madame Hunt dice: «*Calmez-vous, calmez-vous*», ma

ormai siamo tutti in piedi con il cellulare in mano e nessuno l'ascolta.

Ci siamo. Mentre mi collego al sito ho le mani che tremano e il cuore mi batte all'impazzata.

> L'Università della Virginia ha ricevuto oltre 30.000 domande quest'anno. Il Comitato di Ammissione ha esaminato la sua domanda e considerato con attenzione le sue credenziali accademiche, personali ed extracurriculari e, nonostante siano molto buone, ci dispiace informarla...

Non può essere vero. Sono in un incubo e mi sveglierò da un momento all'altro. Svegliati, svegliati, svegliati. Vagamente percepisco persone che parlano attorno a me, sento un urlo di gioia nell'atrio. Poi suona la campana e tutti saltano su dalle sedie e si lanciano fuori dalla porta. La signora Hunt brontola: «Di solito non danno informazioni prima della fine delle lezioni!». Alzo il viso e vedo che mi sta guardando con gli occhi tristi, pieni di comprensione. Occhi di madre. Sono i suoi occhi ad annientarmi.

Tutto è crollato. Mi fa male il petto e fatico a respirare. Tutti i miei piani, tutte le cose su cui contavo, niente si avvererà più. Io che torno a casa per la cena della domenica, io che nelle sere della settimana faccio il bucato con Kitty, Peter che mi accompagna a lezione, le notti di studio alla biblioteca Clemons. Tutto perduto.

Torno a guardare lo schermo del telefono e leggo di nuovo le parole. Ci dispiace informarla... La mia vista inizia ad appannarsi. Poi rileggo di nuovo, dall'inizio. Non sono nemmeno in lista di attesa. Neppure quella possibilità.

Mi alzo, prendo la borsa ed esco dall'aula. Dentro mi sento calmissima e allo stesso tempo ho la piena consapevolezza del cuore che pompa, del sangue che pulsa nelle orecchie. È come se le parti del mio corpo continuassero a muoversi e a funzionare come sempre, ma io fossi diventata insensibile. Non sono stata ammessa. Non andrò all'UVA. Non mi vogliono.

Sto camminando verso l'armadietto, ancora stordita, quando quasi vado a finire addosso a Peter. Mi afferra e chiede: «Allora?». Mi guarda con occhi luminosi, pieni di curiosità, colmi di aspettativa.

La mia voce sembra giungere da un luogo lontano. «Non mi hanno ammessa.»

Rimane un attimo a bocca aperta. «Un momento... Come?»

Sento un nodo salirmi in gola. «Già.»

«Nemmeno in lista d'attesa?»

Scuoto il capo.

«Cazzo.» La parola viene scandita con una lunga esalazione. Peter è scioccato. Lascia cadere il mio braccio. Non sa cosa dire.

«Devo andare» dico allontanandomi da lui.

«Aspetta, vengo con te!»

«No, giocate in trasferta, oggi. Devi andare.»

«Covey, non mi importa.»

«No, preferisco che tu non venga. Ti chiamo dopo.» Peter mi si avvicina, ma io scivolo di lato e corro via verso l'uscita. Sento la sua voce che mi chiama, ma io non mi fermo. Devo solo arrivare alla mia macchina e poi posso piangere. Non ancora. Solo un altro centinaio di scalini e poi altri cento.

Raggiungo il parcheggio prima che le lacrime inizino a cadere. Piango per tutto il viaggio verso casa. Singhiozzo così forte che non riesco quasi a vedere la strada, tanto che devo fermarmi nel parcheggio di un fast food e restare lì a piangere ancora un po'. Sto iniziando a capire che non è un incubo, è tutto vero: il prossimo autunno non andrò all'UVA con Peter. Saranno tutti delusi. Tutti si aspettavano che sarei stata ammessa. Non avrei mai dovuto dichiarare il mio desiderio di entrare. Avrei dovuto tenerlo per me, non farlo sapere a nessuno. Ora saranno tutti preoccupati e sarà peggio che vedere lo sguardo triste e materno di Madame Hunt.

Metto piede in casa, afferro il cellulare e mi precipito in camera. Mi tolgo la divisa, mi infilo il pigiama e vado a letto, dove controllo le telefonate. Mi hanno cercato papà, Margot e Peter. Vado su Instagram e vedo tutte le persone che hanno postato le proprie reazioni dopo aver saputo della propria ammissione all'UVA. Mia cugina Haven ce l'ha fatta, ha postato la sua lettera di ammissione. Eppure non andrà lì, ma a Wellesley, la prima delle sue scelte. Non le importa nulla dell'UVA: era una domanda in più, per avere un'alternativa. Sono certa che quando saprà del mio fallimento si dimostrerà solidale, pur sentendosi superiore. Emily Nussbaum è entrata. Ha postato una sua foto con indosso un maglione e un cappellino da baseball dell'UVA. Dio, anche lei? Pensavo che i miei voti fossero migliori dei suoi. Ma deduco che non lo fossero.

Poco dopo sento aprirsi la porta di casa e i passi di Kitty per le scale. Apre la porta della mia stanza, ma io sono voltata dall'altra parte, con gli occhi chiusi. «Lara Jean?» chiama sottovoce.

Non le rispondo. Ho bisogno di ancora un po' di tempo, prima di poter affrontare lei e papà e ammettere che non ce l'ho fatta. Cerco di respirare in modo regolare e profondo, così che mi creda addormentata, poi sento Kitty uscire e chiudere silenziosamente la porta. Poco dopo mi addormento davvero.

Quando mi sveglio, è buio. È sempre così sgradevole addormentarsi con la luce e svegliarsi con l'oscurità. Mi bruciano gli occhi, devono essere gonfi e rossi. Di sotto sento l'acqua che scorre nel lavandino della cucina e il rumore delle posate contro i piatti. Scendo le scale e mi fermo prima di arrivare in fondo. «Non sono entrata all'UVA.»

Papà si volta. Ha le maniche arrotolate sino ai gomiti, le braccia insaponate e lo sguardo più triste di quello di Madame Hunt. Gli occhi di papà. Chiude il rubinetto, si avvicina alle scale, mi abbraccia. Le sue braccia sono ancora umide. «Mi dispiace tantissimo, tesoro.» Siamo più o meno alti uguali perché io sono ancora sulle scale. Mi sforzo di non piangere, ma quando alla fine papà mi lascia andare, mi solleva il mento e osserva il mio volto preoccupato, devo mettercela tutta per non perdere il controllo. «So quanto ci tenessi.»

Io continuo a deglutire per scacciare le lacrime. «Ancora non mi sembra vero.»

Papà mi sposta i capelli dagli occhi. «Andrà tutto bene. Te l'assicuro.»

«È solo che... è solo che io non volevo lasciarvi» dico piangendo, e non riesco più a frenarmi, le lacrime rotolano giù, sulle guance. Papà le asciuga una dopo l'altra. Sembra che sia sul punto di piangere anche lui, e questo mi fa stare peggio, perché mi ero ripromessa di essere coraggiosa, ed ecco il risultato.

Mi mette un braccio attorno alle spalle e ammette: «Egoisticamente anch'io speravo di averti vicina a casa. Ma ascolta, Lara Jean, tu andrai comunque in una grande scuola.»

«Ma non sarà l'UVA.»

«Mi dispiace» dice di nuovo prima di sedersi sulla scala di fianco a me, il suo braccio attorno alle mie spalle.

Ed è così che ci trova Kitty, rientrata dalla passeggiata con Jamie Fox-Pickle. Sposta il suo sguardo da me a papà e abbandona il guinzaglio. «Non ti hanno ammessa?»

Mi asciugo la faccia e cerco di alzare le spalle. «No. Ma va bene lo stesso. Immagino che non fosse destino.»

«Mi spiace.»

«Vieni qui, voglio abbracciarti.» E così ce ne stiamo tutti e tre seduti sulle scale, con le braccia di papà sulla mia spalla e la mano di Kitty sul mio ginocchio.

Papà mi prepara un panino al tacchino. Lo mangio e poi vado di sopra, m'infilo nel letto e ricomincio a guardare il cellulare. Prima che possa rimettermi a piangere, sento bussare alla finestra. È Peter, ancora con la maglia da lacrosse addosso. Salto giù dal letto e gli apro la finestra. Entra, mi guarda e poi dice: «Ehi, occhi da coniglio». Peter mi chiama così dopo che ho pianto. Riesce a farmi ridere, ed è bello. Mi avvicino a lui per abbracciarlo, ma mi mette in guardia: «Non vuoi farlo sul serio, non in questo stato. Non ho fatto la doccia dopo la partita. Sono venuto subito qui».

Lo abbraccio comunque e mi piace il suo odore. «Perché non hai suonato alla porta?»

«Ho pensato che a tuo padre potesse non fare piacere che io venissi a casa vostra a quest'ora. Stai bene?»

«Insomma.» Mi sciolgo dall'abbraccio e mi siedo sul letto, mentre lui va a sedersi sulla scrivania. «Non proprio.»

«Sì, anche io.» Fa una lunga pausa e poi aggiunge: «Ho avuto la sensazione di non avere detto le cose giuste, prima. Ero avvilito. Non pensavo che sarebbe successa una cosa simile».

Abbasso lo sguardo verso il copriletto. «Lo so. Nemmeno io.»

«È un vero schifo. I tuoi voti sono decisamente migliori dei miei. Cary è entrato e tu sei meglio di lui!»

«Be', non sono una giocatrice di lacrosse o di golf.» Cerco di non dare alla mia voce un tono amaro, ma è difficile. Un pensiero appena abbozzato, molto ingiusto, si fa strada nella mia testa: non è giusto che Peter sia stato ammesso e io no, visto che lo merito molto più di lui. Ho studiato di più. Ho avuto voti migliori, punteggi più alti.

«Che si fottano.»

«Peter.»

«Scusa. Che se la prendano in quel posto.» Fa un sospiro e dice: «Non ha senso».

«Be', forse invece ne ha. L'UVA è molto competitiva. Non ce l'ho con loro. Semplicemente vorrei avercela fatta.»

Peter annuisce e dice: «Già, anch'io».

In quel momento sentiamo l'acqua scorrere in bagno e per un attimo ci si gela il sangue nelle vene. «È meglio che tu vada» sussurro.

Peter mi abbraccia ancora una volta, prima di scivolare fuori dalla finestra. Rimango lì a guardarlo correre verso la strada dove ha parcheggiato l'auto. Dopo che si è allontanato, controllo il cellulare e vedo due chiamate perse di Margot e un suo messaggio che dice:

Mi dispiace così tanto.

E inizio a piangere di nuovo, perché in quel momento capisco che è successo davvero.

# 9

È la prima cosa a cui penso al risveglio. *Io non andrò all'UVA e non ho la più pallida idea di dove finirò.* È una preoccupazione nuova per me. Ho sempre saputo quale fosse il mio posto, a quale luogo appartenessi. Casa.

Mentre me ne sto sdraiata nel letto, penso a tutte le cose che mi perderò. I momenti.

Le prime mestruazioni di Kitty. Mio padre è un ginecologo, quindi non è che non conosca l'argomento, ma aspetto da tempo il momento in cui le farò il discorso sulle "questioni femminili" che lei odierà. Potrebbero passare ancora un anno o due. Io le ho avute a dodici anni e Margot a undici, quindi non si può mai sapere. Il giorno delle mie prime mestruazioni, Margot mi ha spiegato tutto sugli assorbenti interni, quali usare e in quali giorni, mi ha suggerito di dormire a pancia in giù per alleviare i crampi quando sono particolarmente dolorosi. Mi ha fatto sentire come se stessi entrando a far parte di un club femminile segreto. Grazie a mia sorella il dolore che provavo all'idea di crescere era meno doloroso. Kitty probabilmente non avrà nessuna delle sue sorelle vicino, il giorno in cui succederà. In compenso ci sarà la signora Rothschild, che abita dall'altro lato della strada. Kitty le si è affezionata così tanto, che a pensarci bene probabilmente preferirà che sia lei a spiegarle tutto. E anche se in futuro papà e la signora Rothschild dovessero lasciarsi, sono certa che lei non abbandonerebbe Kitty. Sono molto unite.

Mi perderò anche il suo compleanno. Devo ricordare a papà di appendere il cartellone di auguri.

Per la prima volta, le tre le sorelle Song vivranno separate e probabilmente non vivremo mai più insieme sotto lo stesso tetto. Torneremo qui per le feste, ma non sarà la stessa cosa. Non sarà mai più come in passato. Be', suppongo non lo sia più nemmeno adesso, da quando Margot studia in Scozia. Il fatto è che ci si abitua a tutto. Succederà così anche a Kitty.

A colazione non faccio che osservarla, memorizzando ogni dettaglio. Le gambe lunghe, le ginocchia sporgenti, il modo in cui guarda la tv con un mezzo sorriso sul volto. Fra poco questa ragazzina cambierà e, prima di andarmene, vorrei fare qualcosa di speciale, solo noi due.

Durante la pubblicità Kitty si volta verso di me e chiede: «Perché mi fissi?».

«Niente. Sento già la tua mancanza, ecco.»

«Posso avere la tua stanza?»

«Che cosa? No!»

«Tanto te ne andrai. Perché la tua camera deve restare vuota?» insiste.

«Perché vuoi la mia e non quella di Margot? La sua è più grande.»

«La tua è più vicina al bagno e ha una luce migliore.»

Io temo i cambiamenti, mentre Kitty ci si butta letteralmente dentro. È il suo modo di gestirli. «Ti mancherò quando me ne sarò andata, lo so, quindi non fingere che non sia così, Kitty.»

«Mi sono sempre chiesta come sarebbe stato essere figlia unica» commenta con voce melliflua. La guardo accigliata così lei si affretta a strillare: «Sto scherzando!».

So che non parla sul serio, ma non riesco a non sentirmi dispiaciuta. Perché qualcuno dovrebbe desiderare di essere figlio unico, anche per scherzo? Che cosa c'è di bello nel non avere nessuno contro cui scaldare i piedi in una fredda notte invernale?

«Ti mancherò» ripeto, più a me stessa che a lei.

Non mi sta più ascoltando. Il suo programma è ricominciato.

Una volta a scuola, mi dirigo direttamente nell'ufficio della signora Duvall per aggiornarla. Non appena vede l'espressione del mio volto, dice: «Vieni, siediti» e si alza dalla scrivania per chiudere la porta alle mie spalle. Poi si siede accanto a me. «Dimmi tutto.»

«Non sono stata ammessa all'UVA.» L'ho detto e ripetuto ormai un po' di volte, quindi dovrebbe essere più facile tirare fuori le parole, invece non è così. È peggio.

La signora Duvall sospira prima di dirmi: «Sono sorpresa. Davvero molto, molto sorpresa. La tua domanda di ammissione era ottima, Lara Jean, e tu sei una studentessa meravigliosa. Ho sentito dire che quest'anno hanno ricevuto moltissime domande, più che in passato, migliaia addirittura. Tuttavia, ero certa che, alla peggio, saresti stata in lista d'attesa».

Tutto quello che riesco a fare è stringermi un pochino nelle spalle. Lei si china verso di me e mi abbraccia. «Da quello che so, la William and Mary invierà oggi le risposte. E ci sono ancora l'Università del Nord Carolina e quella di Regina. In quale altro college avevi fatto domanda? Tecnologia?»

Scuoto il capo. «James Madison.»

«Sono tutte grandi università. Andrà tutto bene, Lara Jean. Non sono affatto preoccupata per la tua ammissione.»

Non dico quello che sto pensando, e cioè che eravamo anche più che certe che sarei entrata all'Università della Virginia. Mi limito ad abbozzare un sorriso.

La prima persona che incontro dopo aver lasciato l'ufficio della signora Duvall è Chris. «Dovresti venire con me a lavorare in una fattoria in Costa Rica» dice, chiudendo il suo armadietto.

Stupita, mi appoggio al muro. «Aspetta un attimo, Chris. Cos'hai detto?»

«Te ne avevo parlato.»

«No, non credo.» Sapevo che voleva frequentare un'università pubblica e poi decidere il da farsi. Non ha ottimi voti e nemmeno le idee chiare, quindi non mi sembrava una cattiva idea. Ma non sapevo nulla del progetto "Costa Rica".

«Mi prendo un anno per lavorare in un'azienda agricola. In cambio di cinque ore di lavoro ti offrono vitto e alloggio. È fantastico.»

«Ma cosa ne sai del lavoro in fattoria?»

«Niente, ma non importa. L'importante è che tu abbia voglia di lavorare: ti insegnano loro. Potrei anche farmi assumere in una scuola di surf in Nuova Zelanda o andare in Italia per imparare a fare il vino. In teoria potrei andare ovunque. Non è incredibile?»

«Lo è...» Cerco di sorridere, ma ho i muscoli del viso contratti. «Tua madre è d'accordo?»

Chris abbassa lo sguardo sull'unghia del pollice. «Ho diciotto anni. Non può farci niente.»

Le rivolgo un'occhiata perplessa. La mamma di Chris è piuttosto severa e io faccio proprio fatica a immaginare che possa approvare il progetto.

«Le ho detto che starò all'estero per un anno, poi tornerò e andrò alla Piedmont, che è un'ottima università pubblica, e poi vedremo. Un anno è lungo. Magari sposerò un DJ o mi unirò a una band o avvierò un'impresa commerciale. Pensavo a dei bikini.»

«Sembra tutto davvero... forte.»

Voglio essere contenta per lei, ma non riesco. È bello che Chris abbia dei progetti e che non veda l'ora di realizzarli. Nessun altro nella nostra classe ha idee simili. Eppure... io ho la sensazione che tutto intorno a me stia scivolando via. Non me l'aspettavo e non mi piace. Tutto quello che desidero è che le cose restino uguali per sempre.

«Mi scriverai?» le chiedo.

«Metterò tutto su Snapchat.»

«Non sono su Snapchat e non è la stessa cosa» replico dandole un colpetto con il piede. «Mandami delle cartoline, una per ogni posto nuovo.»

«Stai parlando di uffici postali? Non so nemmeno come funzionano le poste in Costa Rica!»

«Be', tu prova.»

«D'accordo.»

Non ho visto Chris spesso, quest'anno. Ha lavorato come cameriera e ha legato molto con i colleghi. Sono tutti più grandi di noi, qualcuno addirittura con figli.

Sono quasi certa che Chris non abbia confidato a nessuno di loro che vive ancora a casa con i suoi genitori e non è indipendente. Una volta, il mese scorso, uno dei camerieri ha detto qualcosa sul fatto che sperava di guadagnare abbastanza, quella sera, per pagare l'affitto. Poi ha guardato Chris e ha aggiunto: «Tu mi capisci, vero?». Quando io le ho rivolto uno sguardo interrogativo, lei ha fatto finta di niente.

La campana della prima ora inizia a suonare, così ci avviamo verso le aule. «Kavinsky dev'essere andato fuori di testa» dice Chris, guardando il proprio riflesso in una porta a vetri. «Immagino che continuerete a stare insieme, comunque.»

«Già. Immagino di sì.» Ho lo stomaco stretto in una morsa.

«Dovresti reclutare qualcuno sul posto che lo tenga d'occhio» scherza. «Sai, una specie di spia. Mi pare che Gillian McDougal sia stata ammessa. Potresti chiedere a lei.»

«Chris, io ho fiducia in Peter.»

«Non sto parlando di lui! Mi riferisco alle ragazze che avrà attorno. Che "capiteranno" per caso in camera sua. Dovresti dargli una foto tua che lo faccia sentire meno solo, se capisci cosa intendo» spiega, maliziosa. «Hai capito, vero?»

«Ti riferisci a una foto sexy? Assolutamente no!» Mi allontano brontolando: «Senti, devo andare in classe». L'ultima cosa che voglio è pensare a Peter e alle ragazze che gli ronzeranno attorno. Devo ancora abituarmi all'idea che non saremo insieme il prossimo autunno.

«Calmati. Non sto parlando di una foto nuda. A una come te? Figurati. Sto parlando di uno scatto birichino, non volgare. Sexy. Qualcosa che Kavinsky possa appendere in camera.»

«Perché dovrebbe farmi piacere sapere che una mia foto sexy è appesa dove tutti possono vederla?»

Chris allunga una mano e mi colpisce sulla fronte.

«Ahi! Mi hai fatto male!»

«Te lo meriti per avermi fatto una domanda così idiota.» Sospira e continua: «Sto parlando di prevenzione. Una foto nella sua stanza è un modo per marcare il territorio. Kavinsky è bello. Ed è sportivo. Pensi che le sue compagne di università si lasceranno scoraggiare da una relazione a distanza?». Abbassa la voce e aggiunge: «Con una verginella?».

Trattengo il fiato e mi guardo attorno per vedere se qualcuno ha sentito. «Chris!» sibilo. «Puoi evitare, per favore?»

«Sto solo cercando di aiutarti! Devi proteggere ciò che è tuo, Lara Jean. Secondo te, se io incontrassi un ragazzo favoloso in Costa Rica, qualcuno che ha una ragazza a vattelapesca con cui non è mai andato a letto? Penso che non la considererei una relazione importante.» Alza le spalle e mi guarda con espressione da "mi-dispiace-ma-peggio-per-te". «Devi dimostrare che il vostro rapporto è importante, quindi devi incorniciare la foto. Una cornice significa quello. Una foto incollata al muro con il nastro adesivo dice: "Oggi sono qui, domani chissà".»

Mi mordo il labbro inferiore, pensosa. «Quindi potrei dargli una foto di me che faccio i biscotti, con un bel grembiule...»

«E nuda sotto?» dice Chris e questa volta sono io a colpirla sulla fronte.

«Ahi!» esclama.

«Sii seria!»

È ora di entrare in aula, così alla fine ci separiamo. Non sono il tipo da foto sexy, in compenso ho un'altra idea... potrei dargli un album dei ricordi. Tutti i nostri momenti migliori. Così quando all'università sentirà la mia mancanza, potrà sfogliarlo. Potrà tenerlo sulla scrivania, bene in vista per ogni ragazza che passerà da quelle parti. Naturalmente non ne parlerò con Chris... mi prenderebbe in giro. Come minimo mi chiamerebbe Nonnina Lara Jean. Ma io so che a Peter piacerà tantissimo.

# 10

Resto tutto il giorno sulle spine in attesa di avere notizie dalla William and Mary. La mia attenzione è tutta sul mio cellulare, in attesa che vibri, che arrivi una email. Il prof O'Brien deve ripetermi tre volte la domanda sul rapporto fra letteratura e schiavitù in *Beloved* di Toni Morrison.

Arriva un messaggio, sobbalzo, ma è solo Margot che mi chiede notizie. Quando vibra di nuovo è Peter. Niente dalla William and Mary.

Il terzo messaggio lo ricevo in bagno mentre mi affanno a tirare su la cerniera dei jeans per controllare. Scopro che è una email dell'Università del Nord Carolina a Chapel Hill che mi informa che la mia domanda di ammissione ha avuto una risposta e che la troverò cliccando il link sottostante. Resto lì in piedi, e anche se onestamente non mi aspetto di essere stata accettata, il cuore mi batte all'impazzata.

Lista d'attesa.

Dovrei essere felice perché entrare lì è davvero difficile e la lista d'attesa è sempre meglio di niente, e sarei davvero felice se… fossi stata ammessa all'UVA. Così è un altro pugno nello stomaco. E se nessuna università mi accettasse? Che cosa farei? Mi sembra di vederli, zia Carrie e zio Victor: *Povera Lara Jean, non è stata ammessa né all'Università della Virginia, né a quella del Nord Carolina. È così diversa da sua sorella Margot che è così determinata...*

Finalmente arriva l'ora di pranzo. Peter mi sta aspettando impaziente. «Hai saputo niente?»

Mi siedo a fianco a lui. «Sono in lista d'attesa, Università del Nord Carolina.»

«Oh, merda, è impossibile entrare a meno che tu non sia un giocatore di basket. Comunque, è meglio di niente.»

«Sì, vero.»

«Chissenefrega!» esclama. «A chi importa essere ammessi lì, comunque?»

«A un sacco di gente.» Scarto il mio panino, ma ho lo stomaco sottosopra e non me la sento nemmeno di dare un morso.

Peter alza le spalle poco convinto. So che sta cercando di farmi sentire meglio, ma quella è una grande università, e io lo so bene, quindi è inutile fingere il contrario.

Per tutto il pranzo sorseggio la mia Cherry Coke e ascolto i ragazzi parlare della prossima partita. Peter a un certo punto mi guarda e mi stringe una gamba in modo rassicurante, ma io non riesco nemmeno a sorridergli.

E quando i ragazzi si alzano per andare in palestra e restiamo soli, Peter mi chiede preoccupato: «Non mangi nulla?».

«Non ho fame.»

«Sarebbe stato giusto che fossi entrata tu all'UVA e non io» sospira e a quel punto, *puf*, il pensiero della sera prima, su quanto fosse ingiusto che lui fosse stato ammesso e io no, sul fatto che io lo meritassi più di lui, si dissolve come una traccia di profumo. So quanto si è allenato duramente. So che si è guadagnato quel posto. E so che non dovrebbe nemmeno pensare ciò che ha detto. È sbagliato.

«Non dirlo neanche. Te lo sei guadagnato e te lo meriti.»

«Anche tu, però» mormora a capo chino. Poi, all'improvviso si rianima e chiede: «Ti ricordi di Toney Lewis?». Scuoto il capo. «Lui era all'ultimo anno quando noi eravamo al primo. Per due anni ha frequentato un'università pubblica, e poi si è trasferito all'UVA! Potresti farlo anche tu. Trasferirsi all'UVA da un'altra università è enormemente più facile!»

«Immagino di sì...» La possibilità di trasferirmi non mi era nemmeno venuta in mente.

«D'accordo? Magari quest'autunno andrai alla William and Mary o dove entrerai, e ci vedremo meno, ma poi farai domanda di trasferimento e l'anno prossimo ti ritroverai con me all'UVA! Il posto a cui appartieni!»

Dentro di me sento accendersi una fiammella di speranza. «Credi davvero che sarà così facile?»

«Certo! È solo un ritardo nei nostri programmi! Fidati, Covey.»

Annuisco. «Già!»

Peter emette un sospiro di sollievo. «Perfetto. Adesso abbiamo un piano.»

Rubo una patatina fritta dal suo piatto, mi sta tornando l'appetito. Sto per afferrarne un'altra quando il mio cellulare inizia a vibrare. È una email dall'ufficio ammissioni della William and Mary. Peter guarda da dietro la mia spalla e poi verso di me, gli occhi spalancati.

È con grande piacere che le
comunichiamo l'ammissione
alla William and Mary...

Finalmente torno a respirare. Grazie a Dio.

Peter si alza dalla sedia, mi prende in braccio e mi fa girare. «Lara Jean è appena stata ammessa alla William and Mary!» urla alla tavolata e a tutti quelli che possono sentirlo. Segue un coro di congratulazioni.

«Visto?» dice trionfante. «Te l'avevo detto che tutto si sarebbe aggiustato.»

Rispondo al suo abbraccio stringendolo forte. Mi sento così sollevata. Per essere stata ammessa, per avere un progetto.

«Faremo funzionare le cose finché non tornerai qui» mormora, sfiorandomi il collo con la punta del naso. «Sono solo due ore, niente. Scommetto che tuo padre ti lascerà prendere la macchina. A Kitty non serve per ora. E le prime volte viaggeremo insieme, così ti sentirai più tranquilla. Andrà tutto bene, Covey.»

Annuisco.

Quando torno a sedermi, mando un messaggio di gruppo a Margot, Kitty, la signora Rothschild e papà.

Metto un po' di punti esclamativi, per dimostrare quanto sono eccitata e assicurarmi che la smettano di essere dispiaciuti per me.

Mio padre risponde con una serie di faccine. La signora Rothschild scrive:

Evvai!!!

La risposta di Margot è:

Settimana prossima festeggiamo!

La signora Duvall reagisce con entusiasmo alla notizia. «Lo so che era la tua seconda opzione, ma potrebbe rivelarsi una scelta migliore. È un'università più piccola e io penso che una ragazza come te lì possa davvero distinguersi, Lara Jean.»

Le sorrido, contraccambio il suo abbraccio, ma dentro di me penso: *quindi crede che una ragazza come me non riuscirebbe a distinguersi all'UVA.*

Verso la fine della settimana mi comunicano l'ammissione anche dalla James Madison, l'università di Richmond. Ne sono felice, ma ormai ho deciso. Sono stata a Williamsburg un sacco di volte con la mia famiglia e riesco a immaginarmi laggiù. È un piccolo campus gradevole. Non lontano da casa. Quindi ci andrò, studierò sodo e dopo un anno mi trasferirò, e tutto sarà esattamente come avevamo progettato.

# 11

Vado io a prendere Margot e Ravi all'areoporto, mentre papà termina di preparare la cena e Kitty finisce i compiti. Inserisco l'indirizzo nel navigatore – per sicurezza – e grazie a Dio arrivo a destinazione senza intoppi. Il nostro aeroporto è piccolo, quindi basta un giro in auto per ingannare il tempo mentre aspetto che escano.

Infatti al mio ritorno vedo Margot e Ravi seduti sulle proprie valigie. Parcheggio, volo giù dalla macchina e butto le braccia al collo di mia sorella. Si è tagliata i capelli corti, appena sotto le orecchie, e indossa una felpa sopra ai leggins. La stringo forte, e tutto quello che riesco a pensare è: *Oh, come mi è mancata mia sorella!*

Ravi è più alto di quanto pensassi. Più magro, anche, con la pelle scura, capelli scuri, occhi scuri, lunghe ciglia e una fossetta sulla guancia destra. È così diverso da Josh, ma *decisamente* il tipo di ragazzo che può piacere a Margot.

«Piacere di conoscerti dal vivo, Lara Jean.»

Sono stupita: il mio nome suona molto più sofisticato pronunciato con quell'accento inglese.

Il mio nervosismo scema quando vedo la sua maglietta; c'è scritto ESERCITO DI SILENTE. È un fan di Harry Potter, come noi.

«Piacere mio. Allora, di che casa sei?»

Afferra le valigie e le carica nel bagagliaio. «Vediamo se indovini. Tua sorella ha sbagliato.»

«Solo perché stavi cercando di impressionarmi» protesta Margot. Ravi ride e si siede sul sedile posteriore. Penso sia un buon segno che non si sia fiondato davanti, mi sembra dica molto del suo carattere. Nel frattempo Margot mi chiede: «Vuoi che guidi io?».

Sono tentata di dire di sì perché di solito preferisco non guidare, ma poi scuoto la testa, sollevo le chiavi e le faccio tintinnare allegramente. «No, faccio io.»

Margot solleva le sopracciglia, come se la cosa la sorprendesse e dice solo: «Bene».

«Ravi» dico io sistemandomi al posto del conducente «indovinerò la tua *casa* prima che tu te ne sia andato dalla nostra.»

Quando arriviamo, papà, Kitty e la signora Rothschild ci stanno aspettando in salotto. Margot è sorpresa di trovare la signora Rothschild sul nostro divano, con i piedi nudi in grembo a papà. Io, invece, ormai la considero una di famiglia. Non avevo pensato che per mia sorella avrebbe potuto essere *scioccante*. In effetti, quando la signora Rothschild e papà hanno iniziato a uscire insieme Margot era in un altro continente.

Non appena vede Margot, la fidanzata di papà salta in piedi per andare ad abbracciarla e si complimenta per i suoi capelli. Abbraccia anche Ravi dicendo allegra: «Santo cielo, se sei alto!». Margot ha un sorriso tirato.

Poi però vede Kitty, e la abbraccia forte. E dopo un secondo esclama: «Oh, mio Dio! Adesso porti il reggiseno?». Kitty sussulta, arrossisce e le lancia un'occhiataccia.

«Scusa» sussurra Margot, dispiaciuta.

Ravi si affretta a fare un passo avanti per stringere la mano di papà. «Buongiorno, dottor Covey. Sono Ravi, la ringrazio per l'invito.»

«Oh, ci fa piacere averti qui, Ravi.»

Poi Ravi sorride a Kitty, la saluta con la mano e dice con quel suo accento un po' strano: «Ciao, Kitty».

Senza guardarlo negli occhi lei risponde: «Ciao».

Margot la sta ancora guardando come se non credesse ai propri occhi. Per me, che non mi sono mai mossa da qui, è più difficile notare quanto sia cresciuta Kitty nell'ultimo anno, però è vero: è cresciuta. E non sto parlando di misure – il reggiseno è solo decorativo, per ora – ma di altri punti di vista.

«Ravi, ti porto qualcosa da bere?» cinguetta la signora Rothschild. «Abbiamo succo di frutta, Fresca, Coca Cola Light, acqua...»

«Che cos'è *Fresca*?» chiede Ravi aggrottando la fronte.

Il volto della signora Rotschild si illumina. «È una bibita deliziosa, praticamente senza calorie! Devi provarla!» Margot guarda la signora Rothschild correre in cucina e aprire lo sportello del mobile in cui teniamo i bicchieri. Mentre ne riempie uno di ghiaccio, alza la voce per farsi sentire: «E tu, Margot? Desideri qualcosa?».

«No, sono a posto, grazie.» Il tono è abbastanza gentile, ma si capisce che non le piace che le venga offerto da bere in casa sua.

La signora Rothschild torna dalla cucina con la bibita che porge a Ravi con un inchino.

«Davvero rinfrescante» le dice dopo averne bevuto un sorso, facendola felice.

«Portiamo i bagagli di sopra?» ci esorta papà battendo le mani. «Volete darvi una rinfrescata prima di cena, ragazzi? Abbiamo preparato la camera degli ospiti.» Mi guarda con un sorriso e aggiunge: «Lara Jean ha messo un paio di pantofole nuove e un accappatoio per Ravi».

Ma prima che lui possa dire una parola, Margot dice: «Oh, grazie. In realtà penso che dormiremo insieme, nella mia stanza».

Se Margot avesse mollato una bomba puzzolente in salotto, avrebbe fatto meno confusione. Kitty e io ci guardiamo strabuzzando gli occhi, mentre papà, esterrefatto, è letteralmente senza parole. Quando ho preparato la stanza per Ravi – con un set di asciugamani sul letto, accappatoio e pantofole – il pensiero che avrebbe potuto dormire nella camera di Margot non mi ha nemmeno sfiorato il cervello. E chiaramente nemmeno quello di papà che balbetta: «Oh, ecco... non so se...».

Margot stringe le labbra mentre aspetta che papà termini la frase. Stiamo aspettando tutti, in realtà, ma lui sembra non avere idea di come fare. Lo sguardo vola alla signora Rothschild in cerca di aiuto; lei gli posa una mano sulla schiena.

Il povero Ravi sembra davvero a disagio. Be', avevo pensato che fosse un Corvonero come Margot, ma ora tendo a credere che sia più un Tassorosso, come me. Abbassa la voce e dice: «Sto volentieri nella stanza degli ospiti, davvero. Non voglio creare fastidi».

Papà sta per rispondere, ma Margot lo precede. «Nessun fastidio. Andiamo a scaricare l'auto.»

Non appena escono, io e Kitty ci voltiamo una verso l'altra ed esclamiamo: «Oh, mio Dio!».

«Perché devono dormire insieme? Hanno davvero così *tanto* bisogno di fare sesso?»

«Smettila, Kitty» la zittisce papà con un tono più severo di quanto abbia mai usato con lei. Poi si volta ed esce dalla stanza. Sento il rumore della porta del suo studio che si chiude. Quando papà è molto arrabbiato, è lì che va a rintanarsi. La signora Rothschild lancia a Kitty uno sguardo di rimprovero e segue papà.

«Accidenti...» mormoro.

«Si può sapere perché se l'è presa con me?» domanda Kitty accigliata. «Non sono io quella che fa dormire un ragazzo nel suo letto.»

«Non ce l'ha con te, Kitty.» La tiro verso di me e passo le braccia attorno alle sue spalle ossute. «Gogo ha un bel fegato, eh?» aggiungo.

È davvero incredibile, mia sorella. Però mi dispiace per papà: lui detesta le discussioni.

Appena mi sono ripresa dallo stupore mando un messaggio a Peter in cui racconto ogni cosa. Lui mi risponde con una serie di faccine incredule. E poi scrive:

Pensi che tuo padre permetterebbe a noi due di dormire nella stessa stanza?

Non gli rispondo.

Quando Ravi sale di sopra a rinfrescarsi, la signora Rothschild annuncia che quella sera cenerà con delle amiche e ci saluta. Margot è visibilmente sollevata. Kitty porta fuori Jamie Fox-Pickle per una passeggiatina, mentre io e Margot andiamo in cucina a preparare un'insalata che accompagni il pollo arrosto che sta cucinando papà. Non vedo l'ora di restare sola con lei per parlare dell'idea di dormire insieme a Ravi, ma non ne ho l'occasione.

«Perché non mi hai detto che le cose tra papà e la signora Rothschild sono così serie?» mi chiede sottovoce.

«Ti ho detto che cena con noi quasi ogni sera!» rispondo. Inizio a sciacquare dei pomodori, così che il suono dell'acqua corrente copra le nostre voci.

«Si comporta come se vivesse qui! E da quando compriamo quella roba da bere?»

Inizio ad affettare i pomodori. «A lei piace, così quando faccio la spesa ne compro sempre una bottiglia. È davvero dissetante e mi è parso che Ravi apprezzasse.»

«Non è questo il punto!»

«Che problemi hai con la signora Rothschild, tutto d'un tratto? A Natale andavate perfettamente d'accordo...» m'interrompo perché nel frattempo papà è entrato in cucina.

«Margot, posso parlarti un secondo?»

Lei finge di essere impegnata a contare le posate. «Certo, papà. Che cosa c'è?»

Papà mi dà un'occhiata e io decido di restare come "supporto morale". «Preferirei che Ravi dormisse nella camera degli ospiti.»

«Perché?»

Dopo qualche attimo di silenzio imbarazzato, papà dice: «La cosa mi infastidisce...».

«Papà, Ravi e io siamo al college... lo sai che abbiamo già dormito insieme, no?»

«Lo sospettavo, ma ti ringrazio per aver chiarito la cosa» risponde sarcastico papà.

«Ho quasi vent'anni. Vivo lontano da casa, a migliaia di chilometri, da un bel pezzo.»

Poi si volta verso di me, e in quel momento capisco che avrei dovuto andarmene quando potevo.

«Lara Jean e io non siamo più due bambine...»

«Ehi, non mi tirare in mezzo» protesto, ma con il tono più scherzoso possibile.

Papà sospira e dice: «Margot, se sei decisa a farlo, non sarò io a fermarti. Ma vorrei ricordarti che questa è ancora casa mia».

«Pensavo che fosse la *nostra* casa.» Sa di colpire nel segno quindi usa un tono di voce dolce come una meringa.

«Be', voi scroccone non pagate il mutuo, quindi direi che dovrebbe essere un pochino più *mia* che vostra.» E dopo questa battuta finale, papà infila i guanti da forno ed estrae il pollo sfrigolante.

Senza ulteriori tensioni arriva il momento di sedersi a tavola. Papà, a capotavola, affetta il pollo con il moderno coltello elettrico che la signora Rothschild gli ha regalato per il compleanno. «Ravi, preferisci petto o coscia?»

Ravi si schiarisce la gola prima di rispondere: «Ecco, mi spiace, a dire il vero io non mangio carne».

Papà lancia a Margot uno sguardo indignato. «Margot, non mi avevi detto che Ravi è vegetariano!»

«Mi spiace» risponde lei con una smorfia. «Me ne sono completamente dimenticata. Comunque a Ravi piace l'insalata!»

«Nessun problema, davvero» conferma Ravi.

«Prendo io la porzione di Ravi» intervengo. «Entrambe le cosce, se possibile.»

Papà esegue dicendo: «Ravi, domani mattina ti preparerò una colazione speciale. Niente carne!».

Sorridendo Margot replica: «Domani mattina presto andiamo a Washington. Magari il giorno della sua partenza...».

«Va bene» approva papà.

Kitty è stranamente silenziosa. Non so se dipenda dal fatto che c'è un ragazzo che non conosce seduto a tavola con noi o se è solo perché sta crescendo e non sa come ci si comporta quando non si è più una bambina.

Ravi è educato in modo impeccabile – probabilmente perché è inglese e gli inglesi hanno modi più eleganti degli americani. Si scusa un sacco di volte: "Scusa, posso...", "Scusa, non ho capito..." e ha un accento così piacevole che qualche volta fingo di non avere sentito solo per fargli ripetere la frase.

Da parte mia provo ad alleggerire l'atmosfera facendo domande sull'Inghilterra. Gli chiedo perché gli inglesi chiamano scuole pubbliche le scuole private; se la sua scuola assomigliava a quella di Hogwarts; se ha mai incontrato la famiglia reale. Mi risponde che le scuole sono aperte al pubblico purché paghi le rette; che la sua scuola aveva tante cose simili a Hogwarts, ma niente quidditch purtroppo; e che una volta ha visto il principe William, solo la nuca però.

Dopo cena Ravi, Margot, Peter e io decidiamo di andare al cinema. Margot chiede a Kitty di venire con noi, ma lei rifiuta con la scusa dei compiti. Secondo me, la presenza di Ravi la mette a disagio.

Vado in camera mia a prepararmi, mi metto un po' di profumo, un po' di lucidalabbra e una felpa sopra la canotta e i jeans perché al cinema fa sempre freddo.

Sono pronta in pochi minuti, ma la porta della camera di Margot è chiusa e si sentono le loro voci, basse e concitate. Mi sento un po' una spiona a restare così, in piedi, lì fuori. Però potrebbe essere ancora più imbarazzante entrare e trovare Ravi senza camicia o peggio. Fa molto "persone adulte", la porta chiusa e quel parlare sottovoce.

Dopo un po' mi schiarisco la voce. «Siete pronti, ragazzi? Ho detto a Peter che ci vedevamo alle otto.»

Margot apre la porta strillando: «Pronti», ma non suona esattamente *felicissima*.

Ravi esce dietro di lei con la valigia in mano. «Porto questa nella stanza degli ospiti e sono da voi» dice.

«È successo qualcosa?» chiedo sottovoce a Margot, quando Ravi si è allontanato.

«Ravi non vuole dare un dispiacere a papà restando in camera mia. Gli ho detto di non preoccuparsi, ma lui non si sente a suo agio.»

«È molto gentile da parte sua.» La verità è che secondo me ha fatto benissimo, anche se non oserei MAI dirlo a Margot. Ravi continua a guadagnare punti.

«È un ragazzo molto responsabile» ammette Margot.

«E molto bello» aggiungo.

Sorride, questa volta con un'espressione felicissima sul volto. «E questo è quanto.»

Troviamo Peter già fuori dal cinema, merito di mia sorella: non si fa problemi ad arrivare in ritardo con me, ma non oserebbe mai farlo con Margot. Ravi compra i biglietti per tutti e quattro, gesto che impressiona molto favorevolmente Peter. «Un gesto di classe» mi mormora all'orecchio mentre ci sediamo. Peter si occupa con disinvoltura dell'assegnazione dei posti in modo da ritrovarci seduti in quest'ordine: io, Peter, Ravi e Margot, così può parlare di calcio. Margot mi lancia un'occhiata divertita.

Dopo il cinema Peter propone di andare a mangiare un budino gelato. «Hai mai mangiato il budino gelato?» chiede a Ravi.

«No, mai.»

«È fantastico, Rav» dice Peter. «Lo fanno artigianalmente.»

«Perfetto » commenta Ravi.

Quando Peter e Ravi sono in coda, Margot mi dice: «Credo che Peter sia innamorato del mio ragazzo».

Stiamo ancora ridendo quando i due tornano al nostro tavolo. Peter mi porge il mio gelato al caramello e chiede: «Che c'è da ridere?».

Io scuoto il capo e affondo il cucchiaino nel dolce.

Margot interviene dicendo: «Aspetta, Lara Jean! Dobbiamo fare un brindisi per la tua ammissione alla William and Mary!».

Sorrido mentre gli altri con i bicchieri toccano il mio. Ravi dice: «Brava, Lara Jean. Non è l'università che ha frequentato Jon Stewart?».

«Be', sì» rispondo sorpresa. «È una cosa curiosa da sapere.»

«Le notizie curiose sono la specialità di Ravi» spiega Margot, leccando il cucchiaio. «Aspetta che inizi a raccontare le abitudini di accoppiamento dei bonobo.»

«Solo tre parole» dice Ravi. Poi sposta lo sguardo da Peter a me e bisbiglia: «Battaglia dei peni».

In passato pensavo che Margot e Josh fossero fatti l'uno per l'altra, ma ora non ne sono più sicura. Osservo mia sorella mentre discute di politica con Ravi: sono così coinvolti! Se la raccontano, contraddicendo e concedendo. Sono come due pietre focaie ed è affascinante vedere come fanno scintille. Se fossero in una serie televisiva, sarebbero due medici rivali che inizialmente si tollerano e poi si innamorano l'uno dell'altra. O due portavoce della Casa Bianca o magari due giornalisti.

Peccato che Ravi, invece, studi bioingegneria, materia che non ha molto in comune con l'antropologia, il campo di Margot. Ma non importa, insieme formano una gran bella squadra.

Come promesso, il giorno dopo Margot accompagna Ravi a Washington, DC; l'idea è visitare alcuni musei, il Lincoln Memorial e la Casa Bianca. Avevano invitato anche Kitty e me, ma io ho rifiutato perché sono abbastanza sicura che vogliano starsene un po' da soli. Allo stesso tempo, io avevo voglia di starmene un po' a casa e lavorare al mio album dei ricordi per Peter. Quella sera chiedo a Ravi qual è la cosa migliore di Washington e lui risponde che è senza dubbio il National Museum of African American History and Culture, il che mi fa pentire di non avere accettato l'invito: io non ci sono mai stata.

Più tardi guardiamo uno spettacolo della BBC su Netflix che Margot desidera vedere perché è stato girato nel quartiere in cui è cresciuto Ravi. Ravi ci indica il luogo preciso in cui ha avuto il suo primo impiego o il suo primo appuntamento. A papà Ravi piace: si capisce dall'insistenza con cui gli offre del gelato. Di certo ha notato che Ravi dorme nella stanza degli ospiti e di sicuro ha apprezzato il gesto. Spero che Ravi diventi parte della famiglia per sempre. O almeno che resti quanto basta da permettere a me e Margot di andare a trovarlo a Londra!

Il fatto che l'indomani parta per il Texas da un lato mi dispiace, ma dall'altro sono contenta di stare con Margot, prima che lei ritorni in Scozia.

Quando ci salutiamo punto un dito contro di lui e dico: «Tassorosso».

Scoppia a ridere. «Colpito e affondato.» Poi punta il dito contro di me e chiede: «Tassorosso?».

Sorrido e rispondo: «Colpita e affondata».

Quella sera siamo nel mio letto a guardare una serie tv sul mio portatile, quando Margot apre il discorso dell'università; evidentemente anche lei stava aspettando che Ravi andasse via per parlarmi delle cose importanti. Prima che io carichi l'episodio successivo, si volta verso di me e chiede: «Ti va di parlare dell'UVA? Di come ti senti ora?».

«Ero triste, ma ora sto bene. E ho comunque intenzione di andarci.» Margot mi guarda in modo interrogativo. «Ho intenzione di trasferirmi dopo il primo anno» le spiego. «Ho parlato con la signora Duvall: mi ha detto che se avrò buoni voti alla William and Mary, sicuramente potrò chiedere il passaggio.»

Mia sorella aggrotta la fronte. «Perché pensi già di andartene dalla William and Mary? Non hai nemmeno iniziato!» E visto che io resto in silenzio prosegue: «Lo fai per Peter?».

«No! Voglio dire, anche, ma non solo per lui.» Esito prima di dire ciò che non ho mai confessato prima. «Hai mai avuto la sensazione di essere fatta proprio per un posto? Be', quando ho visitato la William and Mary non l'ho provata. Non come con l'UVA.»

«Forse nessuna scuola può farti sentire come l'UVA» dice Margot.

«Forse è per quello che ho intenzione di trasferirmi dopo il primo anno.»

Margot sospira. «Non vorrei che tu vivessi una vita a metà alla William and Mary perché passi tutto il tempo a sognare di essere all'UVA con Peter. Il primo anno è molto importante. Dovresti almeno concederti di provare, Lara Jean. Potrebbe piacerti, sai?» Mi guarda in modo intenso. «Ricordi cosa diceva la mamma sul college e i fidanzati?»

Come potrei scordarlo?

*Non andare all'università fidanzata.*

«Me lo ricordo» dico.

Margot prende il mio portatile e cerca il sito della William and Mary. «Il campus è troppo carino! Guarda quel segnavento! Sembra un villaggio inglese.»

«Sì, è vero» concordo. Ma è carino come il campus dell'UVA? No, non per me.

«E guarda: c'è un club del guacamole. E uno di osservatori di tempeste. E... oh, mio Dio! C'è un club maghi-e-babbani! È il più grande club universitario dedicato a Harry Potter.»

«Wow! Grande! Hanno anche un club degli amanti-dei-biscotti?»

Margot controlla e risponde: «No, ma potresti fondarlo tu».

«Potrebbe essere divertente...» Forse potrei iscrivermi a un club, o due.

Mi guarda raggiante. «Vedi? Ci sono un sacco di cose divertenti. E non dimenticare la boutique dei formaggi.»

Margot parla del negozio di specialità gastronomiche proprio accanto all'università. Lì puoi trovare formaggi, ovviamente, ma anche fantastiche marmellate, pane, vino e pasta di ottima qualità. Puoi mangiare dei panini con il roastbeef e una salsa della casa: un mix di senape e maionese deliziosa. Ovviamente ho cercato di copiarla, ma niente è buono come in quel negozio, forse perché niente può eguagliare il loro pane fresco. Papà adora assaggiare nuovi tipi di senape e mangiare i loro panini. Quindi sarà felicissimo di avere la scusa per poterci andare spesso. E Kitty adora il centro commerciale di Williamsburg, dove vendono dei popcorn che danno dipendenza. Sono fatti al momento, pertanto sono sempre così caldi che scotta un pochino anche il sacchetto.

«Potrei cercare lavoro nel Colonial Williamsburg» intervengo. «Potrei imparare a fare il burro indossando un vestito di cotone grezzo con il grembiule e la cuffia o qualsiasi altra cosa indossassero le ragazze ai tempi dei padri fondatori. Ho sentito dire che chi vive nel distretto storico non può usare parole successive al 1780 e che i turisti, specie i bambini, cercano di farli sbagliare. Potrebbe essere divertente. L'unica cosa di cui non sono sicura è che assumano persone di origine asiatica, sai, per via della coerenza storica...»

«Lara Jean, è il periodo di *Hamilton!* Non ti ricordi il musical? E Phillipa Soo, se ben ricordi, è per metà cinese. Se lei può recitare la parte di Eliza Hamilton, tu puoi fare il burro. E se dovessero rifiutare di prenderti, la cosa finirà sui social, così saranno *obbligati* a farlo. Vedi? Ci sono un sacco di ragioni per essere al settimo cielo, devi solo volerlo.»

«Ci sto provando, Gogo! Sul serio.»

«Dai una possibilità alla William and Mary, ok? Non liquidarla ancora prima di andarci.»

«Ok.»

# 12

La mattina successiva è grigia e piovigginosa. Papà ci ha lasciato un biglietto sul frigo avvisandoci che è stato chiamato urgentemente in ospedale per cui rientrerà per cena. A causa del jetlag Margot si è alzata presto e ha preparato uova strapazzate per tutte e tre. Mentre poso la mia fetta di bacon sul pane imburrato e ascolto la pioggia che batte sul tetto, dico: «E se oggi non andassimo a scuola? Potremmo fare qualcosa di divertente…».

Kitty si illumina. «Tipo?»

«Non tu, tu devi andarci. Io no, perché ho praticamente finito. A nessuno importa se ci vado o no.»

«Penso che a papà importerebbe» mi contraddice Margot.

«Ma se potessimo... che cosa faremmo?»

«Qualsiasi cosa» risponde Margot. «Prenderemmo un treno sino a New York, compreremmo un biglietto della lotteria *Hamilton* e vinceremmo.»

«Voi due non potete andare senza di me» dice Kitty.

«Stai buona, And Peggy» replico ridendo.

«Non chiamarmi And Peggy» protesta Kitty fulminandomi con lo sguardo.

«Non sai neppure di cosa stiamo parlando, quindi calmati.»

«So che stai ridacchiando come una strega. E so anche che state parlando di *Hamilton*, perché canticchi le canzoni di quel musical in continuazione.»

Piove per tutto il giorno, ecco perché, non appena torniamo a casa da scuola, la prima cosa che facciamo io e Kitty è infilarci il pigiama. Margot non si è mai tolta il suo. Ha gli occhiali e i capelli legati in cima alla testa (sono troppo corti anche per una coda come si deve). Papà è l'unico a indossare dei vestiti.

Per cena ordiniamo due pizze, una margherita per Kitty e un'altra con funghi e salame piccante. Siamo sedute sul divano impegnate a divorare le nostre fette senza scottarci la lingua, quando papà si schiarisce la gola come fa sempre quando è nervoso: «Ragazze, devo dirvi una cosa». E d'un fiato aggiunge: «Vorrei chiedere a Trina di sposarmi».

Io mi porto le mani alla bocca ed esclamo: «Oh, mio Dio!».

Kitty spalanca gli occhi, posa la pizza e lancia uno strillo così acuto che Jamie Fox-Pickle fa un salto. Poi si lancia addosso a papà che scoppia a ridere. Anch'io mi alzo e vado ad abbracciarlo.

Non riesco a smettere di sorridere. Sino a che non mi volto verso Margot, bianca come un lenzuolo. Papà la guarda con occhi speranzosi e preoccupati al tempo stesso. «Margot? Ci sei? Che ne pensi, tesoro?»

«Penso che sia fantastico.»

«Davvero?»

«Assolutamente. Penso che Trina sia in gamba e Kitty

l'adora, vero?» Mia sorella minore è troppo presa a urlare e saltare sul divano con Jamie per rispondere. Quindi Margot aggiunge: «Sono felice per te, papà. Davvero».

È quell'*assolutamente* a tradirla. Papà è troppo contento per accorgersene, ma io lo noto. Margot non è ancora abituata a vedere la signora Rothschild entrare e uscire dalla nostra cucina. Non ha avuto modo di constatare che lei e papà stanno bene insieme. Per Margot è soltanto la vicina di casa che indossava pantaloncini di spugna e il pezzo di sopra del bikini per tosare il prato.

«Avrò bisogno del vostro aiuto per la domanda ufficiale» dice papà. «Lara Jean, scommetto che avrai qualche idea da suggerirmi.»

«Oh, sì!» rispondo fiduciosa. «A scuola i ragazzi si sono scatenati negli inviti al ballo e ho un sacco di idee.»

Margot si volta verso di me e ride in modo – quasi – spontaneo.

«Credo che papà si aspetti qualcosa di più dignitoso della scritta *Vuoi sposarmi?* fatta con la schiuma da barba sul tetto dell'auto, Lara Jean.»

«Quelli erano i metodi dei tuoi tempi, vecchia mia. Adesso sono molto più sofisticati» dico, stuzzicandola in modo da distrarla dalla bomba che ha appena sganciato papà.

«I *miei* tempi? Ho solo due anni più di te!» replica sforzandosi di sembrare allegra.

«Quando si parla di scuola, due anni valgono come quelli dei cani. Non è vero, Kitty?» scherzo tirandola a me e abbracciandola. Lei si contorce e fugge via.

«È vero, voi siete due vecchiette» dice. Poi si rivolge a papà: «Posso partecipare anch'io?».

«Certamente. Non posso sposarmi senza di voi, ragazze» risponde commosso. «Siamo una squadra, no?»

«Evviva!» urla Kitty. È davvero al settimo cielo e finalmente Margot capisce quanto sia importante questo matrimonio per lei.

«Quando vorresti chiederglielo?» chiede allora.

«Stasera!» strilla Kitty.

«No!» obietto, lanciandole un'occhiataccia. «Non c'è abbastanza tempo per preparare *tutto*. Abbiamo bisogno di almeno una settimana. E poi non hai nemmeno un anello, papà. Un momento, ce l'hai?»

Papà si leva gli occhiali e si strofina gli occhi. «No, ovviamente. Volevo prima parlarne con voi. Vorrei che ci foste tutte e tre al momento della proposta, per cui pensavo di chiederglielo in estate, quando Margot tornerà a casa.»

«Ma è fra troppo tempo» protesta Kitty.

«Sì, non aspettare così tanto, papà» interviene Margot.

«Be', allora aiutami a scegliere l'anello» dice lui.

«Lara Jean è più brava in queste cose e poi conosco a malapena la signora Rothschild. Ignoro quale tipo di anello potrebbe piacerle.»

A causa di quel *conosco a malapena la signora Rothschild* un'ombra passa sul viso di papà.

Io mi affretto a imitare la voce di Hermione Granger e dico: «*Ignoro?* Ehi, Gogo, ti ricordi che sei ancora americana? Noi non parliamo in modo così sofisticato».

Margot inizia a ridacchiare. Poi, forse perché anche lei ha notato quell'ombra sul viso di papà, aggiunge: «Mi raccomando, fate un sacco di foto».

«D'accordo» risponde riconoscente papà. «Faremo un filmino. Dio, spero che dica di sì!»

«Dirà di sì! Ovviamente dirà di sì» esclamiamo noi in coro.

Stiamo rivestendo le fette di pizza di pellicola trasparente quando Margot dice: «Ve l'avevo detto, gente, che due pizze sarebbero state troppe».

«Serviranno a Kitty come merenda dopo la scuola. E il resto lo mangerà Peter.» Lancio un'occhiata in direzione del salotto, dove Kitty e papà sono accoccolati sul divano a guardare la tele. Poi bisbiglio: «Allora, che cosa pensi davvero del matrimonio di papà?».

«Penso che sia completamente fuso» sussurra. «Vive dall'altro lato della strada, potrebbero uscire insieme e basta. Perché *sposarsi*?»

«Forse vogliono che sia ufficiale. O forse è per Kitty.»

«Non sono stati assieme molto! Che cosa vuoi che siano sei mesi!»

«Un po' di più. E comunque, Gogo, si conoscono da anni.»

Margot impila le fette di pizza e mi chiede: «Hai idea di quanto sarà strano, quando vivrà qui?».

La sua domanda mi fa riflettere. La signora Rothschild trascorre a casa nostra molto tempo, ma non è come convivere. Lei ha le sue abitudini, noi le nostre. Per esempio, lei in casa tiene le scarpe, mentre noi no. E ora che ci penso, non ha mai dormito con papà. Quindi, effettivamente, *quello* potrebbe essere un po' strano. E poi mette il pane in frigorifero (una cosa che odio) e, a essere completamente onesti, Simone, il suo cane, perde un sacco di peli e fa la pipì sul tappeto. Comunque, non sarò qui ancora per molto... visto che mi aspetta il college. «Nessuna di noi due sarà spesso qui» dico alla fine. «Tranne Kitty, e lei sembra felicissima.»

Margot riflette un istante, poi ammette: «Sì, sembrano molto unite». Poi va verso il freezer e fa spazio per la pizza; dandomi la schiena aggiunge: «Non dimenticarti che prima della mia partenza dobbiamo cercare un vestito per il ballo di fine anno».

«Oh, d'accordo!» Sembra ieri che siamo andate a cercare il suo. E ora è già il mio turno.

Papà, che nel frattempo e senza che ce ne accorgessimo è entrato in cucina, chiede: «Ehi, magari può venire anche Trina». Mi guarda speranzoso, ma non sono io quella a cui dovrebbe rivolgersi. Io sono già affezionata alla signora Rothschild. È Margot quella da convincere.

Mi giro verso mia sorella e vedo che mi guarda con occhi sbarrati.

«Ecco, credo che questa volta dovrebbe essere una cosa che fanno solo le sorelle Song» riesco a rispondere.

Papà annuisce. «Ah, d'accordo.» Poi, rivolto a Margot, aggiunge: «Potremmo passare un po' di tempo insieme, noi due, prima che tu te ne vada. Che ne pensi di un giro in bici?».

«Ottima idea» risponde mia sorella.

Quando papà si gira, Margot muove le labbra in silenzio e mi dice *Grazie*. Mi sento un po' sleale verso la signora Rothschild, ma Margot è mia sorella. Devo stare dalla sua parte.

Penso che Margot si senta un po' in colpa per aver escluso la signora Rothschild dalla nostra giornata di shopping, altrimenti non cercherebbe di trasformarla in un *evento memorabile*. Ha deciso che sceglieremo due vestiti a testa e che io dovrò provarli senza discutere, e che alla fine daremo un punteggio a ciascuno. Ha persino preparato delle palette con delle faccine di approvazione o disapprovazione.

Il camerino è minuscolo e ci sono indumenti dappertutto. Kitty ha l'incarico di riappendere tutto, ma sembra che mettere a posto vestiti non sia interessante quanto giocare a Candy Crush sul telefono di Margot.

Il primo vestito è nero, svolazzante, con maniche a farfalla. «Con questo dovresti portare i capelli raccolti» dice.

Senza nemmeno alzare gli occhi, Kitty obietta: «Starebbero meglio delle onde naturali».

Margot le fa una smorfia nello specchio.

«Ma trovi che il nero mi stia bene?» chiedo.

«Secondo me dovresti indossarlo più spesso» dice Margot.

Kitty si toglie una crosticina dalla gamba e sentenzia: «Quando andrò al ballo della scuola, io metterò un abito di pelle aderente».

«In Virginia a maggio potrebbe fare troppo caldo per un vestito di pelle» replico, mentre Margot mi tira su la cerniera. «Ma potresti indossarlo al ballo di Homecoming, visto che è in ottobre.»

Studiamo la mia immagine nello specchio. Il corpetto è troppo largo e il nero mi fa sembrare una strega: una strega in un abito della taglia sbagliata.

«Penso che per questo vestito servano tette più grosse» commenta Kitty e solleva la paletta con il pollice all'ingiù.

Le lancio un'occhiataccia nello specchio, anche se ha ragione. «Sì, sono d'accordo.»

«Mamma aveva le tette grosse?» chiede Kitty all'improvviso.

«Mmm... no, direi piccole, piuttosto » risponde Margot. «Tipo una prima.»

«E tu che taglia hai?» le chiede Kitty.

«Una seconda.»

«Allora Lara Jean ha il seno piccolo come la mamma.»

«Ehi, io ho praticamente una seconda!» protesto. «Una prima grande. Una seconda per un pelo. Mi aiutate a tirare giù la cerniera?»

«Trina ha le tette grosse» dice Kitty.

«Sono vere?» chiede Margot mentre mi aiuta con la cerniera.

«Penso di sì» rispondo sfilandomi l'abito e porgendolo a Kitty affinché lo rimetta a posto.

«Sono vere. L'ho vista in bikini e quando si sdraia le sue tette scivolano di lato: quella è la prova. Quelle finte restano ferme come palline di gelato» ci spiega Kitty prendendo di nuovo in mano il telefono di Margot. «E poi gliel'ho chiesto.»

«Se fossero rifatte non credo che verrebbe a dirlo proprio a te» commenta Margot.

Kitty aggrotta la fonte e ribatte: «Trina non mi racconta bugie».

«Non sto dicendo che ti racconta bugie; sto dicendo che potrebbe volere tenere per sé la faccenda. Il che sarebbe più che giusto, fra l'altro.»

Kitty alza le spalle con indifferenza.

Solo per cambiare argomento, mi sbrigo a infilarmi il prossimo abito. «Cosa ne pensate di questo, ragazze?»

Entrambe scuotono la testa e alzano contemporaneamente la paletta del dissenso.

«Dov'è il mio? Prova il mio adesso» dice Kitty, che ha scelto un vestito bianco con le spalle scoperte e che, come sa bene, non indosserei mai, nemmeno tra un milione di anni. «Voglio solo vedere che effetto fa su di te.»

La accontento per farla stare buona, ma sbaglio: Kitty insiste che il suo è il più bello in assoluto, che vuole che scelga quello. Ma alla fine nessuno di quei vestiti è adatto a me, e non mi importa. Il ballo è tra più di un mese e io voglio dare un'occhiata anche ai negozi vintage. Mi piace l'idea di un abito vissuto, che sia stato in altri posti, che abbia visto cose, un vestito come quello che avrebbe indossato Stormy a un ballo.

Quando la mattina dopo Margot parte per la Scozia mi fa promettere di mandarle tutte le foto dei vestiti che potrei comprare così che possa darmi il suo parere. Non dice una sola parola sulla signora Rothschild, ma d'altronde non sarebbe nel suo stile farlo.

# 13

Lucas dice: «Secondo me il ballo di fine anno assomiglia molto alla sera dell'ultimo dell'anno». Lui, Chris e io siamo in infermeria perché l'infermiera è a pranzo e a lei non importa se ce ne stiamo sul suo divano. Stiamo per finire la scuola, quindi tutti gli insegnanti sono parecchio condiscendenti nei nostri confronti.

«L'ultimo dell'anno è per la massa» replica Chris, torturandosi le unghie.

«Mi vuoi lasciare finire?» protesta Lucas. «Stavo dicendo che per il ballo di fine d'anno ci carichiamo d'aspettative. Per definizione è la notte perfetta dei liceali, quella a cui si suppone partecipino tutti i ragazzi americani. Ci spendi un bel po' di tempo e denaro, perciò ti senti obbligato... no, anzi, ti convinci che ti è *dovuta* una notte da sballo. Che cosa può essere all'altezza di tutta quella pressione?»

Per me, la notte perfetta per finire le superiori dovrebbe prevedere qualcosa capitato per caso, qualcosa di inaspettato e assolutamente non programmato: qualcosa capitato e basta. Ho già avuto parecchie notti perfette con Peter, quindi non ho bisogno che la festa di fine anno sia... uno sballo. Quando ci penso, immagino Peter con lo smoking che conversa con mio padre e porge un mazzolino di fiori a Kitty. E poi tutti insieme ci facciamo una foto davanti al camino. Devo ricordarmi di dire a Peter di comprare un bouquet per Kitty.

«Quindi stai dicendo che non intendi andarci?» chiedo a Lucas.

Lucas sospira di nuovo e dice: «Non so. Non c'è nemmeno una ragazza con cui vorrei andarci».

«Se non andassi con Peter, te lo chiederei io.» Poi guardo i miei amici ed esclamo: «Ehi, perché non andate insieme, voi due?».

«Io non andrò al ballo» dichiara Chris. «Probabilmente andrò in discoteca a Washington con i miei amici di Applebee.»

«Chris, non puoi *non* andare al ballo. Puoi andare in discoteca con i tuoi amici di Applebee tutte le volte che vuoi, ma abbiamo solo un ballo.»

Il mio compleanno è il giorno dopo il ballo e io sono un pochino seccata dal fatto che Chris sembri averlo dimenticato. Se andrà a ballare probabilmente resterà a Washington per il weekend, e io non la vedrò nemmeno il giorno del mio compleanno.

«Il ballo sarà una vera rottura, senza offesa. Voglio dire, sono sicura che tu ti divertirai, Lara Jean, visto che ci vai con il re della festa. E poi ci sarà quella ragazza di cui sei diventata amica ultimamente. Come si chiama? Tammy?»

«Pammy. Ma non sarà divertente senza di te.»

Mi mette un braccio attorno alle spalle.

«Dicevamo sempre che saremmo andate al ballo insieme e avremmo guardato sorgere il sole dal cortile della scuola!»

«Puoi guardarlo con Kavinsky.»

«Non è la stessa cosa!»

«Calmati, Lara Jean. Probabilmente perderai la tua "V" quella sera e io sarò l'ultima cosa che ti passerà per la testa.»

«Non ho intenzione di farlo la sera del ballo!» sibilo. Sposto lo sguardo su Lucas che mi osserva stupito.

«Lara Jean... tu e Kavinsky non avete ancora fatto sesso?»

Mi guardo attorno per essere sicura che non ci sia nessuno che possa sentire.

«No, ma per favore non dirlo a nessuno. Non che me ne vergogni o roba del genere. Solo non voglio che degli estranei si facciano gli affari miei.»

«Capisco, certo, ma... *wow*» mormora. «È davvero... wow!»

«Perché è così wow?» gli chiedo con le guance in fiamme.

«È così... figo.»

«Questo è vero» dico ridendo.

«C'è una ragione per cui fare sesso la sera del ballo di fine scuola ha un senso» spiega Chris. «Sì, in parte è un classico, perché tutti sono vestiti benissimo e si sta fuori tutta la notte... Molti di loro non saranno mai più così carini come in quell'occasione ed è triste se ci pensi. Tutte quelle manicure e pedicure e messe in piega... È un classico.»

«Non ti fai mai la piega?» chiede Lucas.

«Ma certo» risponde Chris con una smorfia.

«E quindi perché critichi chi...»

«Lara Jean, non è quello che volevo dire. Quello che volevo dire è che... Un attimo, di che cosa stavamo parlando?»

«Pieghe, manicure, mammolette?» dice Lucas.

«No, prima.»

«Sesso?» suggerisco io.

«Esatto! Quello che voglio dire è che perdere la verginità in quella sera è un cliché, ma i cliché sono cliché per un motivo. C'è un senso. Stai fuori tutta la notte, sei tutto carino, eccetera, eccetera. Ha senso.»

«Non faccio sesso la prima volta della mia vita solo perché è un classico e ho una messa in piega, Chris.»

«Mi sembra giusto.»

Non ne sono sicura, ma immagino che la mia prima volta sarà al college, nella mia stanza, come un'adulta. È difficile immaginare che accada ora, a casa, come Lara Jean sorella e figlia. Invece al college sarò Lara Jean e basta.

# 14

Papà si dichiarerà alla signora Rothschild sabato, al termine di una camminata lungo uno dei loro sentieri preferiti. Papà vuole farlo accanto a una cascata. L'idea è che Peter, Kitty e io, nascosti dietro agli alberi, filmiamo tutto per poi spuntare con un romantico cestino da picnic fra le mani. Papà era un po' nervoso per via del filmino, in caso la risposta della signora Rothschild fosse un no, ma Kitty lo ha supplicato. «Per Margot» continuava a ripetere, mentre la verità è che lei è una vera ficcanaso e vuole spiare tutto. Ovviamente, io sono più che felice che abbia insistito lei al posto mio. Il ruolo di Peter sarà quello di autista.

Quella mattina, prima di andare dalla signora Rothschild, papà dice: «Gente, se avete l'impressione che sarà un no, smettete subito di filmare».

Sto avvolgendo con cura i panini in altrettanti tovagliolini. Alzo lo sguardo verso di lui e cerco di rassicurarlo: «Ti dirà di sì».

«Comunque promettetemi che poi sparirete in modo discreto» e lancia a Kitty uno sguardo penetrante.

«Ci penso io» promette Peter alzando la mano per dare il cinque.

«Papà, hai preso l'anello?»

«Uh!» esclama aggrottando la fronte. «Aspetta, l'ho preso?» Si fruga nelle tasche e cerca nel taschino interno della giacca a vento.

«Accidenti, lo stavo dimenticando!» esclama prima di salire di corsa le scale.

Peter e io ci scambiamo uno sguardo. «Non ho mai visto tuo padre così stressato» dice alla fine, infilandosi un acino d'uva in bocca. «Di solito è un tipo calmo.»

«È stato così tutta la settimana» dice Kitty rubando a sua volta un po' d'uva.

Papà piomba giù dalle scale con l'anello in mano. Kitty e io l'abbiamo aiutato a sceglierlo. È in oro bianco con un diamante taglio princess circondato di brillantini. Io ho suggerito il taglio del diamante e Kitty la montatura.

Papà esce mentre io finisco di preparare il cesto del picnic. Sono felice di avere una scusa per usarlo. L'ho comprato a un mercatino un sacco di tempo fa e non l'ho mai utilizzato, nemmeno una volta. Dentro ho infilato una bottiglia di champagne, un grappolo d'uva, i panini, una fetta di brie e dei crackers.

«Metti anche una bottiglia d'acqua» suggerisce Peter. «Saranno disidratati dopo la scarpinata.»

«E probabilmente anche per tutte le lacrime, dopo che lei avrà di detto sì» aggiunge Kitty.

«Mettiamo della musica, nel momento in cui vostro padre si inginocchia?» propone Peter.

«Non ne abbiamo parlato con papà e mi sembra già fin troppo nervoso» rispondo. «Dover pensare a noi, nascosti dietro ai cespugli che facciamo partire la colonna sonora, potrebbe distrarlo.»

«Possiamo aggiungere la musica dopo» dice Kitty. «Prima si devono sentire le loro parole.»

Le lancio un'occhiataccia. «Katherine, questo non è un film. È la vita di papà.»

Vado a lavarmi le mani e sento Kitty chiedere: «Peter, quando Lara Jean sarà andata via continuerai a venire, ogni tanto?».

«Certo che verrò.»

«Anche se vi lascerete?»

Peter tace qualche secondo. «Non ci lasceremo.»

«Ma se succedesse?»

«Non succederà.»

Mia sorella ignora la risposta di Peter e va avanti nel suo ragionamento: «Perché noi non vediamo più Josh e anche lui aveva detto che avrebbe continuato a venire».

«Ma stai scherzando?» la prende in giro Peter. «Tu credi che io sia come Sanderson? *Io?* Io sono di tutt'altra stoffa. Mi offendi se mi metti al suo livello.»

Sento Kitty ridere, un suono che sembra quasi un sospiro di sollievo. «Sì, hai ragione.»

«Fidati, Kitty. Tu e io siamo amici.»

Lo amo così tanto che potrei piangere. Peter si prenderà cura di Kitty per me, so che lo farà.

Papà ci ha informato che sarebbero stati nei pressi della cascata a mezzogiorno circa, quindi noi dobbiamo essere lì alle undici e quarantacinque per metterci in posizione, ma arriviamo un po' prima, perché Kitty voleva essere sicura che avremmo trovato la posizione migliore.

Quindi individuiamo un punto abbastanza lontano per non essere visti dalla signora Rothschild, ma abbastanza vicino per permetterci di guardare. Kitty e io ci nascondiamo dietro un albero mentre Peter si accovaccia dietro un cespuglio con il cellulare in mano, pronto a filmare. Kitty ha insistito fino allo sfinimento per farlo lei, ma io deciso che Peter fosse più affidabile perché non è coinvolto emotivamente e quindi avrà la mano più ferma.

Sono da poco passate le dodici quando li sentiamo avvicinarsi sul sentiero. La signora Rothschild sta ridendo per qualcosa che ha detto papà e lui ridacchia in modo nervoso. È divertente guardarli perché lei ignora di essere osservata. Kitty aveva ragione, sembra un film. E vicino a lei papà sembra più giovane... forse perché è innamorato. Arrivati alla cascata la signora Rothschild si lascia andare un sospiro di gioia. «Dio, è bellissimo qui.»

«Non riesco a sentire quasi nulla» sussurra Kitty. «Quella cascata fa troppo rumore!»

«Zitta, sei tu che fai un sacco di rumore.»

«Facciamoci una foto» propone papà, cercando il telefono nel taschino della giacca.

«Pensavo fossi contrario ai selfie!» dice lei ridendo. «Aspetta, fammi sistemare i capelli per questa importante occasione.» La signora Rothschild scioglie la coda di cavallo e scuote la testa, poi si infila in bocca una caramella.

Papà ci mette così tanto che per un secondo penso che abbia perso l'anello o il coraggio, poi però si inginocchia e si schiarisce la gola. Sta succedendo davvero. Prendo la mano di Kitty e la stringo. I suoi occhi risplendono e il mio cuore batte forte.

«Trina, non mi sarei mai aspettato di innamorarmi di nuovo. Pensavo di avere avuto la mia occasione ed ero soddisfatto con le mie figlie. Non mi sembrava che mi mancasse nulla. Poi sei arrivata tu.»

La signora Rothschild si copre la bocca con le mani. Ha le lacrime agli occhi.

«Voglio passare il resto della mia vita con te, Trina.» La signora Rothschild a quel punto inizia a tossire come se le fosse andata la caramella di traverso. Papà si alza in piedi e inizia a darle dei colpi sulla schiena, mentre sembra si stia strozzando.

Da dietro il suo albero Peter bisbiglia: «Dovrei farle la manovra di Heimlich? So farla».

«Peter, mio padre è un medico!»

Non appena smette di tossire, la signora Rothschild si raddrizza e si asciuga gli occhi. «Aspetta. Mi stavi chiedendo di sposarti?»

«Ci stavo provando» risponde papà. «Stai bene?»

«Sì!»

«Sì, stai bene, o sì, mi vuoi sposare?» le chiede papà.

«Sì, ti sposo!» urla lei.

«Questa parte è privata» dico a Kitty sottovoce perché di colpo papà le si avvicina e la bacia.

«Invece fa parte dello spettacolo» mi risponde mia sorella.

Smettiamo di discutere perché nel frattempo papà ha dato alla signora Rothschild la scatolina con l'anello. Non riesco a sentire cosa le dice, ma qualunque cosa sia la fa ridere.

«Che cosa le sta dicendo?» mi chiede Kitty, mentre anche Peter mi rivolge la stessa domanda. «Che cosa ha detto?»

«Non riesco a sentire! State un po' zitti, tutti e due! Rovinate il filmino!»

Ed è in quell'attimo che la signora Rothschild si gira verso di noi mentre papà urla: «Potete uscire, ragazzi. Ha detto di sì!».

Obbediamo di corsa. Kitty si lancia tra le braccia della signora Rothschild. Cadono tutte e due sull'erba, ridendo a crepapelle. Io abbraccio papà mentre Peter, da bravo ragazzo qual è, continua a filmare, registrando tutta la scena per i posteri.

«Sei felice?» chiedo alzando lo sguardo verso papà.

Ha gli occhi che luccicano, annuisce e mi abbraccia più forte.

Ed è così che la nostra famiglia si allarga.

# 15

È la prima volta che ceniamo tutti insieme dal giorno del fidanzamento. Papà è in cucina a preparare un'insalata mentre noi ragazze siamo in salotto. Kitty fa i suoi compiti mentre la signora Rothschild sorseggia un bicchiere di vino bianco. C'è un'atmosfera molto rilassata, quindi decido che è il momento ideale per sollevare l'argomento matrimonio. Ho passato la settimana scorsa a lavorare all'organizzazione delle seconde nozze di papà: il film *Orgoglio e pregiudizio*, un'intera parete di rose per l'area photo-booth, bottiglie di vino e tanti fiori come centrotavola (un omaggio alla tradizione vinicola di Charlottesville).

Quando apro il portatile per mostrare le mie idee alla signora Rothschild, sembra lievemente allarmata. Posa il bicchiere e si avvicina allo schermo. «È bellissimo, Lara Jean, davvero. Fantastico. Ma quanto ci hai lavorato?»

Tanto, in effetti: ho saltato la partita di lacrosse di Peter, e una serata al cinema con Pammy. Ma non importa, perché questo matrimonio è troppo importante. Così mi limito a sorridere beatamente. «Quest'idea è in linea con quello che avevi in mente tu?»

«Be'... a dire il vero, io credevo che saremmo andati in municipio e basta. Vendere la mia casa e trovare il modo di fare entrare tutta la mia roba qui basta a procurarmi il mal di testa.»

Papà arriva con l'insalatiera di legno tra le mani. «Stai dicendo che l'idea di sposarmi ti fa venire il mal di testa?» chiede ironicamente.

La signora Rothschild alza gli occhi al cielo e dice: «Sai cosa voglio dire, Dan! E nemmeno tu hai tempo di organizzare un vero ricevimento». Beve un sorso di vino e si rivolge a me: «Tuo padre e io siamo già stati sposati, quindi nessuno dei due sente il bisogno di una cerimonia in grande stile. Probabilmente non mi comprerò nemmeno un vestito nuovo».

«Certo che dobbiamo fare una cosa in grande! Hai idea di quanti anni ci sono voluti prima che papà trovasse una donna in grado di apprezzare la sua cucina e che guardasse i suoi documentari?» Scuoto il capo. «Signora Rothschild, lei è un miracolo, pertanto dobbiamo festeggiare.» Poi richiamo mio padre, che nel frattempo era di nuovo sparito in cucina. «Hai sentito, papà? La signora Rothschild vuole cavarsela con una cerimonia alla buona in municipio. Per favore, levale questa illusione.»

«Puoi smetterla di chiamarmi signora Rothschild? Visto che sto per diventare la tua malvagia matrigna potresti chiamarmi Trina? O Tree. Scegli tu.»

«Che ne dici di Matrigna?» chiedo con aria innocente. «Suona abbastanza bene?»

«Ragazza mia, ti farò a pezzettini.»

«Torniamo al matrimonio. Spero di non sembrare invadente, ma hai delle foto del tuo primo matrimonio? Vorrei capire che cosa ti piace.»

La signora Rothschild fa una smorfia. «Penso di avere buttato via tutto. Forse ho ancora una foto su un vecchio album. Grazie a Dio mi sono sposata prima che i social invadessero le nostre vite. Te lo immagini? Divorziare per ritrovarti dappertutto foto del tuo matrimonio infelice?»

«Porterà sfortuna parlare di divorzio prima di sposarsi?»

La signora Rothschild scoppia a ridere. «Be', Lara Jean, allora siamo fregate.» Poi aggiunge: «Sto scherzando! Cercherò una foto del matrimonio da farti vedere, se proprio insisti, ma onestamente non ne vado fiera. A quei tempi andava di moda truccarsi molto gli occhi e credo di avere esagerato con il mascara. E ricordo anche di avere usato una matita per il contorno labbra color cioccolato e un rossetto metallizzato. Non dire niente: era perfetto nei primi anni Duemila!».

Cerco di mantenere un'espressione normale. «Va bene. E l'abito?»

«Monospalla e stile sirena. Mi faceva davvero un bel sedere...»

«Capisco.»

«Non mi giudicare!»

Papà le posa una mano sulla spalla «E se ci sposassimo qui, a casa?».

«Nel giardino sul retro?» La signora Rothschild ci pensa un attimo e poi dice: «Penso che potrebbe essere bello. Un piccolo barbecue, solo la famiglia e pochi amici».

«Papà non ha amici» interviene Kitty senza spostare il libro di matematica dalle ginocchia.

Papà si volta accigliato e sbotta: «Io *ho* degli amici. C'è il dottor Kang, che lavora all'ospedale, e Marjorie, e la zia D. Ma... sì, da parte mia sono pochi».

«E la nonna» dice Kitty, ma sia papà sia la signora Rothschild si irrigidiscono solo a sentirla nominare. La mamma di papà non è una persona molto amichevole.

«Già, non dimentichiamo la nonna» rincalzo io.

La nonna e la signora Rothschild si sono incontrate il giorno del Ringraziamento e, anche se papà non l'ha presentata come la sua fidanzata, la nonna ha capito. Le ha fatto il terzo grado chiedendole se aveva figli, da quando era divorziata e se aveva dei debiti. La signora Rothschild se l'è cavata abbastanza bene tanto che, quando sono uscita per accompagnare la nonna alla macchina, mi ha detto che non era male, che le sembra una persona piena di energia e in gamba. Prima di aggiungere che indossa abiti troppo giovanili per la sua età.

«Ho già avuto un matrimonio in grande stile» commenta la signora Rothschild. «Anche i miei invitati saranno pochi. Qualche ex compagno del college e Shelly, una collega. Mia sorella Jeanie e gli amici del SoulCycle.»

«Possiamo essere le tue damigelle?» chiede Kitty facendo ridere la signora Rothschild.

«Kitty! Non si chiede una cosa del genere.» Ma non vedo l'ora di sentire la sua risposta.

«Certo. Lara Jean, a te farebbe piacere?»

«Ne sarei onorata.»

«Allora sarete voi tre e la mia amica Kristen, perché altrimenti mi uccide.»

Batto le mani felice e chiedo: «Ora che è tutto stabilito, torniamo all'abito da sposa. Se la cerimonia sarà nel giardino di casa, credo che l'abito dovrebbe essere in stile».

«Purché abbia delle maniche che coprano le mie braccia flaccide» dice.

«Signora Roth... voglio dire, Trina, non hai le braccia flaccide» osservo io. È molto in forma, per il Pilates e il SoulCycle.

Kitty alza lo sguardo e chiede: «Che cosa sono le braccia flaccide? Sembra una cosa disgustosa».

«Vieni qui: ti faccio vedere.» Kitty obbedisce, ma la signora Rothschild quando stende il braccio lo fa per afferrarla e farle il solletico. Ridono come due matte.

«Disgustosa? Ti insegno io a dire alla tua perfida matrigna che è disgustosa.»

Papà ha un'aria felice come non ricordavo da tempo.

Più tardi, quella sera, Kitty si sta lavando i denti e io sto facendo una pulizia del viso con un nuovo scrub che ho ordinato su un sito coreano: gusci di noce e mirtilli. «Vasetti di vetro con nastrini di cotone... eleganti» dico pensosa.

«Guarda su Pinterest. Tutti quanti usano vasetti di vetro.»

Le sue parole hanno un fondo di verità. «Be', io indosserò una coroncina di fiori. E non mi interessa se dirai che è superata.»

«Non puoi farlo» dice con convinzione.

«Perché no?»

«Sei troppo vecchia. Le coroncine sono da bambina.»

«No, non hai capito. Pensavo a roselline color pesca, con un bel po' di verde. Verde pallido.»

Mia sorella scuote il capo. «Non siamo tre fatine. È troppo sdolcinato. E sono certa che Gogo la penserà come me.»

Ho il presentimento che sia proprio vero, così decido di lasciar perdere l'argomento, per ora. «Per quanto riguarda i vestiti stavo pensando che potremmo indossare qualcosa di vintage. Non bianco ovviamente, piuttosto avorio. Qualcosa di simile alle camicie da notte. Eterei... non una vestina da fate, più da... creature celestiali.»

«Io indosserò uno smoking.»

«Che cosa?»

«Uno smoking della Converse in tinta.»

«Dovrai passare sul mio cadavere!»

Mia sorella alza le spalle e sputa il dentifricio.

«Kitty, questo non è un matrimonio in giacca e cravatta. Uno smoking non ha senso in un giardino! E noi tre, inoltre, dovremmo essere vestite uguali! Le sorelle Song!»

«Io l'ho già detto a Tree e a papà. E a loro è piaciuta l'idea, quindi fattene una ragione.» Oddio, la mia sorellina ha *quell'espressione*, la tipica espressione che fa quando si impunta come un mulo su qualcosa.

«Senti, potresti indossare giacca e pantalone di cotone. Farà troppo caldo per lo smoking, mentre con il cotone staresti fresca.» Ho cercato un compromesso e mi aspetto che lei faccia altrettanto, ma Kitty non ci pensa nemmeno.

«Non decidi tutto tu, Lara Jean. Non è il *tuo* matrimonio.»

«Lo so!»

«E allora cerca di ricordartelo.»

Vorrei darle un bello spintone, ma lei salta via prima che io riesca a sfiorarla. Poi si gira e strilla: «Preoccupati della tua, di vita!».

# 16

Oggi usciamo prima da scuola, ma mentre mi affretto verso gli armadietti per cercare Peter vengo bloccata dalla signora Duvall. «Lara Jean! Vieni alla festa, stasera?»

Non ricordo di avere sentito parlare di nessuna festa. «Ecco...»

La Duvall scuote la testa e spiega: «Ti ho mandato una email la scorsa settimana! È un incontro per chi è stato accettato alla William and Mary. Tu e gli altri alunni della Junior High sarete in pochi, in compenso parteciperanno molti ragazzi di altre scuole: è una buona occasione per conoscere altri studenti».

«Oh...» Adesso ricordo: l'email… il raduno… «Mi piacerebbe tanto, ma non posso perché ho... un… impegno familiare!»

Il che *teoricamente* è vero. Peter e io abbiamo in programma di andare a Richmond: lui ritirerà dei mobili per il negozio di antichità di sua madre e io cercherò un tavolino per il matrimonio di papà.

La signora Duvall mi fissa per un istante. «Be',» dice alla fine «sono sicura che ci sarà un'altra occasione. Un sacco di gente farebbe carte false per essere al tuo posto, Lara Jean, ma immagino che tu lo sappia già.»

«Certo» la rassicuro e poi scappo via.

La gita si rivela una delusione, almeno per me.

Peter ritira i tavoli per cui ci siamo messi in viaggio, mentre io non vedo nulla di appropriato per un matrimonio in giardino. C'è una cassettiera che potrebbe andare bene se la ridipingessi o forse basterebbe una motivo stencil a forma di bocciolo di rosa, ma costa trecento dollari e credo che papà e Trina disapproverebbero. Comunque faccio una foto, non si sa mai.

Poi Peter e io andiamo a pranzare in un posto di cui ho letto su Internet, chiamato Croaker's Spot, dove mangiamo pesce fritto e pane di mais spalmato di salsa agrodolce. «Richmond è carina» dice Peter, pulendosi la salsa dal mento. «È un peccato che la William and Mary non sia a Richmond. Sarebbe anche più vicina.»

«Dai, non passerà nemmeno un anno prima che io mi trasferisca all'UVA: solo nove mesi. E poi sarò a casa per le vacanze invernali e quelle di primavera.»

«Infatti» conferma Peter.

Torno a casa che fuori è già buio e papà, Trina e Kitty stanno terminando la cena.

«Siediti, ti prendo qualcosa da mangiare» dice papà. Poi mi strizza l'occhio e aggiunge: «Trina ha cucinato il suo famoso pollo al limone».

Il famoso pollo di Trina consiste in petti di pollo spruzzati di succo di limone e scottati in padella, ma è la sua specialità e in effetti sono abbastanza buoni. Mi sistemo su una sedia e sospiro. «No, grazie. Ho mangiato fino a scoppiare.»

«C'era da mangiare all'incontro? Com'è stato?»

«Come facevi a sapere dell'incontro, papà?» Mi abbasso verso il cane di Trina, Simone, che mi ha seguita nella speranza di ottenere qualche briciola.

«Hai ricevuto un invito. L'avevo attaccato al frigo!»

«Oh, cavoli. Non l'ho visto. Sono andata a Richmond con Peter: cercavo un tavolino dove appoggiare la torta.»

Papà aggrotta la fronte. «Sei andata sino a Richmond in un giorno di scuola? Per un tavolino?»

Oh-oh... Velocemente estraggo il telefono per mostrare le foto. «È un po' caro, ma si potrebbero tenere i cassetti aperti… immaginateli traboccanti di rose. Anche se non dovessimo comprare proprio questo, se vi piace l'idea, sono sicura che potrei trovare qualcosa di simile.»

Papà si avvicina per vedere. «Cassetti traboccanti di rose? Sembra piuttosto costoso e non molto rispettoso dell'ambiente.»

«Be', potremmo usare delle margherite, ma l'effetto non sarebbe lo stesso.» Guardo in direzione di Kitty prima di proseguire. «Vorrei parlare un attimo degli abiti delle damigelle.»

«Aspetta, io vorrei tornare al fatto che hai saltato un incontro che riguardava il tuo futuro college per andare a Richmond» mi interrompe papà.

«Non preoccuparti, ne faranno a decine.» Poi mi rivolgo a mia sorella: «Kitty, per quanto riguarda l'abito da damigella...».

Senza nemmeno alzare lo sguardo, Kitty brontola: «La camicia da notte te la metti tu».

Decido di ignorare il fatto che abbia liquidato la mia proposta definendola *camicia da notte* e spiego: «Non avrebbe senso se lo indossassi solo io. Il bello di quei vestiti è che sono *uguali*. L'idea è indossare tutte e tre vestiti *ugualmente* eterei, celestiali. Allora diventa uno stile».

Quante altre volte dovrò ripetere la parola "etereo" per fare capire di che tipo di matrimonio sto parlando?

«Se vuoi dei vestiti abbinati, mettiti uno smoking. *Quell'idea* mi piace.»

Devo prendere un bel respiro per non urlarle contro. «Be', sentiamo cosa dice Margot.»

«A Margot non importa.»

Kitty si alza per posare il piatto nel lavandino e io ne approfitto per mimare l'atto di strozzarla. «Ti ho vista» dice. Ha gli occhi dietro la testa, ne sono sicura.

«Trina, tu che ne pensi?»

«A dire la verità non m'importa, basta che siate tutte d'accordo: tu, Kitty, Margot e Kristen.»

Con tono flautato replico: «Solo perché tu lo sappia, non si capisce se non t'importa del vestito o del fatto che siamo tutte d'accordo».

Trina alza gli occhi al cielo e Kitty sbuffando chiede: «Perché sei fatta così, Lara Jean?».

Le do una spintarella e poi mi volto verso Trina: «Kristen è un'adulta, quindi immagino che le andrà bene qualunque cosa decideremo noi ragazze».

Trina però non sembra molto convinta. «Non vorrà indossare abiti senza maniche. Cercherà di convincervi a prevedere un cardigan sopra il vestito.»

«Oh, no!»

Trina alza le mani. «Discutine con Kristen. Come ho già detto, a me non importa.» Mi guarda facendo una smorfia buffa e io mi metto a ridere, imitata da Kitty.

«Adesso possiamo parlare di quell'incontro a cui non

sei andata?» chiede papà aggrottando la fronte. «Sembrava interessante.»

«Andrò al prossimo» prometto. Naturalmente sto mentendo.

Non ha senso andare a questi incontri e legarsi a persone che frequenterò solo per nove mesi.

Dopo essermi preparata una porzione di gelato, mando un messaggio a Margot. La trovo sveglia, quindi la chiamo per avere il suo aiuto nella faccenda dei vestiti.

Purtroppo Kitty ha ragione: non le interessa.

«Farò quello che voi mi direte di fare» dichiara.

«I posti più caldi all'inferno sono per quelli che non prendono posizione in tempo di crisi» replico, leccando il cucchiaio.

«Pensavo che quello fosse il posto riservato alle donne che non aiutano le altre donne» risponde ridendo.

«Be', immagino che all'inferno ci sia un sacco di posto. Sinceramente, Kitty non sembrerà un po' sciocca in smoking? È un matrimonio in giardino. Lo stile dovrebbe essere *etereo*!»

«Non credo che sembrerà più sciocca di te, l'unica con una coroncina di fiori in testa. Lascia che indossi quello che vuole, tu mettiti la tua coroncina e io mi vestirò normalmente. Nemmeno capisco perché debba fare la damigella, visto che la signora Rothschild e io ci conosciamo appena. Voglio dire, lo so che lo fa solo per essere gentile, ma non è necessario. È tutto un po'... eccessivo.»

Vorrei poter tornare indietro e mordermi la lingua prima di aver tirato in ballo l'argomento matrimonio. L'ultima cosa che voglio è che Margot decida di non venire perché non è affezionata a Trina. Quindi mi affretto a dire: «Va bene, non dobbiamo per forza indossare corone di fiori. Tu e io ci metteremo qualcosa di carino e Kitty indosserà il suo smoking e sarà sufficiente così».

«Com'è stato l'incontro per la William and Mary, oggi? C'era tanta gente?»

«Perché mi chiedete tutti dell'incontro?»

«C'era una lettera sul frigo.»

«Ah! Be', non ci sono andata.»

Mia sorella tace un attimo e poi si avvicina allo schermo per chiedermi: «Lara Jean, hai pagato l'iscrizione alla William and Mary?».

«Lo farò! C'è tempo fino al primo maggio.»

«Stai cambiando idea?»

«No! Non ho avuto tempo, tutto qui! Tra il matrimonio e il resto...»

«A sentire te sembra una cosa in grande, mentre io credevo che volessero una cerimonia semplice.»

«Stiamo valutando. Sarà semplice, ma anche speciale: qualcosa che ricorderemo per sempre.»

Dopo aver salutato mia sorella e sistemato la coppetta del gelato nel lavandino, mi fermo in soggiorno. La foto del matrimonio di mamma e papà è appesa sopra al caminetto; osservo il vestito di pizzo con le maniche a farfalla e la gonna fluttuante, i capelli raccolti in uno chignon laterale con qualche morbido ricciolo libero. Mamma porta degli orecchini di diamanti che non le ho mai più visto addosso: difficilmente indossava gioielli e nemmeno molto trucco. Papà ha un abito grigio: i capelli invece sono ancora scuri; le guance sono lisce come mele, senza un'ombra di barba. Lei è esattamente come la ricordo; lui, invece, è molto più giovane.

Immagino che dovremo spostare la foto: sarebbe

troppo fastidioso per Trina doverla vedere ogni giorno. Sinora non è sembrato che la disturbasse, ma quando abiterà qui, è chiaro che vivrà la cosa in modo diverso. Potrei appenderla in camera mia, sempre che non la desideri Margot. Dovrò chiederglielo, non appena tornerà a casa.

L'amica di Trina si presenta una sera dopo cena armata di una bottiglia di rosé e parecchie riviste da sposa. Chissà perché, mi immaginavo Kristen diversa: una persona che mette soggezione e anche piuttosto alta, e invece no. Ha i capelli tagliati a caschetto, è abbronzata, ma soprattutto è alta quanto me. Sono colpita dalla sua collezione di riviste da sposa, perlopiù vecchiotte. «Per favore, non fare orecchie ai giornali» chiede. *Ehi, per chi mi prendi?* vorrei dirle. Non lo farei mai.

«Penso che prima di tutto dovremmo discutere della lista nozze e dell'addio al nubilato» dice, facendo le coccole a Jamie Fox-Pickle. Non ho mai visto il nostro cane fare amicizia con uno sconosciuto così in fretta, cosa che interpreto come un buon segno.

«Pensavo che un tea-party potrebbe essere divertente» dico. «Potrei fare dei mini sandwich, dei biscotti con crema al mascarpone...»

«Io pensavo a una festa a tema SoulCycle» mi interrompe Kristen. «Potrei ordinare delle canottiere fluo con la scritta *Team Trina* e reclutare l'intero corso!»

Cerco di non fare vedere che l'idea mi fa orrore limitandomi ad annuire.

«Ragazze, sono tutte e due ottime idee, ma purtroppo io non ho voglia di un addio al nubilato» interviene Trina. Kristen rimane senza parole, e io pure. Con un sorriso di scusa aggiunge: «Quanto alla lista nozze... Peter e io abbiamo già fin troppa roba. I regali servono a una sposa che sta mettendo su casa, mentre io non riesco a pensare a nulla che potrebbe servirci e che già non abbiamo».

«Non abbiamo una macchina per il gelato» intervengo io. Ho sempre voluto provare ricette a base di gelato, ma la macchina che fa al caso mio costa più di quattrocento dollari. «E papà dice spesso che vorrebbe una macchina per la pasta.»

«Be', possiamo comprarcele da soli. Siamo adulti, no?» Kristen apre la bocca per obiettare, ma Trina la interrompe: «Kris, su questo punto sono irremovibile: niente lista nozze. Ho superato i quaranta da un pezzo, per l'amor del cielo. E ho già ricevuto fin troppi regali».

«Non capisco» obietta Kristen. «I regali esprimono solo affetto. Comunque, va bene. Niente lista.»

«Grazie» sussurra Trina, che si stende per abbracciare la sua amica.

«Ma non cederò sull'addio al nubilato. Quello devi farlo. Punto e basta.»

Trina sorride. «D'accordo, te lo concedo. Forse per l'addio al nubilato approvo la tua idea.»

«Sicura? Non preferisci qualcosa di... strepitoso? Che ne dici di Las Vegas? Il marito di Sarah potrebbe prenotare una suite al Bellagio...»

«No, Las Vegas te la boccio» dice Trina. «La festa deve essere in zona ed essere qualcosa di decoroso, così che possano venire le ragazze.»

«Che ragazze?» chiede Kristen.

Trina indica me. «Le *mie* ragazze.» Mi rivolge un sorriso incerto che io ricambio con calore.

«Che ne dite di un karaoke?» propongo. Trina batte le mani felice.

«Senza offesa, Lara Jean» dice Kristen rivolgendomi un'occhiata esasperata. «Che diavolo hai in mente, Trina? Non puoi portare le tue future figliastre all'addio al nubilato, non è giusto. Non sarebbe una vera festa, come ai vecchi tempi. Non potremmo veramente rovinarci, e tu non ti godresti i tuoi ultimi momenti da single.»

Trina mi guarda e dice: «Per la cronaca, non ci siamo mai "rovinate"». Poi si volta verso Kristen e aggiunge: «E Kris, io non penso a loro come alle mie *figliastre*. Loro sono semplicemente... le ragazze. Ma non preoccuparti: vedrai che ci divertiremo. Margot va già all'università e Lara Jean è in procinto di farlo. Possono assaggiare un po' di sangria o un bicchiere di vino».

Kristen fa un sospirone e chiede: «Va bene, ma la più piccola?».

«Kitty è molto matura per la sua età.»

«No, non se ne parla» si impunta Kristen. «Non puoi portare una ragazzina a un addio al nubilato. Non è giusto.»

«Kris!»

Sento di dover intervenire e dico: «Questa volta sono d'accordo con Kristen. Non possiamo portare Kitty al karaoke, è troppo piccola. Non lasciano entrare i bambini di undici anni».

«Sarà dispiaciuta.»

«Sopravviverà» le dico.

Kristen beve un sorso del suo rosé e aggiunge: «Le delusioni fanno bene ai bambini. Li preparano per la vita vera, dove non tutto è pensato per loro».

Trina alza gli occhi al cielo e replica: «Se tu non vuoi

Kitty all'addio al nubilato, io non voglio peni. Dico sul serio, Kris. Niente torte a forma di pene, o pasta a forma di pene. Niente peni, stop.»

Arrossisco. Esiste la pasta a forma di pene?

«D'accordo» dice Kristen mettendo il broncio.

«Benissimo. Possiamo parlare della cerimonia, adesso?»

Mi precipito a prendere il mio portatile e ad aprire la pagina che ho preparato quando Kitty decide di onorarci della sua presenza.

«A che punto siete?» vuole sapere.

«Parliamo del menù» risponde Kristen. «Io pensavo a un barbecue.»

«Mmm... un sacco di gente sceglie il barbecue. È un po'...»

«Inflazionato?» suggerisce Kitty.

«Stavo per dire molto... comune.»

«Ma Trina ama i barbecue!»

«La smettete di parlare come se io non fossi qui?» interviene Trina. «In effetti io *amo* i barbecue. E possiamo servire delle mini porzioni di pasta nei vasetti di vetro?»

Mi aspetto che Kitty dica qualcosa sui vasetti di vetro, e invece propone: «Che ne pensate di fiori commestibili nelle bibite?».

Trina fa un saltello sulla sedia. «Sì! Mi piace l'idea!»

«Potremmo preparare delle ciotole di punch e cospargere la superficie di fiori» mi affretto ad aggiungere, visto che quell'idea Kitty l'ha rubata a me.

Kristen mi guarda con approvazione.

Incoraggiata dal sostegno ricevuto, aggiungo: «E per quanto riguarda le torte, c'è bisogno di una torta nuziale e di una torta dello sposo».

«Due torte?» chiede Trina. «Perché? Non ci saranno molti invitati.»

«Siamo nel Sud, è usanza fare una torta dello sposo. Per la tua pensavo a un pandispagna con glassa alla vaniglia.» Trina mi guarda felice. Per me non è la torta più entusiasmante da preparare, ma è la sua preferita. «Per papà pensavo... menta e cioccolato! Una torta a base di cioccolato, con glassa alla menta e decorazioni di mini biscottini alla menta.»

Kitty annuisce in segno di approvazione. Questo è il mio campo, finalmente.

# 17

Sono sdraiata sul divano, appoggiata ai cuscini, a cercare una pettinatura adatta a Trina mentre mia sorella è seduta a terra circondata dagli smalti per le unghie. A un tratto solleva la testa e chiede: «Hai mai pensato al fatto che Trina e papà potrebbero avere un bambino e che lui potrebbe assomigliare a papà?». Poi torna a mescolare gli smalti su un piatto di plastica.

Mia sorella pensa cose che a me non verrebbero mai in mente. Non mi aveva mai sfiorato l'idea che avrebbero potuto avere un bambino o che questo ipotetico fratellino potrebbe non assomigliarci. Somiglierebbe a papà e a Trina. Nessuno dovrebbe chiedersi di chi è figlio. Sarebbe chiaro, mentre per noi, per via della nostra mamma coreana, non è così.

«Ma sono tutti e due così vecchi» le rispondo.

«Trina ha quarantatré anni. Può ancora rimanere incinta. La mamma di Maddie ha appena avuto un bambino e lei ha la stessa età.»

«È vero...»

«E se fosse un maschio?»

Papà con un figlio maschio. L'idea è *impressionante*.

Papà non è un tipo sportivo. Insomma, gli piace andare in bicicletta e gioca a tennis (in primavera). Ma sono sicura che esistono attività che condividerebbe con un bambino e che a noi neanche propone perché sa che a nessuna interessa. Pescare, forse? Il football non interessa nemmeno a lui. Potrebbe giocare con Trina...

Quando mia madre era incinta di Kitty, Margot voleva un'altra sorella mentre io volevo un fratellino. Sarebbe bello, in effetti. Soprattutto perché io non sarò qui e non dovrò sentirlo piangere di notte. Dovrò solo andare a comprargli scarponcini imbottiti e maglioncini con orsacchiotti o coniglietti.

«Se lo chiamassero Paul potremmo soprannominarlo Polpetta» dico pensosa.

Sulle guance di Kitty appaiono due chiazze rosse, e, di colpo, sembra tornata una bimbetta. «Io non voglio che abbiano un bambino. Se avranno un bambino io non sarò più la più piccola, sarò quella *di mezzo*. Non sarò niente.»

«Ehi!» esclamo. «Al momento sono io quella di mezzo!»

«Margot è la più grande e la più in gamba; tu sei la più carina.»

Io? Kitty pensa che io sia la più carina? Cerco di non sembrare troppo felice, visto che non ha ancora finito il ragionamento: «Io sono solo la più piccola e se loro due avranno un figlio, non sarò più nemmeno quello».

Poso il mio computer per mormorare: «Kitty, tu sei molto di più che la più piccola delle sorelle Song. Sei la più scalmanata, la testa matta, la linguaccia». Kitty stringe le labbra per non scoppiare a ridere. Così aggiungo: «E comunque, qualsiasi cosa tu sia Trina ti vuole bene e te ne vorrà sempre, anche se dovesse avere un figlio, cosa che – per inciso – non credo accadrà». Faccio una pausa e poi chiedo: «Senti, quando hai detto che sono la più carina... lo pensavi davvero?».

«No. Probabilmente, quando avrò la tua età sarò io la più bella. Tu puoi essere la più gentile.» Mi alzo dal divano e mi avvicino per farle il solletico.

«Io non voglio essere la più gentile» protesto.

«Però lo sei.» Non lo dice come un insulto, ma nemmeno come se fosse un complimento. «Che cosa vorresti avere di mio che tu non hai?»

«Il tuo coraggio.»

«E poi?»

«Il tuo naso. Hai un nasino grazioso» rispondo. «E tu, che cosa ti piacerebbe avere di mio?»

Kitty si stringe nelle spalle. «Non saprei.» Poi scoppia a ridere perché io ho cominciato a farle il solletico.

Più tardi, quella sera, continuo a pensarci. Trina e papà con un bambino. Lei non ha figli, a meno di non voler considerare una specie di "bimbo peloso" il suo golden retriever. Trina potrebbe desiderare la maternità. E anche se papà non l'ha mai detto, potrebbe volere un figlio maschio, il quale avrebbe diciotto anni meno di me. Che strano... E ancora più strano è pensare che io sono abbastanza grande da avere un figlio mio.

Che cosa faremmo Peter e io, se rimanessi incinta? Non riesco nemmeno a immaginarlo. La sola cosa che riesco a immaginare è l'espressione di papà nel momento in cui ricevesse la notizia, ed è già abbastanza.

La mattina dopo, seduta in macchina con Peter, guardo il suo profilo. «Mi piace che tu abbia la pelle così liscia» dico «come quella di un neonato.»

«Potrei farmi crescere la barba se volessi» dice toccandosi il mento. «Bella folta.»

«No, non potresti» replico con tono affettuoso. «Forse, un giorno, quando sarai un uomo.»

«Io *sono* un uomo. Ho diciotto anni!»

«Ma se non ti prepari nemmeno i panini da mangiare a scuola» obietto per prenderlo in giro. «Sei capace di usare la lavatrice?»

«Sono un uomo in tutte le cose che contano» risponde.

«Se ti mandassero in guerra?»

«Eh? Ma gli studenti non sono esentati? Esiste ancora l'obbligo di leva?»

Non conosco la risposta a nessuna delle due domande, quindi mi stringo nelle spalle prima di chiedere: «E se rimanessi incinta?».

«Lara Jean, noi non facciamo sesso. Sarebbe come parlare dell'Immacolata Concezione.»

«Ma se accadesse?»

Peter emette un gemito. «Ma che domande mi fai? Non lo so. Come faccio a sapere che cosa farei?»

«Allora dimmi che cosa *pensi* che faresti.»

«Quello che vorresti fare tu» risponde senza esitare.

«Non vorresti decidere insieme a me?» Lo sto provocando... e non so nemmeno io perché lo sto facendo.

«Non sono io quello che dovrebbe avere l'ultima parola. Si tratterebbe del tuo corpo, non del mio.» Le sue risposte mi piacciono, eppure insisto. «E se ti dicessi... facciamo il bambino e sposiamoci?»

E di nuovo Peter risponde senza esitare: «Ti direi sì, sicuro!».

Aggrotto la fronte. «Sicuro? Riguardo la più grande decisione della tua vita tu diresti *sicuro*?»

«Sì. Perché ne sono sicuro.»

Accarezzo la sua guancia, così liscia... «Ecco perché sei ancora un ragazzo. Perché sei così "sicuro".»

«Perché lo dici come se fosse una brutta cosa?»

«Sei sempre così sicuro riguardo a te stesso.»

«Be', di una cosa sono più che sicuro» dice, guardando fisso davanti a sé. «Sono sicuro che non sarò mai come mio padre.»

Resto zitta a osservarlo, sentendomi in colpa per averlo stuzzicato, per aver richiamato dei pensieri sgradevoli. Vorrei chiedergli se suo padre sta provando ad aggiustare le cose fra loro, poi però mi blocco. Vorrei davvero che sistemassero le cose prima che Peter andasse all'università. Perché Peter è ancora un ragazzo, e io credo che tutti i ragazzi vogliano il proprio padre accanto anche se non è un padre perfetto.

Dopo la scuola passiamo dal fast food e, prima ancora di essere usciti dal parcheggio, Peter sta già azzannando il suo panino. Tra un morso e l'altro mi chiede: «Lo pensavi sul serio quando dicevi che non ci vedi sposati?».

«Io non ho detto così!»

«Hai detto qualcosa del genere. Hai detto che sono ancora un ragazzo e che non potresti sposare un ragazzo.»

Ecco, ho ferito i suoi sentimenti. «Non intendevo in quel senso. Intendevo dire che non riesco a vederci sposati perché siamo ancora dei ragazzi. Come potremmo crescere un bambino?» E senza pensarci aggiungo: «Comunque, mio padre mi ha dato un kit completo per il controllo delle nascite, quindi non dobbiamo preoccuparci».

Peter quasi si strozza con il pollo. «Un kit per il controllo delle nascite?»

«Certo. Preservativi e...» Preservativi femminili. «Peter, sai cos'è un preservativo femminile?»

«Cosa? Non è quel quadratino di lattice che usano i dentisti?»

Ridacchio. «No. È per un rapporto orale protetto. E io che pensavo che tu fossi un grande esperto e che mi avresti insegnato tutto al college!»

Il mio cuore accelera, mentre aspetto che lui faccia una battuta su noi due che finalmente riusciamo a fare sesso, e invece no. Un po' accigliato replica: «Non mi piace che tuo padre pensi che facciamo sesso quando non è così».

«Vuole solo che facciamo attenzione: è il suo lavoro, no?» Gli do un colpetto sul ginocchio e aggiungo: «Comunque non resterò incinta, quindi andrà tutto bene».

Finisce il panino e getta il tovagliolino nel sacchetto. «I tuoi genitori si sono conosciuti al college, vero?»

Mi sorprende che se lo ricordi, perché io non ricordavo di avergliene parlato. «Già.»

«Quanti anni avevano? Diciotto? Diciannove?»

«Venti, credo.»

Peter impallidisce, ma solo un po'. «Ok, venti. Io ne ho diciotto e tu altrettanti il mese prossimo. Stiamo parlando di due anni in più. Quanta differenza fanno due anni nel grande schema dell'universo?» sorride raggiante. «I tuoi genitori avevano vent'anni quando si sono conosciuti; noi ci siamo conosciuti a...»

«Dodici» suggerisco io.

Peter è infastidito dal fatto che io abbia interrotto il suo ragionamento. «Va bene, ci siamo conosciuti da piccoli, ma ci siamo messi insieme a diciassette...»

«Io ne avevo sedici.»

«Non ci siamo messi davvero insieme sino a che non abbiamo avuto diciassette anni, che praticamente è come averne diciotto, che a sua volta è come averne venti.» Ha lo sguardo soddisfatto di un avvocato che ha appena terminato un'arringa.

«Un ragionamento davvero lungo e complesso» commento. «Hai mai pensato all'avvocatura?»

«No, ma forse dovrei.»

«Sì, forse.»

Improvvisamente non mi sembra più divertente. Improvvisamente mi sembra un'idea così lontana nel tempo e chissà cosa ci succederà in futuro. Magari saremo persone diverse. Eppure, pensare a Peter adulto mi fa desiderare moltissimo l'uomo che potrei non conoscere mai. Oggi è il ragazzo che conosco meglio di chiunque altro, ma se non fosse sempre così? I nostri sentieri stanno già divergendo, ogni giorno un po' di più, mentre ci avviciniamo ad agosto.

# 18

Trina ha messo in vendita casa sua un paio di settimane dopo il fidanzamento. Kristen, che è un'agente immobiliare, le ha detto che era quello il momento migliore per vendere, perché alla gente piace comprare casa in primavera. E aveva ragione: una coppia ha offerto quella stessa settimana, cioè molto prima di quanto avessimo immaginato. Papà e Trina pensavano che la casa sarebbe restata invenduta almeno per un mese, e invece proprio in questo momento i traslocatori stanno depositando scatoloni nel nostro soggiorno e tutto sta muovendosi alla velocità della luce.

Da subito abbiamo dato per scontato che Trina si sarebbe trasferita da noi. Prima di tutto casa nostra è più grande e poi è molto più semplice traslocare una persona invece di quattro. Almeno, così vorrebbe la logica. Trina però ha un sacco di roba per essere una persona sola. Abiti e scarpe, attrezzi da ginnastica, mobili e lampade, e una grande testiera imbottita che suppongo farà inorridire mio padre.

«A me non piacerebbe trasferirmi a casa di un'altra donna» mi informa Chris. In piedi davanti alla finestra, osserva Trina che impartisce istruzioni alle maestranze.

«Di chi parli?» le chiedo.

«Intendevo tua madre. Al posto di Trina, io avrei sempre l'impressione di vivere in casa sua: lei ha scelto i mobili, la carta da parati...»

«In realtà, molto l'abbiamo scelto Margot e io» replico. «Io ho scelto la carta da parati della sala da pranzo e mia sorella il colore del bagno di sopra.» Ricordo Margot, mamma e io sedute in salotto con i cataloghi delle tappezzerie e i campioni di moquette sparsi intorno a noi. Avevamo trascorso l'intero pomeriggio a passare al setaccio ogni brochure, mentre discutevamo sul punto di azzurro per il bagno che avremmo condiviso. Io insistevo per un celeste uovo di pettirosso, Margot per un azzurro cielo. Alla fine la mamma ci ha obbligato a giocarcelo alla morra cinese: vinse Margot. E io le ho tenuto il muso finché non l'ho battuta con la carta da parati.

«Sto solo dicendo che, se fossi Trina, mi piacerebbe iniziare da capo» commenta Chris.

«Be', è impossibile quando il futuro marito ha già tre figlie.»

«Hai capito cosa intendo.»

«Avranno un nuovo letto. Lo consegneranno domani.»

Chris si volta di scatto. «Oh, non è strano pensare a tuo padre che fa sesso?»

«Io non penso a quelle cose! Per cui non farlo tu, per favore.»

La mia amica però sembra non avere intenzione di abbandonare l'argomento: «Trina ha un gran bel corpo».

«Chris, non sto scherzando!»

«Sto solo dicendo che ucciderei per avere un corpo, così alla sua età.»

«Non è poi così vecchia.»

«D'accordo.» Poi gentilmente mi chiede: «Se apro la finestra posso fumare?».

«Penso che tu conosca già la risposta, Christina.»

Fa una smorfia, ma è tutta facciata perché Chris lo sapeva già. «Uffa. L'America è così noiosa riguardo al fumo, così banale.»

Ora che Chris sta partendo per la Costa Rica, si diverte a disprezzare tutto ciò che è nordamericano. Ancora non riesco a credere che la mia migliore amica stia partendo. «Sicura di non venire al ballo della scuola?» le chiedo.

«Sicura.»

«Ti dispiacerà non essere venuta. Quando sarai lontana, in Costa Rica, all'improvviso capirai che cosa ti sei persa e ti dispiacerà, ma l'unica persona con cui potrai prendertela sarai tu.»

«Ne dubito fortemente» dice ridendo.

Dopo che Chris è uscita per andare al lavoro, io accendo il mio computer per mettermi al lavoro sull'abito da damigella e su quello per il ballo, quando papà e Trina rientrano in casa. Cerco di sembrare intenta a studiare, nel caso avessero bisogno di una mano. La piccola Kitty si è letteralmente eclissata negli ultimi due giorni e io sono pentita di non aver seguito il suo esempio.

Papà si versa un bicchiere d'acqua e si asciuga il sudore dalla fronte. «Hai davvero bisogno di quel tapis roulant?» chiede a Trina. «Non funziona nemmeno bene.»

«Funziona benissimo.»

«Non ti ho nemmeno mai visto usarlo.»

Con il volto rabbuiato Trina replica: «Questo non significa che non lo usi. Significa che non lo uso davanti a *te*».

«Va bene. Quand'è stata l'ultima volta che l'hai usato?»

«Non sono affari tuoi.»

«Trina!»

«Dan!»

Questo è un aspetto di papà che non conoscevo: litiga e perde la pazienza di rado. Trina però lo spinge a farlo e, per quanto possa sembrare strano, io ne sono felice. È un lato del suo carattere che evidentemente aveva soffocato. Ci si può accontentare di una piacevole vita senza scossoni, e si può fare fuoco e fiamme con qualcuno che si ama.

Trina impiega una vita a prepararsi prima di uscire, cosa che manda in bestia papà che a propria volta viene preso in giro per la passione per il birdwatching e i documentari.

E stanno bene insieme.

# 19

Stasera c'è una partita. Pammy non può venire perchè deve lavorare e naturalmente Chris non si abbasserebbe mai ad assistere a un incontro di lacrosse, così porto Kitty con me. Finge di pensarci su, si lamenta che potrebbe annoiarsi, ma appena dico: «Va be', non importa», si affretta ad accettare.

Troviamo la mamma e il fratellino di Peter, Owen, così ci sediamo con loro. Lui e Kitty si comportano come se l'altro non esistesse... entrambi impegnati con i rispettivi cellulari. Owen è alto, ma siede con la schiena curva e i capelli sugli occhi.

La mamma di Peter e io parliamo del fidanzamento di mio padre e io le racconto come sto pensando di organizzare il matrimonio; mi ascolta annuendo finché a un tratto dice: «Ho sentito che devo congratularmi anche con te».

«Per che cosa?»

«William and Mary!»

«Oh! Grazie.»

«So che speravi di andare all'Università della Virginia, ma tutto sommato... magari è meglio così.»

Sorrido, incerta. Che cosa intende dire con *meglio così*? È contenta che non vada al college con Peter? Pensa che ci lasceremo?

Così mi affretto a rispondere: «Williamsburg non è lontana da Charlottesville».

«Già, è vero.»

Poi Peter segna e ci alziamo in piedi ad applaudire.

Kitty mi chiede: «Possiamo prendere i popcorn?».

«Certo» rispondo, felice di avere una scusa per alzarmi. «Voi volete qualcosa?» chiedo alla mamma e al fratello di Peter.

Senza nemmeno alzare lo sguardo Owen risponde: «Popcorn».

«Ragazzi, potete dividerli» interviene la mamma di Peter.

Mi faccio strada verso il bar quando noto un uomo in piedi a braccia incrociate, gli occhi fissi sulla partita. È alto, con i capelli castani... decisamente un bell'uomo. Ma è solo quando gira la testa e lo vedo di profilo che capisco chi è. Io conosco quel volto. Conosco quel mento, quegli occhi. È come vedere il fantasma del Natale futuro. È come vedere come sarà il mio ragazzo fra decenni. Quell'uomo è il padre di Peter e io sono pietrificata.

Lui si accorge che lo sto guardando e mi sorride amichevole. Sento di non avere scelta, quindi mi avvicino per domandare: «Mi scusi... lei è il padre di Peter?».

Annuisce, sorpreso. «Sei una sua amica?»

«Sono Lara Jean Covey. La sua... ragazza, ecco.» Dopo un primo momento di stupore mi tende la mano.

«Wow! Vi somigliate moltissimo.»

Quando si mette a ridere è davvero identico. «Peter somiglia moltissimo a me, volevi dire.»

«Giusto. Peter è venuto dopo.»

Dopo un silenzio imbarazzato, l'uomo si schiarisce la gola prima di chiedermi: «Come sta?».

«Oh, bene. Ha saputo che andrà all'università con una borsa di studio?»

«L'ho saputo da sua madre e sono orgoglioso di lui. Non che possa vantare alcun merito, ma sono davvero orgoglioso di mio figlio.» Il suo sguardo torna sul campo da gioco, su Peter. «Volevo solo rivederlo giocare. Mi mancava.» Esita un attimo e poi aggiunge: «Per favore, non dire a Peter che ero qui».

Colta di sorpresa, riesco solo a farfugliare: «Oh... va bene».

«Grazie. È stato un piacere conoscerti, Lara Jean.»

«Anche per me è stato un piacere, signor Kavinsky.»

Sono talmente scossa che mi accorgo di aver dimenticato i popcorn, così devo ritornare sui miei passi. Sono contenta che suo padre sia venuto a vederlo giocare, pentita di aver accettato di tenere la cosa nascosta. Il solo pensiero mi fa torcere lo stomaco.

In macchina sto ancora pensando a suo padre, quando Kitty dice: «Mi è sembrato strano che la mamma di Peter abbia detto che è una cosa buona che tu non sia stata accettata all'Università della Virginia».

«Infatti! L'hai interpretata anche tu in quel modo?»

«Non c'erano altri modi in cui interpretarla» risponde mia sorella.

Controllo lo specchietto laterale prima di svoltare a sinistra e uscire dal parcheggio. «Non penso l'abbia detto con cattiveria, a dire il vero. Solo non vuole che Peter soffra.» E nemmeno io lo voglio, quindi forse è meglio tacere il fatto che suo padre era alla partita. Che accadrebbe se Peter si entusiasmasse e poi suo padre sparisse di nuovo?

Peter arriva a casa nostra dopo essersi fatto la doccia; è talmente felice che mi convinco sia un'ottima idea non raccontare nulla di suo padre.

Chissà che faccia farebbero i suoi compagni di squadra se ci vedessero adesso, sdraiati sul pavimento del salotto con una maschera rivitalizzante sul viso. Con la bocca semichiusa Peter chiede: «A che cosa serve?».

«È per pelli spente.»

Si volta verso di me e in una sorta di rantolo dice: «Ciao, Clarice».

«Che cosa stai dicendo?»

«È da *Il Silenzio degli innocenti*!»

«Ah, non l'ho mai visto: mi sembrava troppo pauroso.»

Peter si mette a sedere. Restare immobile gli riesce molto difficile. «Lo dobbiamo vedere *ora*. È ridicolo. Non esiste che qualcuno non abbia ancora visto *Il silenzio degli innocenti*.»

«Se non sbaglio tocca a me scegliere.»

«Covey, dai! È un classico» insiste Peter proprio mentre gli squilla il telefono. Sento la voce di sua madre e Peter che protesta: «Ehi ma'... Sono a casa di Lara Jean. Sì, torno presto... ti voglio bene anch'io».

«Ah, a proposito: ho dimenticato di dirtelo, ma stasera alla partita tua madre ha detto che forse è meglio che io non sia entrata all'UVA.»

«Cosa?»

«Be', non ha detto esattamente così, ma penso che intendesse dire quello.»

«Che cos'ha detto, *esattamente*?»

Tiro via la maschera e rispondo: «Si è congratulata con me per essere entrata alla William and Mary e poi mi sembra che abbia detto: "So che speravi di andare all'UVA, ma potrebbe essere meglio così"».

Peter si rilassa. «Oh, è tipico suo. Vede sempre il lato buono delle cose. È come te.»

A me non era sembrato che fosse quella l'intenzione, ma non aggiungo altro, perché Peter è molto protettivo nei confronti di sua madre. Immagino che debba esserlo, visto che sono solo loro due. Naturalmente mi torna in mente suo padre e la promessa fatta alla partita. Fingo indifferenza e gli domando: «Ehi, quanti biglietti hai spedito per il diploma?».

«Dieci. La mia famiglia è piccola. Perché?»

«Curiosità. Io ne ho firmati cinquanta, così la nonna può mandarne qualcuno ai parenti in Corea.» Esito un attimo e poi gli chiedo: «Pensi di invitare anche tuo padre?».

«No» risponde accigliato. «Perché dovrei?» Poi prende il suo cellulare e dice: «Vediamo che film sono rimasti. Se non vuoi vedere *Il silenzio degli innocenti*, allora restano solo *Trainspotting* o *Die hard*».

Per qualche secondo non dico nulla, poi gli strappo il telefono dalle mani. «Tocca a me scegliere! E io scelgo... *Il favoloso mondo di Amèlie*!»

Nonostante le proteste riguardo le commedie romantiche e i film stranieri, Peter apprezza *Amèlie*. Parla di una ragazza francese che ha paura della vita, tanto da creare fantasie bizzarre alternative, con lampioni che parlano e quadri che si muovono, e crêpes che sembrano dischi. È proprio il genere di film che mi fa venire voglia di trasferirmi a Parigi.

«Mi chiedo come staresti con la frangia» dice Peter. «Bene, scommetto.» Alla fine del film, quando la protagonista cucina un plum cake, Peter si volta verso di me e dice: «Sei capace di cucinare il plum cake? Sembra buonissimo».

«Sai che è una buona idea? Dei mini plum cake potrebbero essere un'ottima alternativa per il tavolo dei dolci» e inizio a cercare ricette sul mio telefono.

«Ricordati di chiamarmi quando inizi a fare esperimenti» commenta Peter.

# 20

Trina e io siamo sul divano, bevendo tè. Le sto mostrando delle foto di composizioni floreali quando entra papà e si lascia cadere accanto a noi. «Giornata pesante?» gli chiede Trina.

«Infinitamente» risponde lui, chiudendo gli occhi.

«Posso fare una domanda?» dico io.

Apre gli occhi e risponde: «Dimmi, figlia di mezzo».

«Quale sarà il primo ballo al vostro matrimonio?»

«Sono troppo stanco anche solo per pensarci» risponde con un gemito.

«Per favore. È il tuo matrimonio! Cerca di collaborare, papà!»

Trina ride e gli dà un colpetto sul fianco con il piede. «Collabora, Dan!»

«Va bene, va bene. Be', Trina è una grande fan di Shania Twain» dice scambiando un sorriso con la sua fidanzata. «Perciò... che ne dite di *From this moment on*?»

«Cavoli» dice Trina. «Mi conosci davvero.»

«Shania Twain? Ma non è famosa per quella canzone... *Man! I feel like a woman*?»

Trina afferra la sua tazza come fosse un microfono e

inizia a cantare in modo atroce: «*From this moment, I will love you*».

«No, non conosco questa canzone» dico, cercando di non ridere.

«Dai, cercala sul telefono» dice Trina a papà e poi rivolta a me: «Non giudicare, signorina».

Papà ha trovato il pezzo e lo sta ascoltando con un sorriso idiota, che diventa ancora più "espressivo" quando Trina gli mette un braccio attorno alle spalle e inizia a muoversi a tempo di musica.

È la canzone meno vicina ai gusti di mio padre che io abbia mai sentito. Però dico: «È perfetto» mentre di colpo ho voglia di piangere. «Va bene, ora che avete deciso la canzone, possiamo iniziare a occuparci delle altre cose sulla lista. Ho scambiato delle email con Trilly's Treat per chiedere se c'era la possibilità di avere dei mini budini alla banana dentro a dei vasetti di vetro. E dicono che non possono scendere sotto i sette dollari l'uno.»

Papà aggrotta la fronte. «Non è un po' caro?»

«Tranquillo, ho già contattato una pasticceria di Richmond e, sempre che la consegna non sia troppo costosa, potremmo andare da loro.» Guardo il mio blocco e dico: «I dolci mi hanno preso così tanto tempo che non ho ancora avuto tempo per incontrare la band. Per fortuna suonano a Keswick il prossimo weekend, quindi potrei andare a sentirli».

«Tesoro, penso che sostituire l'infornare biscotti con l'organizzazione di matrimoni non sia il modo migliore per combattere lo stress. Secondo me stiamo facendo un po' troppo.»

«La band non è proprio una *band*» dico in fretta. «Si

tratta solo di un cantante e un chitarrista. E il prezzo è davvero ragionevole. Ti saprò dire di più dopo averli visti dal vivo.»

«Non puoi guardare un video?» chiede Trina.

«Certo, ma non è come vederli dal vivo.»

«Non credo che avremo bisogno di una band» dice papà scambiando uno sguardo con Trina. «Penso che per la musica basterà un computer.»

«D'accordo, ma avremo comunque bisogno di noleggiare l'attrezzatura.» Sto iniziando a sfogliare il mio blocco quando Trina mi posa una mano sul braccio.

«Lara Jean, mi fa piacere che tu voglia aiutarci ma, onestamente, preferirei che non ti impegnassi tanto. Tuo padre e io vogliamo solo sposarci. Non abbiamo bisogno del furgoncino dei waffle o di mini budini alla banana. Saremmo felici anche con hamburger e patatine.» Sto per replicare quando Trina mi blocca. «L'ultimo anno delle superiori arriva solo una volta nella vita e devi godertelo. Hai un ragazzo favoloso e andrai in un ottimo college e tra pochissimo compirai gli anni. Devi goderti questa età, festeggiare e divertirti!»

«Sì. Ragionevolmente, è ovvio» si affretta a precisare papà.

«Ma insomma, non sono stressata!» rispondo. «Concentrarmi sul matrimonio mi rilassa!»

«E sei stata di grande aiuto, ma penso che ci siano altre cose che meritano il tuo tempo, su cui dovresti concentrarti. Per esempio, rendere memorabile il tuo ultimo anno di liceo e prepararti per il college.» Papà ha lo sguardo fermo, irremovibile. Uno sguardo che non gli vedo spesso.

«Quindi vuoi che smetta di occuparmi del matrimonio?» chiedo imbronciata.

«Io vorrei che ti occupassi dei vestiti delle damigelle e mi farebbe davvero piacere se preparassi tu la nostra torta nuziale...»

«E la torta dello sposo?»

«Certo. Del resto però ci occuperemo noi. Per il tuo bene, Lara Jean: basta trattative con i venditori.»

«Nessun altro viaggio a Richmond in cerca di tavolini» aggiunge papà.

Sospiro in modo un po' melodrammatico e dico: «Siete sicuri?».

«Sì, concentrati sul tuo abito per il ballo di fine anno» risponde Trina. «Hai già trovato qualcosa?»

Di colpo capisco che manca solo un mese e io non ho ancora un vestito. «Se siete davvero sicuri...»

«Siamo sicuri» conferma papà e Trina annuisce.

Mentre salgo le scale sento papà che chiede: «Trina, perché l'hai incoraggiata a godersi quel ragazzo favoloso?».

Trattengo a fatica una risata.

«Non intendevo quello!» protesta Trina.

«Ti assicuro che era quello che sembrava.»

«Santo cielo, Dan! Non prendere tutto alla lettera. E comunque il suo ragazzo *è* favoloso.»

Inizio a cercare abiti da sera sul mio computer e rido come una matta ogni volta che penso a papà e al mio ragazzo favoloso. Dopo un'ora di ricerche sono quasi sicura di avere trovato il mio vestito. È in stile ballerina, con il corpetto di latex metallizzato e la gonna di tulle di un punto di rosa che il sito definisce "cipria". Stormy sarà contenta.

Finito di pensare al vestito, vado sul sito della William

and Mary e pago l'iscrizione come avrei dovuto fare settimane fa.

Qualche giorno dopo, mentre stiamo andando a scuola, Peter dice che si è liberato da una consegna per sua madre e che quindi potrà accompagnarmi a Keswick per vedere la band suonare.

«Alla fine si è scoperto che papà e Trina non vogliono la band» dico cupa. «E nemmeno tante altre cose: quello che vogliono è un matrimonio di basso profilo. Indovina che canzone hanno scelto come primo ballo degli sposi?»

«Non ho idea»

«*From this moment on* di Shania Twain.»

«Mai sentita.»

«È davvero sdolcinata, ma a quanto pare a loro piace. Noi non abbiamo una *nostra* canzone, ci avevi mai pensato?»

«Bene, scegliamone una.»

«Non funziona così! Non sei tu che scegli la canzone: è la canzone che sceglie te. Come il Cappello Parlante.»

Peter, che ha appena finito di leggere tutti e sette i volumi di Harry Potter e vuole sempre farmi vedere che capisce i miei riferimenti annuisce convinto. «Chiaro.»

«Deve... succedere. Un attimo. E c'è una canzone che trascende quell'attimo, capisci? La canzone di mia madre e mio padre era *Wonderful tonight* di Eric Clapton. E l'hanno ballata al loro matrimonio.»

«Com'è diventata la loro canzone?»

«È stato il primo lento che hanno ballato al college.

Non molto tempo dopo che avevano iniziato a uscire insieme. Ho visto le foto di quella sera, sai? Papà aveva un vestito troppo largo e mamma uno chignon a conchiglia.»

«La prossima canzone che sentiremo potrebbe essere la nostra canzone. Deciderà il destino.»

«Non possiamo costruirci il destino.»

«Sì che possiamo!» Peter accende la radio.

«Aspetta! Una stazione a caso? E se non fosse un lento?»

«Va bene, allora scegliamo una stazione» dice Peter selezionando il canale.

Una voce femminile sta canticchiando la canzone di *Winnie the Pooh*.

«Ma che diavolo!» esclama Peter, mentre io commento: «Questa NON può essere la nostra canzone».

«La migliore delle prossime tre?» suggerisce Peter.

«Non è necessario decidere adesso» obietto io. «Quando la sentiremo, capiremo. Credo.»

«Forse la ascolteremo al ballo di fine anno» insiste Peter. «Oh, a proposito, di che colore sarà il tuo vestito? Mia madre vuole chiedere a un'amica fiorista di farti un bouquet.»

«È rosa cipria.» È arrivato ieri per posta e, quando me lo sono provato, Trina ha detto: «È il vestito più Lara Jean che io abbia mai visto». E Stormy, a cui ho inviato una foto, mi ha risposto:

Oh-là-là!

Con l'emoticon di una donna che balla.

«Che colore è rosa cipria?» chiede Peter.

«È una specie di rosa dorato.» Peter sembra ancora brancolare nel buio, così sospiro e taglio corto: «Domandalo a tua madre: lei lo sa. E un'altra cosa, pensi che riusciresti a portare un mazzolino anche a Kitty e comportarti come se l'idea fosse stata tua?».

«Certo, ma avrei anche potuto pensarci da solo, sai?» brontola. «Dovresti darmi almeno la possibilità.»

Gli accarezzo il ginocchio e sussurro: «Ti prego, non dimenticartene».

# 21

È tardi, ma sto ancora studiando il pacchetto di benvenuto della William and Mary. Ho appena scoperto che le matricole non hanno il permesso di tenere l'auto al campus e sto per chiamare Peter per dirglielo, quando ricevo un messaggio da John Ambrose McClaren. Vedere il suo nome sul telefono mi sorprende, perché è passato un sacco di tempo dalla nostra ultima chiacchierata. Poi leggo il messaggio.

Stormy è mancata nel sonno la scorsa notte.
Il funerale sarà mercoledì prossimo a Rhode Island.
Ho pensato volessi saperlo.

Resto seduta lì per un po', interdetta. Com'è possibile? Stava bene l'ultima volta che l'ho vista. Era in forma. Era Stormy. Non può essere morta. Non la mia Stormy. La Stormy leggendaria, che mi ha insegnato a mettermi il rossetto "in modo che resista a una notte di baci e champagne".

Inizio a piangere e non riesco a smettere. Non riesco nemmeno a respirare. Riesco a malapena a vedere.

Le lacrime continuano a cadere sul cellulare e io mi affanno ad asciugarlo con il dorso della mano. Che cosa posso rispondere a John? Era sua nonna e lui era il suo nipote preferito. Erano molto uniti.

In un primo momento scrivo:

Mi dispiace molto. Posso fare qualcosa?

Poi cancello perché... che cosa potrei fare?

Mi dispiace molto. Aveva più spirito di chiunque altro io abbia mai incontrato. Mi mancherà tanto.

Grazie. So che anche lei ti voleva bene.

La sua risposta mi fa piangere di nuovo.

Stormy diceva sempre che si sentiva come quando aveva vent'anni. Che a volte sognava di essere ancora giovane e di incontrare i suoi ex mariti, ormai vecchi, mentre lei era ancora... be', Stormy. Diceva che quando si svegliava era sorpresa di ritrovarsi nel suo vecchio corpo con le sue vecchie ossa.

«Ho ancora le mie gambe, però» aggiungeva. Ed era vero.

È quasi un sollievo che il funerale sia a Rhode Island, troppo lontano perché io possa andarci. Non sono più andata a un funerale da quando è mancata mia mamma. Avevo nove anni, Margot ne aveva undici, Kitty soltanto tre. Il ricordo più vivido di quel giorno è mio padre, che aveva Kitty in braccio: sentivo il suo corpo tremare e piangevo silenziosamente. Le guance di Kitty erano bagnate dalle lacrime di papà. Lei non capiva nulla, solo che papà era triste e continuava a ripetere: «Non piangere» e lui si sforzava di sorridere per lei, ma era un sorriso triste. Non mi ero mai sentita così prima di allora. Come se nulla fosse più scontato, ormai, né lo sarebbe mai stato.

E ora piango di nuovo. Per Stormy, per mia madre, per tutto.

Voleva che scrivessi le sue memorie. Voleva chiamarle *Stormy Weather*, come la canzone. Non l'abbiamo mai fatto. Come farà il mondo a conoscere la sua storia?

Peter mi telefona ma sono troppo triste per rispondergli e lo lascio parlare con la segreteria telefonica. Penso che dovrei chiamare John, ma non so se sia una buona idea. L'unica persona con cui vorrei parlare davvero è mia sorella, perché conosceva Stormy e perché Margot mi fa sempre stare meglio. Purtroppo in Scozia adesso è notte fonda.

Chiamo Margot appena mi sveglio. Piango di nuovo mentre le dico ciò che è accaduto e lei piange con me. È a lei che viene l'idea di fare una piccola cerimonia commemorativa per Stormy a Belleview. «Potresti dire poche parole, offrire dei biscotti e i suoi amici potrebbero condividere i propri ricordi. Sono certa che a tanti farebbe piacere, visto che non potranno andare al funerale.»

Mi asciugo il naso e farfuglio: «A Stormy sarebbe piaciuto».

«Vorrei essere lì» dice Margot.

«Lo vorrei anche io» rispondo, con il pianto nella voce. Mi sento sempre più forte quando Margot è con me.

«Ci sarà Peter, però» continua mia sorella.

Prima di andare a scuola chiamo il mio ex capo a Belleview e le racconto l'idea della cerimonia. Janette accetta senza esitazioni e mi propone come data il prossimo giovedì pomeriggio, prima del bingo.

Quando spiego a Peter della commemorazione per Stormy, si scusa: «Mi dispiace, non posso. Devo andare a quella cosa delle Giornate sul Prato con mia madre». Le Giornate sul Prato sono una sorta di open day per le matricole dell'UVA. Si visita l'università con i familiari, si fa il giro dei dormitori e delle classi. È interessante: io non vedevo l'ora che arrivasse quel momento.

«Però potrei non andarci» propone Peter.

«No, tua madre ti ucciderebbe.»

«Non importa» dice e io gli credo.

«Senti, davvero non c'è problema. Tu nemmeno conoscevi Stormy.»

«Lo so. Voglio solo starti vicino.»

«È il pensiero che conta.»

Invece di vestirmi di nero, scelgo un abito estivo che a Stormy era piaciuto tanto: bianco con i fiordalisi ricamati sulla gonna e ampie maniche a farfalla. L'ho comprato alla fine dell'estate e indossato solo una volta, per andare al cinema con Peter. Stormy, che ero passata a trovare, aveva detto che sembravo la protagonista di un film italiano. Lo abbino ai sandali bianchi che ho comprato per la cerimonia del diploma e a un paio di guantini di pizzo, perché so che le piacerebbero. Li ho trovati in un negozio vintage a Richmond, e mentre li infilo mi sembra quasi di vedere Stormy indossarli a un party o per andare a ballare. L'anello con il diamante rosa che mi ha regalato, però, resta nel cassetto. Voglio indossarlo per la prima volta al ballo della scuola come avrebbe voluto Stormy.

Sistemo la ciotola di cristallo per le noccioline, i tovagliolini da cocktail ricamati che ho comprato a un mercatino, la tovaglia che a casa usiamo nelle grandi occasioni. Poso alcune rose sul pianoforte che suonava Stormy. Verso il punch analcolico nella caraffa, pensando che di sicuro Stormy avrebbe protestato; ma non a tutti i residenti è permesso bere alcolici, a causa delle medicine. Ho portato anche una bottiglia di champagne, però, e faccio partire la musica di Frank Sinatra, che Stormy sognava come secondo marito.

John ha detto che sarebbe venuto volentieri, ma non era sicuro di fare in tempo poiché partiva da Rhode Island. Devo ammettere che sono nervosa: non lo vedo da quasi un anno, precisamente dal mio compleanno. Non c'è mai stato niente fra noi, ma ha rischiato di esserci e per me la cosa ha un significato.

Si avvicinano i primi ospiti. Un infermiere spinge la sedia a rotelle della signora Armbruster che è affetta da demenza senile, ma era ugualmente molto amica di Stormy. Poi ci raggiungono il signor Perelli, Alicia, la centralinista, Shanice e, naturalmente, Janette. È un bel gruppetto, ma mi mette malinconia perché conosco sempre meno persone, lì a Belleview. Alcuni sono andati a vivere con i figli, altri sono morti. E anche fra il personale stento a riconoscere dei visi familiari. Quel posto cambiava mentre io guardavo da un'altra parte.

Sento le ginocchia che tremano sotto la gonna e il cuore mi batte forte. Sono così nervosa all'idea di dover fare il mio discorso. Ho paura di inciampare nelle parole e di non renderle giustizia. Invece vorrei tanto che fosse una cosa ben fatta. Vorrei che Stormy ne fosse orgogliosa. Vedo tutti in attesa, tranne la signora Armbruster che lavora a maglia con lo sguardo nel vuoto. Inspiro a fondo e sto per iniziare a parlare quando entra John Ambrose McClaren, vestito con una camicia button-down e dei pantaloni di cotone. Si siede in un angolo, vicino ad Alicia. Lo saluto con un cenno e come risposta John mi sorride.

«L'anno era il 1952.» Mi schiarisco la voce e guardo il foglio. «Era estate e Frank Sinatra cantava alla radio. Lana Turner e Ava Gardner erano le dive del momento. Stormy aveva diciotto anni. Suonava in una banda, era stata eletta Miss Gambe e aveva appuntamenti tutti i sabati sera; quella sera in particolare aveva appuntamento con un ragazzo di nome Walt e per sfida si tuffò nuda nel lago della sua città. Stormy non avrebbe mai rifiutato una provocazione.»

Il signor Perelli ride e dice: «Questo è vero, non l'avrebbe mai fatto». Altre persone annuiscono e mormorano: «Già, non l'avrebbe mai fatto».

«Un contadino chiamò la polizia e quando gli agenti illuminarono il lago con le torce, Stormy ordinò a tutti di voltarsi, altrimenti non sarebbe mai uscita. Quella sera ottenne un passaggio a casa su un'auto della polizia.»

«Non fu la prima e nemmeno l'ultima volta» dice qualcuno a voce alta facendo ridere tutti. Io sento che le spalle iniziano a rilassarsi e continuo.

«Stormy viveva più intensamente in una sola notte quello che la maggior parte delle persone avrebbe vissuto in tutta la vita. Era una forza della natura. Mi ha insegnato che l'amore...» I miei occhi iniziano a riempirsi di lacrime e devo fare un grosso sforzo per riuscire a proseguire: «Stormy mi ha insegnato che l'amore fa compiere scelte coraggiose *ogni giorno*. Ed è ciò che Stormy faceva. Sceglieva l'amore, sceglieva sempre l'avventura. Per lei erano una cosa sola. E ora che è partita per una nuova avventura, noi le auguriamo ogni bene».

Dal suo posto sul divano John si asciuga gli occhi con la manica.

A un mio cenno Janette si alza, fa partire lo stereo e le note di *Stormy weather* si diffondono nella stanza.

John si fa strada verso di me reggendo due bicchieri di plastica di punch alla frutta. In modo mesto dice: «Sono sicuro che lei ci direbbe di berli più alcolici, ma...». Mi porge un bicchiere e facciamo un brindisi. «A Edith Sinclair McClaren Sheehan, meglio conosciuta come Stormy.»

«Il vero nome di Stormy era Edith? È così serio. Sembra adatto a qualcuno che indossa gonne di lana sopra calze pesanti e che la sera beve camomilla. Stormy beveva *cocktail*!»

John ride. «Lo so, è vero.»

«E allora da dove arriva il nome Stormy?»

«Chi lo sa?» risponde John con un sorrisetto sulle labbra. «Comunque, le sarebbe piaciuto il tuo discorso.» Mi rivolge un'occhiata affettuosa e continua: «Sei una ragazza davvero gentile, Lara Jean».

Non so che cosa rispondere, così prendo un sorso di punch. Anche se non siamo mai usciti davvero insieme, rivedere John è un po' come rivedere un vecchio fidanzato, credo. Provo una sensazione simile al rimpianto. Familiare, ma un po' imbarazzante, perché ci sono parecchie cose che non ci siamo mai confessati.

«Stormy continuava a chiedermi di farle conoscere

la mia ragazza, ma io non l'ho mai fatto. E ora mi dispiace.»

Nel modo più indifferente possibile, chiedo: «Ah, esci con qualcuno?».

Esita per un secondo e poi annuisce. «Si chiama Dipti. Ci siamo conosciuti a un incontro di Simulazione ONU. E lei mi ha battuto alla grande.»

«Wow...»

«Sì, è incredibile.»

Poi nello stesso momento diciamo:

«Sai già in quale college andrai?»

«Hai deciso in che...?»

Scoppiamo a ridere e tutto l'imbarazzo che aleggiava fra noi si dissolve. «Non ho ancora deciso» risponde John. «Sono indeciso tra il College Park e la William and Mary. College Park ha un ottimo corso di economia ed è molto vicina a Washington; William and Mary è di livello più alto, ma Williamsburg è praticamente in campagna. Non so ancora, quindi. Mio padre è seccato perché ci teneva che frequentassi l'Università del Nord Carolina, ma non sono entrato.»

«Mi dispiace.» Decido di non dirgli che io sono in lista di attesa alla UNC.

John si stringe nelle spalle. «Magari cercherò di trasferirmi là dopo un anno. Vedremo. E tu? Andrai all'Università della Virginia?»

«Non sono stata ammessa.»

«Accidenti! Avevo sentito dire che quest'anno erano stati molto severi nelle selezioni. Nemmeno il nostro rappresentante è riuscito a entrare, e lui aveva tutte le carte in regola. E sono sicuro che anche le tue lo fossero.»

«Grazie, John.»

«Quindi dove andrai?»

«William and Mary.»

John sorride e chiede: «Sul serio? Incredibile! E Kavinsky dove andrà?».

«All'Università della Virginia.»

«Per il lacrosse, giusto.»

«E invece... Dipti?»

«Si è iscritta alla Michigan.»

«Wow, è parecchio distante.»

«Un bel po' più distante di te e Kavinsky, questo è certo.»

«E voi avete intenzione di... restare insieme?»

«L'idea è quella» risponde John. «Vogliamo almeno fare un tentativo. E tu e Peter?»

«Anche noi, di sicuro per il primo anno. Poi cercherò di trasferirmi all'UVA per il secondo.»

John tocca il mio bicchiere con il suo. «Buona fortuna, Lara Jean.»

«Anche a te, John Ambrose McClaren.»

«Se vado alla William and Mary, ti chiamo.»

«Ci conto.»

Rimango a Belleview molto più a lungo di quanto avessi preventivato. Qualcuno ha portato dei vecchi dischi e in tanti hanno iniziato a ballare. Il signor Perelli insiste nel volermi insegnare la rumba nonostante il suo dolore all'anca. Quando Janette mette *In the mood* di Glenn Miller, i miei occhi incontrano quelli di John, e ci scambiamo un sorriso d'intesa perché entrambi ci ricordiamo della festa a Belleview a cui avevamo partecipato insieme. Sembra un film. Sembra sia passato un secolo.

È strano sentirsi felici a una cerimonia come questa, per qualcuno a cui volevi bene e che non vedrai mai più, eppure è così che mi sento. Sono felice che la giornata sia andata bene e che abbiamo salutato Stormy in un modo che le sarebbe piaciuto. È bello poter salutare qualcuno prendendosi il giusto tempo e il giusto modo.

Quando torno a casa trovo Peter seduto sugli scalini davanti all'entrata con una tazza di caffè fra le mani.

«È molto che aspetti?» chiedo, affrettando il passo.

«Naaa.» Mi attira a sé abbracciandomi. «Dai, siediti e parliamo un momento prima di entrare in casa» sussurra. «Com'è andata la commemorazione per Stormy? E il tuo discorso?»

«Prima raccontami delle Giornate sul Prato.» Prendo la sua tazza di caffé e ne bevo un sorso, ormai freddo.

«Ma... Sono stato a una lezione. Ho incontrato della gente. Niente di indimenticabile.» Poi prende la mia mano e passa il dito sui guanti di pizzo. «Sono belli.»

C'è qualcosa che lo preoccupa, qualcosa che non mi sta dicendo. «Che cosa c'è? È successo qualcosa?»

Peter distoglie lo sguardo e dice: «Mio padre si è presentato stamattina, voleva venire con noi».

Spalanco gli occhi. «E voi... l'avete fatto venire?»

«No.» Peter non aggiunge altro.

«Sembra che stia cercando di avere un rapporto con te» commento, il più cautamente possibile.

«Ha avuto un sacco di occasioni, ora è troppo tardi. Quella fottuta nave è già salpata. Non sono più un bambino.» Alza il mento. «Sono un uomo, adesso, e lui vuole solo vantarsi con i suoi compagni di golf del figlio che ha ottenuto una borsa di studio.»

Io penso a suo padre nascosto a osservare una partita di lacrosse. C'era un tale orgoglio nei suoi occhi...

e amore. «Peter, non potresti dargli una possibilità?»

Peter scuote il capo. «Lara Jean, tu non capisci. E sei fortunata a non capirlo. Tuo padre è terribilmente in gamba. Farebbe qualunque cosa per voi ragazze. Ma mio padre non è così: lui pensa solo a se stesso. E se lo lascio tornare nella mia vita, incasinerà di nuovo tutto. Non ne vale la pena.»

«Forse ne vale la pena, invece. Non sai mai quanto tempo ti resta da vivere con... le persone.» Peter sussulta. Non gli ho mai detto una cosa simile prima d'ora, non ho mai accennato a mia madre in quel modo, ma adesso, dopo avere perso Stormy, non posso evitarlo. Ho dovuto dirlo perché è vero e perché me ne sarei pentita se non l'avessi fatto. «Non è per tuo padre. È per te, per non avere rimpianti in futuro. Non farti del male solo per ripicca nei suoi confronti.»

«Non voglio più parlarne. Sono venuto qui per farti sentire meglio, non per parlare di mio padre.»

«D'accordo. Ma promettimi che rifletterai sul fatto di invitarlo il giorno del diploma.» Sta per replicare, ma io lo interrompo. «Rifletti e basta. È tra un mese. Non devi decidere nulla adesso, quindi non dire sì o no.»

Peter sospira e chiede: «Com'è andata con il discorso?».

«Penso bene e che a Stormy sarebbe piaciuto. Ho parlato della volta in cui fece un bagno nuda e qualcuno chiamò la polizia. Ah, e John è riuscito ad arrivare in tempo.»

Peter annuisce diplomaticamente. John è il nipote di Stormy, dopotutto. «Allora, dove studierà McClaren?»

«Non ha ancora deciso. La scelta è tra College Park e William and Mary.»

Peter alza le sopracciglia. «*Davvero?* Bene, fantastico.» Peter non lo pensa, però, e il suo tono di voce lo tradisce.

Lo guardo divertita. «Che cosa è fantastico?»

«Niente. John sa che andrai lì?»

«Sì, certo. Ti stai comportando in modo strano, Peter.»

«Be', come ti sentiresti tu se ti dicessi che Gen verrà al mio stesso college?»

«Non lo so. Non m'importerebbe, credo» dico, e sono sincera. Tutti i sentimenti spiacevoli provati riguardo a Peter e Gen sembrano ormai lontanissimi. Peter e io abbiamo costruito qualcosa di importante, da allora. «E poi non è la stessa cosa. John e io non siamo mai usciti insieme, non ci siamo parlati per mesi e ha una ragazza. E comunque non ha ancora deciso.»

«E la sua ragazza dove andrà?»

«Ann Arbor.»

«Ah! Allora non durerà.»

«Forse potrebbero dire la stessa cosa di noi due» commento con tono pacato.

«Non è la stessa cosa. Noi saremo separati solo temporaneamente: un anno al massimo. E io verrò a trovarti nei weekend. Non è la stessa cosa.»

«Hai appena detto "la stessa cosa" due volte» lo provoco, per farlo ridere. Siccome non lo fa, aggiungo: «Tu avrai gli allenamenti e le partite. Non verrai a trovarmi ogni weekend».

Per un attimo Peter accusa il colpo, ma poi si stringe nelle spalle e dice: «Va bene, verrai tu. Imparerai la strada».

«Le nostre scuole non permettono alle matricole di tenere l'auto. Ho controllato.»

Peter liquida la mia obiezione dicendo: «E va bene,

dirò a mia madre di portarmi la macchina per venire a trovarti. Non è lontano. Tu puoi sempre prendere il pullman. Troveremo il modo. Non sono preoccupato per noi».

Io invece sì, un po', ma non lo ammetto, perché Peter non sembra voler affrontare la cosa razionalmente. Come vorrei somigliargli...

Mi viene più vicino e sussurra: «Vuoi che mi fermi da te stanotte? Posso tornare dopo che mia madre è andata a letto. Ti potrei distrarre, se sei triste».

«Bel tentativo, Kavinsky.»

«Josh dormiva qui? Con tua sorella, intendo.»

Devo rifletterci su. «Non che io sappia» rispondo alla fine. «Anzi, credo proprio di no. Dopotutto stiamo parlando di mia sorella e Josh.»

«Be', noi non siamo affatto come loro» dice Peter, abbassando la testa e sfregando la sua guancia contro la mia.

«Sei tu che l'hai...» inizio a protestare, ma un secondo dopo mi sta baciando e io non riesco più a finire il ragionamento, men che meno la frase.

# 22

La mattina del ballo Kitty piomba in camera mia mentre mi sto mettendo lo smalto sulle unghie. «Come sta questo colore col vestito?» le chiedo.

«Sembra che tu abbia infilato le dita dei piedi in un frullato alla fragola.»

Abbasso lo sguardo. Mia sorella ha decisamente ragione e forse dovrei optare per uno smalto color crema.

Per fortuna è d'accordo sul fatto che con quel vestito stiano meglio i capelli raccolti. «Per mettere in mostra le tue clavicole» sostiene Trina. Non avevo mai pensato alle mie clavicole come a qualcosa da mettere in mostra; in realtà non avevo mai pensato prima alle mie clavicole.

Dopo pranzo Kitty mi accompagna dalla parrucchiera per una supervisione. «Non troppo elaborata, capisce cosa intendo?»

La ragazza mi rifila un'occhiata nervosa attraverso lo specchio. «Vuoi un effetto naturale, giusto?» Parla a Kitty, non a me, perché la mia sorellina è chiaramente il capo fra le due. «Intendi uno chignon naturale?»

«Non *troppo* naturale. Una cosa alla Grace Kelly.»

Kitty cerca una foto sul cellulare e la mostra alla ragazza. «Ecco, questa, ma senza chignon laterale.»

«Non troppa lacca, per piacere» azzardo io timidamente, mentre la parrucchiera raccoglie i miei capelli alla base del collo e mostra il risultato a Kitty.

«Perfetto» la rassicura. Quindi si rivolge a me: «Lara Jean, devi usare la lacca se vuoi che resti su».

Di colpo ho dei dubbi sui capelli raccolti. «Siamo sicure sui capelli raccolti?»

«Sì» dichiara Kitty. Poi si volta verso la parrucchiera e dice solo: «Facciamolo».

Il risultato finale è più elaborato di quanto io volessi. L'acconciatura ricorda un po' quella di una étoile, ed è molto carina, ma quando mi guardo allo specchio non mi riconosco. Quella che vedo riflessa è una versione più adulta e più sofisticata di me, una persona che sta andando all'opera o a un quartetto d'archi.

E la prima cosa che faccio appena arrivo a casa, dopotutto il tempo che quella povera parrucchiera ha impiegato per sistemarmi i capelli, è disfare l'acconciatura. Kitty mi urla di tutto, ma non importa. Io voglio sentirmi me stessa, soprattutto stasera.

«Come organizziamo la tua entrata?» chiede Kitty mentre termina (bruscamente) di spazzolarmi i capelli.

«La mia entrata?»

«Quando Peter verrà a prenderti. Hai pensato alla tua *apparizione* nella stanza?»

Trina, sdraiata sul mio letto a mangiare un ghiacciolo, interviene: «Per il mio ballo di fine anno, mio padre mi ha accompagnata giù dalle scale e un maggiordomo impiegato per l'occasione ha annunciato il mio ingresso».

Le guardo entrambe come se fossero impazzite. «Trina, non sto andando a sposarmi, ma a una festa.»

«Potremmo spegnere tutte le luci e mettere la musica; poi esci fuori e resti in posa in cima alle scale...»

«Non voglio farlo, Kitty.»

Mia sorella aggrotta la fronte e chiede: «Che cosa non vuoi fare?».

«Tutto quanto.»

«Ma devi avere un momento in cui tutti guardano te e solo te» insiste.

«La tua prima apparizione» spiega Trina. «Tranquilla, filmerò tutto.»

«Se ci avessimo pensato prima, avremmo potuto preparare un video e magari sarebbe diventato virale.» Kitty scuote la testa e ha l'aria infastidita di chi le ha fatto un torto.

«L'ultima cosa di cui ho bisogno è essere di nuovo in un video virale» protesto. «Ti ricordi il mio video nella vasca?»

Per un attimo sembra imbarazzata, quasi pentita; ma non dura. «Non rinvanghiamo il passato» dice lisciando una ciocca.

«Ehi, festeggiata» interviene di nuovo Trina. «È sempre in programma il barbecue per domani sera?»

«Certo.» La morte di Stormy, il ballo, il matrimonio e tutto il resto non mi hanno lasciato molto tempo per pensare al mio compleanno. Trina avrebbe voluto che organizzassi qualcosa, ma io preferisco uscire a cena con la famiglia e mangiare la torta e il gelato a casa. Trina e Kitty prepareranno la torta quando io sarò al ballo, quindi non so nemmeno come sarà!

Quando Peter e sua madre arrivano, io mi sto ancora affannando in giro per gli ultimi dettagli.

«Ragazze, Peter e sua madre sono qui» urla papà dal soggiorno.

«Profumo!» strillo a Kitty, che provvede a spruzzarmelo. «Dov'è la mia borsetta?»

Trina me la lancia chiedendo: «Il rossetto l'hai preso?».

Apro la borsetta e controllo. «Sì! Dove sono le mie scarpe?»

«Sono qui» risponde Kitty, raccogliendole dal pavimento. «Sbrigati ad allacciarle. Vado giù a dire che stai arrivando.»

«E io vado ad aprire una bottiglia di champagne» ci informa Trina, precipitandosi dietro di lei.

Perché sono così nervosa? Perché questa serata ha una sua magia, mi rispondo mentre infilo l'anello di Stormy e penso a come sarebbe felice se potesse vedermi in questo momento, mentre mi preparo per andare al ballo con un suo gioiello, un gioiello che indosso in onore suo e di tutte le serate danzanti a cui ha partecipato.

Al piano di sotto, trovo Peter seduto sul divano accanto a sua madre. Batte nervosamente il piede, ok, allora siamo in due. Appena mi vede, balza in piedi.

Solleva le sopracciglia e mormora: «Sei...wow!». Nelle ultime settimane non ha fatto che chiedermi dettagli sul mio vestito, ma io l'ho tenuto sulle spine, e sono contenta di averlo fatto, ora che vedo come mi guarda.

«Anche tu sei wow» dico. Lo smoking gli sta così bene che sembra suo, ma non è così. Lo ha affittato. Forse la signora Kavinsky ha fatto qualche piccola modifica: è bravissima a cucire. Vorrei che i ragazzi avessero l'occasione di indossare lo smoking più spesso.

Ci si può abituare a vedere i ragazzi vestiti eleganti? Spero di no...

Peter mi lega il mazzetto di fiori al polso; ranuncoli bianchi e gipsofila. Proprio quello che avrei scelto io. Sto già pensando che poi lo appenderò sopra al mio letto per farlo seccare.

Solo adesso noto che anche Kitty si è vestita elegante: ha indossato il suo abito migliore per le foto. Quando Peter le lega un mini bouquet di margheritine al polso, arrossisce di piacere. Peter mi strizza l'occhio. Facciamo una foto io e Kitty, una sempre noi due e Peter, e poi con il suo tipico tono da caporal maggiore Kitty ordina: «Adesso una solo io e Peter». Io vengo spinta di lato con Trina, che se la ride.

«I ragazzi avranno il loro bel da fare con lei» dice a me e alla madre di Peter, anche lei divertita.

«Perché a me nessuna foto?» chiede papà, e così ricominciamo daccapo.

Poi è il momento delle foto all'aperto, vicino all'albero di corniolo, accanto all'auto di papà, sugli scalini dell'ingresso, sino a quando Peter dice: «Basta foto! Arriveremo tardi!», e mi fa cenno di seguirlo alla macchina, dove mi apre la portiera con galanteria.

Durante il tragitto si volta a guardarmi a ogni semaforo rosso. Io tengo gli occhi puntati sulla strada di fronte a me, ma lo noto ugualmente con la coda dell'occhio. Non mi sono mai sentita tanto ammirata. Dev'essere così che si sentiva Stormy, ai suoi tempi.

Non appena arriviamo alla festa, dico a Peter che dobbiamo fare la fila per la nostra foto ufficiale della serata, scattata da un professionista. Peter propone di aspettare che la coda diminuisca, ma io insisto. Ne voglio una ben fatta per il mio album dei ricordi prima che i capelli si sgonfino. Facciamo la foto di rito, con Peter dietro di me, le mani posate sui miei fianchi. Il fotografo ce la fa rivedere e Peter insiste per farne un'altra perché ha un problema con i *suoi* capelli.

Dopo essersi spettinato e dopo aver rifatto la foto, raggiungiamo i nostri amici sulla pista da ballo. Darrell ha una cravatta dello stesso colore dell'abito di Pammy: lavanda. Chris indossa un abito nero e aderente, simile a quello che Kitty aveva scelto per me. Lucas sembra un dandy inglese nel suo doppiopetto fatto su misura. Alla fine li ho convinti a venire, insistendo che avrebbero potuto fermarsi solo per un saluto. Chris ha accettato dicendo che, comunque, dopo sarebbe uscita con i suoi amici, ma a quanto pare non ha nessuna fretta. Sta raccogliendo davvero un bel po' di sguardi con quel vestitino attillato.

Iniziamo a ballare, gridando e saltando su e giù. Peter è il più scatenato di tutti. E continua a chiedermi se mi sto divertendo. Ha gli occhi brillanti e colmi di speranza e aspettativa. Con lo sguardo gli rispondo invariabilmente: *sì, sì, sì, mi sto divertendo!*

E poi iniziano i lenti. Forse quando sarò all'università con Peter dovremo prendere lezioni in modo da diventare veramente bravi.

Quando lo propongo, lui mi risponde affettuosamente: «Tu non ti accontenti mai. Come con i biscotti al cioccolato».

«Quelli non li faccio più.»

«Allora con i costumi di Halloween.»

«Mi piace rendere le cose speciali.»

Peter sorride e dice: «È un peccato che non balleremo mai guancia a guancia. Forse potremmo ordinare dei trampoli».

«Intendi dire dei tacchi alti?»

Peter ridacchia. «Non penso che esistano tacchi alti venticinque centimetri.»

Lo ignoro e ribatto: «Ed è un peccato che le tue braccia magroline non siano abbastanza forti da sollevarmi».

Peter emette un ruggito leonino, mi solleva e mi fa ruotare, esattamente come mi aspettavo avrebbe fatto. È raro conoscere qualcuno così bene da sapere in anticipo che cosa farà. A parte le persone della mia famiglia, penso di non conoscere nessun altro come lui.

Peter vince il titolo di re della serata, ancora una volta: esattamente come mi aspettavo. Ashanti Dickinson quello di regina. È davvero un sollievo che non ci sia Genevieve lassù, con la corona in testa, a ballare un lento con il mio ragazzo. Ashanti è alta quasi come Peter, pertanto potrebbero ballare guancia a guancia, ma non lo fanno. Io resto in un angolino insieme a Marshawn Hopkins, l'accompagnatore di Ashanti. È simpatico, e quando mi sussurra all'orecchio: «Quando torneranno qui, noi due dovremmo ignorarli e andare a ballare per conto nostro» mi fa ridere.

Sono orgogliosa di Peter, di come balla, di come tiene la schiena dritta. Nel momento clou della canzone, Peter fa fare una giravolta ad Ashanti e tutti urlano e ululano, pestando i piedi. Anche di quello mi sento orgogliosa. I nostri amici gli vogliono davvero bene, lo sostengono perché è simpatico e fa sentire tutti a proprio agio. Sta regalando a questa serata un po' di splendore in più e tutti sono felici per questo regalo inaspettato, come me, del resto. Sono felice che Peter venga salutato dai suoi compagni di liceo così.

Un ultimo ballo.

Peter e io abbiamo ancora tutta l'estate davanti a noi, ma gli anni delle superiori, noi due, Lara Jean e Peter come siamo oggi, quella parte della nostra vita è finita. Non saremo mai più qui, non come ora.

Mi chiedo se anche lui si senta un po' triste, e proprio in quell'attimo mi dice: «Guarda là, Gabe sta provando a posare con indifferenza la mano sul sedere di Keisha». Mi fa voltare in modo che io possa vedere. In effetti, la mano di Gabe è sospesa pericolosamente vicino al sedere di Keisha Wood, come una farfalla indecisa su dove posarsi. Rido. Ecco un altro motivo per cui Peter mi piace *così* tanto: nota sempre dettagli che io non vedo.

«Ho trovato la nostra canzone» dice poi.

«Quale?»

Come per magia, la voce di Al Green riempie la sala da ballo. «*Let's stay together.*»

«Sei stato tu a chiedere che la suonassero?»

Peter sorride. «È il destino.»

Peter prende la mia mano e la posa sul suo cuore. «*Let's, let's stay together*» canta piano. Ha la voce chiara e sincera. E io la amo, come amo tutto di lui.

Mentre ci allontaniamo dalla festa, Peter annuncia di avere fame, quindi ci fermiamo per uno spuntino sulla strada di casa.

«Credo che ci aspetti una pizza a casa» dico. «Perché non aspettiamo?»

«Ma io vorrei tanto dei pancake» mi supplica.

Peter scende e fa il giro dell'auto per venire ad aprirmi lo sportello. «Esco con vero gentiluomo» dico io, facendolo sorridere.

E poi mi apre anche la porta del bar.

«Potrei abituarmi a queste attenzioni» lo avviso.

«Guarda che io ti apro sempre le porte» protesta.

Ho mosso solo pochi passi dentro al locale quando mi fermo di colpo. Legati al nostro tavolo, quello a cui ci sediamo di solito, ci sono dei palloncini rosa pallido. Vedo una torta rotonda con un sacco di candeline rosa, ricoperta di glassa e con la scritta *Buon Compleanno, Lara Jean*. E improvvisamente da dietro i menù compaiono le teste dei nostri amici, tutti i nostri amici, ancora in abito da sera: Lucas, Gabe, Keisha, Darrell, Pammy e Chris. «Sorpresa!» urlano tutti quanti.

«Oh, mio Dio, Peter!» esclamo.

Ride, guarda l'orologio e dice: «È mezzanotte spaccata. Buon compleanno, Lara Jean».

Mi sollevo sulle punte dei piedi e lo abbraccio. «Questo è esattamente quello che desideravo stasera, e nemmeno lo sapevo.» Poi lo lascio andare e corro al tavolo.

Tutti vengono ad abbracciarmi mentre io rido e dico: «Allora lo sapevate che il mio compleanno è domani! Voglio dire, oggi!»

«Certo che lo sapevamo» mi rassicura Lucas e Darrell aggiunge: «Il ragazzo, qui, ci sta lavorando da settimane».

«Che tenero» mormora Pammy. «Mi ha telefonato per chiedermi che tipo di teglia usare per la torta.»

«Ha chiamato anche me» ammette Chris. «E io che cavolo ne so, gli ho risposto.»

«E tu!» colpisco Chris sul braccio. «Pensavo saresti andata a ballare!»

«Potrei ancora farlo, dopo aver rubato un po' di patate fritte. La mia notte è appena cominciata, tesoro.» Mi tira a sé, mi stritola in un abbraccio e poi mi dà un bacione sulla guancia. «Buon compleanno, ragazza.»

Mi volto verso Peter con gli occhi lucidi. «Non riesco a credere che tu abbia fatto tutto questo.»

«Ho cucinato la torta da solo» si vanta lui. «È una torta in scatola, ma pur sempre preparata con le mie mani...» Si toglie la giacca, tira fuori un accendino e inizia ad accendere le candeline. Gabe prende una candelina accesa e lo aiuta. Poi Peter si siede sul tavolo, le gambe penzoloni, e mi dice: «Avanti».

Ed è a quel punto che sento le note iniziali di *If you were here* dei Thompson Twins. Mi porto le mani al volto. Non riesco a crederci. Peter ha ricreato la scena del film *Un compleanno da ricordare*, nel momento in cui Molly Ringwald e Jake Ryan sono seduti sul tavolo con una torta in mezzo a loro. Quando abbiamo guardato il film qualche mese fa, ho detto che era la cosa più romantica che avessi mai visto. E ora lui l'ha ricreata per me.

«Sbrigati a salire prima che le candeline si sciolgano, Lara Jean» mi esorta Chris.

Darrell e Gabe mi aiutano a montare sul tavolo, facendo attenzione che il mio abito non prenda fuoco.

«Bene» dice Peter. «Ora tu mi guardi in modo adorante e io mi chino in avanti, così...»

Chris si avvicina e gonfia un po' la mia gonna. «Solleva le maniche» dice a Peter, controllando l'inquadratura. Peter obbedisce mentre lei mormora: «Perfetto, perfetto» e inizia a scattare foto. Non devo assolutamente sforzarmi di guardare Peter in adorazione.

Quando soffio le candeline ed esprimo il mio desiderio, chiedo di provare per sempre ciò che sento in questo momento.

# 23

La piscina del nostro quartiere apre sempre nel weekend del Memorial Day. Quando eravamo piccole, Margot e io contavamo i giorni. La mamma preparava panini al formaggio e prosciutto, bastoncini di carote e un termos di succo di mela. La bibita era principalmente acqua e qualche goccia di succo. Io la supplicavo di poter prendere una bibita gassata, o perlomeno un succo di frutta vero, ma la risposta era sempre no. La mamma ci cospargeva di protezione solare con la stessa generosità con cui si unge di burro il tacchino nel giorno del Ringraziamento. Ricordo che Kitty urlava a squarciagola perché era troppo impaziente per stare lì a farsi rivestire di crema. Kitty è sempre stata così: voleva sempre tutto e subito. È buffo vedere che non siamo cambiate. Non l'avrei capito se non fosse stato per Kitty: sono passati anni e fa ancora le stesse smorfie.

Quest'anno Kitty non è nella squadra di nuoto; dice che non è più divertente ora che nessuno dei suoi amici pratica altri sport. Io però l'ho osservata mentre non mi guardava. Studiava gli orari della piscina con un'espressione malinconica. Anche questo fa parte della crescita, immagino: dire addio alle cose che ti piacevano.

I prati del quartiere sono stati tosati e l'aria profuma di trifoglio e di erba tagliata. Le prime cicale stanno già frinendo. Ecco la colonna sonora della mia estate, di tutte le estati.

Peter e io abbiamo occupato i lettini più lontani dalla piscina dei bambini per non sentire troppo rumore. In teoria starei studiando per il mio esame finale di francese.

«Vieni qui, così posso metterti un po' di crema sulle spalle» urlo a Kitty che è in piedi vicino alla vasca con la sua amica Brielle.

«Lo sai che non mi scotto» urla di rimando lei, il che è vero: ha già la pelle dorata, come una brioche. Per la fine dell'estate sarà scura come la crosta del pane integrale. Hai i capelli bagnati, un asciugamano sulle spalle. Ormai è tutta braccia e gambe.

«Fallo e basta!» ripeto.

Kitty torna sbuffando verso me e Peter, le infradito che sciabattano sul pavimento.

Le spruzzo un po' di protezione solare e gliela spalmo sulle spalle. «Non importa se non ti scotti. Proteggiti la pelle e non finirai per assomigliare a una vecchia borsa di cuoio.» Così mi diceva Stormy.

Kitty ride. «Come la signora Letty?»

«Be', non stavo riferendomi a nessuno in particolare. Comunque sì. Avrebbe fatto meglio a usare della protezione solare quando era giovane. Prendilo come esempio, sorellina.» La signora Letty è la nostra vicina di casa e ha il viso che ricorda un foglio di carta crespa.

Peter inforca gli occhiali da sole e dice: «Ragazze, siete perfide».

«Detto da uno che le ha cosparso il prato di carta igienica!»

Kitty ride e mi ruba una sorsata di Coca Cola. «L'hai fatto davvero?»

«Tutte menzogne» risponde Peter allegramente.

Quando fa più caldo, Peter mi convince a posare il libro e a saltare con lui in piscina. Ci sono un sacco di bambini e nessuno della nostra età. Steve Bledell ha la piscina a casa sua, ma io ho insistito per venire qui, perché ci venivamo da piccoli.

«Non osare farmi bere» gli intimo. Peter inizia a girarmi attorno come uno squalo, venendo sempre più vicino. «Non sto scherzando!»

Si immerge e mi afferra per la vita, ma senza trascinarmi sotto. Mi bacia, invece. La sua pelle è fresca e liscia contro la mia, come pure le sue labbra.

Lo spingo via e bisbiglio: «Non baciarmi... ci sono dei bambini qui!».

«E allora?»

«E allora nessuno vuole vedere due ragazzi che si baciano nella piscina dove giocano i bambini. Non è giusto.» So che sembro una rompiscatole, ma non m'importa. Quando ero piccola, c'erano sempre dei ragazzi che facevano casino intorno alla piscina e io avevo paura di entrarci perché sembrava che tutto lo spazio fosse loro.

Peter scoppia a ridere. «Sei uno spasso, Covey.» Si allontana a nuoto e ripete facedomi il verso: «Non è giusto» e ricomincia a ridere.

I bagnini usano il fischietto perché inizia l'ora di nuoto riservata agli adulti e tutti i ragazzi, noi inclusi, devono uscire dall'acqua. Torniamo ai lettini e mi sistemo a occhi socchiusi, rivolta al sole. «Peter, quanti anni pensi si debba avere per poter restare in piscina con gli adulti? Diciotto o ventuno?»

«Non lo so. Ventuno?»

«Forse diciotto. Dovremmo chiederlo.» Mi metto gli occhiali da sole e inizio a cantare *Sixteen going on seventeen*, un pezzo di *Tutti insieme appassionatamente*. «*Ci vorrebbe un vero amico che provvedesse a te*» canticchio.

«Ehi, io sono più grande di te» protesta Peter. Faccio scorrere le dita sulla sua guancia e continuo a cantare: «*Se desideri sono pronto ad aver cura di te...*».

«Promesso?» chiede lui.

«Cantala per me» propongo. Per tutta risposta, lui mi lancia un'occhiata in tralice. «Ti prego, solo una volta. Mi piace quando canti: la tua voce è così limpida.»

Non può fare a meno di sorridere. Sorride sempre quando gli rivolgono un complimento. Però protesta lo stesso: «Non so le parole».

«Sì che le sai» dico agitando un'invisibile bacchetta magica davanti al suo viso. «*Imperio!* Aspetta... sai che cosa vuol dire?»

«È un incantesimo terribile?»

«Sì. Davvero impressionante, Peter. E qual è il suo effetto?»

«Ti fa fare cose che non vuoi fare.»

«Molto bene, giovane mago. C'è ancora speranza per te. Ora canta!»

«Ah, piccola strega.» Si guarda attorno per vedere se qualcuno lo sta ascoltando e poi inizia a cantare a bassa voce.

Batto le mani deliziata. C'è qualcosa di più esaltante che costringere un ragazzo a piegarsi alla tua volontà? Mi avvicino a lui e gli getto le braccia al collo.

«Adesso sei tu quella che fa la smorfiosa in pubblico!»

«Hai davvero una bella voce, Peter. Non avresti mai dovuto lasciare il coro.»

«L'unico motivo per cui ero in quel coro è che c'erano tante ragazze.»

«Molto male, signor Kavinsky, a questo punto scordati di iscriverti a un altro coro.» Non lo penso davvero, ma Peter sembra scocciato. «Scherzavo!» mi affretto a dire. «Canta con tutti i cori che vuoi! Gli Hullabahoos sono tutti maschi, comunque.»

«Io non voglio cantare in nessun coro. E nemmeno voglio guardare le altre ragazze.»

Oh. «Naturalmente guarderai le altre ragazze. Hai gli occhi, no? Tutti vedono tutti. Non puoi fare a meno di vedere.»

«Non è quello che intendevo dire!»

«Lo so, lo so.» Mi siedo e riprendo il mio libro di francese. «Non hai intenzione di studiare *davvero niente* per il tuo esame di storia?» chiedo.

«Tutto quello che mi serve è una sufficienza» mi ricorda.

«Deve essere bello» borbotto.

«Ehi, nemmeno tu perdi il posto alla William and Mary se prendi una sufficienza in francese» dice Peter.

«Non sono preoccupata per francese, altrimenti non studierei in piscina. Sono preoccupata per l'esame di matematica.»

«Va bene, non ti lasciano a casa nemmeno se prendi una sufficienza in matematica.»

«Lo so, ma voglio fare bene» dico. È davvero iniziato il conto alla rovescia, ora che maggio sta per finire. Ci resta solo una settimana di scuola. Distendo braccia e gambe, socchiudo gli occhi e sospiro, felice. «Veniamo qui anche il prossimo weekend?»

«Non posso. Ho gli allenamenti, ricordi?»

«Di già?»

La squadra di lacrosse della scuola non è arrivata in finale, quindi gli allenamenti di cui parla Peter riguardano la sua nuova formazione.

«Sei impaziente di conoscere i tuoi nuovi compagni?» gli chiedo.

«Ne conosco già un paio; comunque sì, sarà bello.» Si allunga verso di me e inizia a intrecciarmi una ciocca di capelli. «Credo di essere migliorato a fare le trecce.»

«Hai tutta l'estate per fare pratica» sussurro, avvicinandomi a lui, così che faccia meno fatica. Peter resta in silenzio.

# 24

Ogni anno, quando finisce la scuola, si prova una strana sensazione. Questa volta però l'effetto è amplificato, perché so che non ci sarà un prossimo anno. C'è nell'aria l'atmosfera di qualcosa che sta per concludersi. Gli insegnanti si presentano in pantaloni corti e t-shirt. Proiettano film in classe mentre loro sono occupati a pulire e svuotare i cassetti delle scrivanie. Nessuno ha l'energia per impegnarsi in niente di più serio. Stiamo letteralmente contando i giorni, e nel frattempo facciamo passare le ore. Tutti sanno dove andranno a studiare, e il presente sembra già superato. La vita di colpo scorre veloce e lenta allo stesso tempo. È come trovarsi in due posti diversi nello stesso momento.

I test finali vanno bene, persino matematica non è male come temevo, e la mia carriera di studentessa delle superiori finisce così. Peter è via per il weekend di allenamento. È lontano solo da un giorno, ma io lo aspetto con lo stesso desiderio con cui penso al Natale nel mese di luglio. Peter è la mia cioccolata calda, i miei guanti rossi, la sensazione che provo la sera della Vigilia.

Mi ha detto che mi avrebbe chiamato appena uscito dalla palestra, quindi tengo il telefono vicino, con il volume della suoneria al massimo. Stamattina aveva chiamato quando ero nella doccia e quando me ne sono accorta, aveva già chiuso. Sarà così il nostro futuro? Oppure cambierà quando anch'io avrò lezioni e impegni miei? Per adesso mi sento come se fossi sulla cima di un faro, perennemente in attesa di vedere arrivare la nave della persona che amo. Per una persona romantica non è una sensazione spiacevole, non per ora, almeno. Sarà diverso quando non sarà più una novità, quando non vederlo ogni giorno sarà normale. Al momento, però, aspettarlo è una specie di piacere perverso.

Più tardi, nel pomeriggio, vado in cucina indossando la camicia da notte bianca che secondo Margot mi fa sembrare uscita dalla *Piccola casa nella prateria* e secondo Kitty un fantasma. Apro un barattolo di pesche sciroppate e inizio a mangiarle con la forchetta direttamente dal contenitore. C'è qualcosa di molto piacevole nell'addentare una pesca imbevuta di sciroppo dolce.

Mentre mi sto godendo l'esperienza, Kitty alza gli occhi dal computer e mi chiede: «Che cos'hai da sospirare in quel modo?».

«Mi manca... il Natale» rispondo, addentando un'altra fetta di pesca. Kitty si illumina. «Anche a me! Penso che quest'anno dovremmo prendere qualche renna da sistemare in giardino. Non quelle economiche, quelle belle piene di luci.»

Sospiro di nuovo e poso il barattolo. «Va bene.» Lo sciroppo mi pesa sullo stomaco.

«Smettila di sospirare!»

«Perché sospirare fa sentire così bene?» chiedo.

Kitty fa un sospirone di prova e poi dice: «Be', fondamentalmente è la stessa cosa che respirare. E respirare è bello; l'aria è deliziosa».

«Vero?» chiedo, infilzando un'altra fetta di pesca. «Mi domando dove vendano quel tipo di renna. Probabilmente da Target ci sono.»

«Dovremmo andare in quel bel negozio, il Christmas Mouse. Potremmo prendere un po' di cose lì quest'anno. C'è a Williamsburg?»

«Sì, nella strada che porta al centro commerciale. Potremmo mettere anche una nuova ghirlanda. Magari hanno luci color lavanda... sarebbero carine. Darebbero un'atmosfera da inverno fatato. Forse anche l'albero potrebbe essere colorato.»

«Adesso non esageriamo» interviene Kitty con un tono severo che io ignoro. «Non dimenticare che Trina ha un sacco di addobbi, fra cui un presepe completo, ricordi? È tutto infilato in quelle scatole che tiene in garage.» Il presepe di Trina non è un semplice presepe. Accanto alla mangiatoia sorge un barbiere, una panetteria e persino un negozio di giocattoli, però è molto carino. «Non so proprio dove lo metteremo, quello.»

Kitty alza le spalle. «Probabilmente dovremo buttare via un po' delle nostre cose vecchie.» Santo cielo, Kitty non è sentimentale neanche un po'! Infatti, con lo stesso tono pratico aggiunge: «Non tutto quello che usiamo noi a Natale è bello. La base del nostro albero è logora e malconcia. Che senso ha conservare una cosa solo perché è vecchia?».

Io volto lo sguardo. La mamma aveva comprato la base per l'albero di Natale a una fiera. Margot e io litigammo per decidere quale prendere: a mia sorella piaceva rossa con decorazioni scozzesi mentre a me piaceva bianca, perché mi sembrava che l'albero fosse posato sulla neve. La mamma scelse quella rossa perché bianca si sarebbe sporcata subito. Comunque, Kitty ha ragione. Probabilmente è ora di sostituirla. Non le permetterò di gettarla, però, e nemmeno Margot glielo permetterà.

«La base per l'albero di Trina è davvero graziosa» dico. «È di pelliccia bianca e Jamie Fox-Pickle sarà felice di rotolarcisi sopra.»

Sento il cellulare vibrare, così mi precipito a vedere se per caso è Peter, invece è soltanto papà che ci informa riguardo alla cena: porterà cibo tailandese, chiede se preferiamo *pad thai* o *pad see yew*. Io sospiro di nuovo.

«Lara Jean, guai a te se sospiri un'altra volta!» mi minaccia la mia sorellina. Poi mi guarda e mi aggiunge: «Tanto lo so che non è il Natale a mancarti: Peter è via da un giorno, e tu ti comporti come se fosse andato in guerra o qualcosa del genere».

La ignoro e rispondo a papà *pad see yew* per puro dispetto, perché so che Kitty preferisce l'altro piatto.

Mentre sto inviando il messaggio ricevo una email dalla segreteria dell'Università del Nord Carolina. La mia domanda è stata riconsiderata. Clicco sul link. Congratulazioni...

Non sono più in lista d'attesa.

Cosa?

Resto lì, imbambolata, a rileggere. Io, Lara Jean Song Covey, sono stata accettata all'UNC di Chapel Hill, Nord Carolina. Non ci posso credere. Non avrei mai pensato di essere ammessa. Invece è successo.

«Lara Jean? Ci sei?»

Alzo lo sguardo, incredula.

«Ti ho ripetuto la domanda tre volte. Che succede?»

«Ecco... penso di essere appena stata ammessa alla UNC.»

Kitty resta a bocca aperta. «Wow!»

«Pazzesco, vero?» scuoto la testa piena di meraviglia. Chi l'avrebbe mai detto? Io no di certo. Mi ero completamente dimenticata d'essere ancora in lista d'attesa.

«Quella è davvero un'università esclusiva, Lara Jean!»

«Lo so.» Sono ancora frastornata. Mi sentivo così depressa per essere stata rifiutata dall'Università della Virginia, come se non fossi abbastanza brava per meritarla. E adesso... Chapel Hill!

Il sorriso di Kitty si spegne un pochino mentre mi chiede: «Allora non andrai alla William and Mary? Non hai già fatto il bonifico? E non volevi trasferirti all'università di Peter al secondo anno?».

Caspita! Per pochi secondi avevo dimenticato i miei piani e mi godevo semplicemente la notizia dell'ammissione all'UNC. «Sì, è così» rispondo. Vibra il cellulare di nuovo e il cuore mi schizza in gola pensando che sia Peter. Non è lui. È un messaggio di Chris.

Hai voglia di venire da Starbucks?

E io le rispondo:

Indovina? Mi hanno accettata alla UNC!

OH, MIO DIO!

Ti chiamo.

Un secondo dopo la voce della mia migliore amica mi strilla nell'orecchio: «Porca vacca!».

«Grazie! Voglio dire, wow! Io pensavo... è un college così importante. Non immaginavo...»

«Quindi, che cosa farai?»

«Oh» dico, lanciando un'occhiata a mia sorella che tiene lo sguardo incollato su di me. «Niente, andrò alla William and Mary.»

«Ma l'UNC non è una scuola migliore?»

«Be', sì, ha un punteggio più alto nelle graduatorie. Non lo so. Non ci sono mai stata.»

«Andiamoci!» propone lei.

«A vederla? Quando?»

«Ora! Partiamo subito!»

«Sei pazza? È a quattro ore da qui!»

«No, non è vero. Sono solo tre ore e venticinque. Ho appena controllato.»

«Quando saremo arrivate, saranno...»

«Le sei. Non mi sembra questo gran problema. Faremo due passi in giro, andremo a cena e poi torneremo indietro. Perché no? Siamo giovani. E tu devi sapere che cosa stai rifiutando» Prima che possa protestare di nuovo, conclude: «Passo a prenderti tra dieci minuti. Porta qualcosa da sgranocchiare per il viaggio». Poi chiude la conversazione.

Kitty smette di fissarmi per esclamare: «Vai in Nord Carolina? Adesso?».

Mi sento piuttosto euforica in questo momento, pertanto rido mentre rispondo: «Già!».

«Significa che andrai là invece che alla William and Mary?»

«No, solo... sto solo andando a vedere com'è. Non è cambiato nulla. Però non dirlo a papà.»

«Perché no?»

«Solo... così. Di' che sono uscita con Chris e che non torno per cena, ma non dire niente della UNC.»

E poi inizio a vestirmi e a correre per casa, infilando cibarie in un sacchetto. Sacchetti di snack al wasabi, biscotti ricoperti di cioccolato, bottigliette d'acqua. Chris e io non abbiamo mai fatto un viaggio insieme prima, ma l'ho sempre desiderato. E che male può esserci nell'andare a visitare l'UNC, tanto per vedere com'è? Non la frequenterò, ma è divertente l'idea di una gita all'ultimo minuto.

Chris e io siamo a metà strada quando mi accorgo che ho il telefono quasi scarico e che ho dimenticato di portare il caricabatterie. «Hai un caricabatterie per l'auto?» chiedo.

Chris smette di cantare sulle note della radio per rispondere: «No».

«Accidenti!» Abbiamo consumato gran parte della carica del suo telefono usando il GPS. Mi sento un po' a disagio a viaggiare fuori dallo Stato senza la batteria carica. In più ho detto a Kitty di non informare papà sulla nostra destinazione. E se succedesse qualcosa? «A che ora pensi che torneremo a casa?»

«Piantala di preoccuparti, nonnina. Andrà tutto bene.» Abbassa il finestrino e inizia a tastare in giro in cerca della sua borsa. La raccolgo io e le tiro fuori le sigarette prima che vada a sbattere. Al semaforo se ne accende una e aspira profondamente. «Saremo un po' come due pioniere: è qualcosa in più nella nostra avventura. I nostri avi non avevano i cellulari, no?»

«Ricordati che stiamo andando solo a dare un'occhiata. Io frequenterò la William and Mary.»

«E tu ricordati che poter scegliere è importante» sentenzia Chris.

È quello che dice sempre anche Margot: hanno più in comune di quanto credano.

Trascorriamo il resto del viaggio passando da una stazione radio all'altra, cantando e discutendo se Chris debba o meno tingersi i capelli di rosa. Il tempo vola. Arriviamo a Chapel Hill in meno di tre ore e mezza, proprio come aveva previsto la mia autista. Troviamo un parcheggio in Franklin Street, che immagino sia la via principale. La prima cosa che mi colpisce è quanto siano simili il campus delle "mie" due università: tanti aceri, molto verde e parecchi edifici con i mattoni a vista.

«È grazioso, vero?» Mi fermo ad ammirare la fioritura rosa di un albero di corniolo. «Non è strano che ci siano tanti alberi di corniolo, visto che è l'albero dello Stato della Virginia? Quale sarà l'albero del Nord Carolina?»

«Non ne ho idea. Per favore, possiamo mangiare qualcosa? Sto morendo di fame.» Chris ha la capacità di concentrazione di una mosca e quando è affamata è meglio non contrariarla.

L'abbraccio e di colpo provo tanta tenerezza per questa ragazza che mi ha accompagnata fin qui. «D'accordo, prima il tuo stomaco. Che cosa ti piacerebbe? Pizza? Un panino? Cinese?»

Mi mette un braccio attorno alle spalle. Basta parlare di cibo e il suo umore sta già migliorando. «Scegli tu. Tutto tranne cibo cinese. O pizza. Sai cosa potremmo mangiare? Sushi.»

Sulla strada stanno passando due tipi e Chris li chiama strillando: «Ehi!».

I due si voltano. «Che cosa c'è?» chiede uno dei due. È nero, alto, con braccia muscolose e una t-shirt con la scritta *CAROLINA WRESTLING*.

«Sapete qual è il migliore ristorante di sushi, da queste parti?»

«Io non mangio sushi, quindi non saprei.» Si gira verso il suo amico dai capelli rossi, che seppur meno muscoloso di lui è comunque molto carino. «Tu dov'è che mangi giapponese?»

«Da Spicy Nine» risponde lui guardando Chris. «Sempre dritto e ci sbattete davanti.» Poi strizza l'occhio alla mia amica e si allontanano.

«Li seguiamo?» mi chiede Chris continuando a fissare i due ragazzi. «Scopriamo cosa fanno stasera?»

La trascino nella direzione che ci hanno indicato dicendo: «Pensavo avessi fame».

«Oh, sì» risponde. «Quindi un punto per Chapel Hill, giusto? Ragazzi carini.»

«Sono sicura che anche alla William and Mary ce ne sono» rispondo. E poi mi affretto ad aggiungere: «Non che mi importi, ovviamente, visto che sto con Peter». Che ancora non ha chiamato, nota bene. Il mio telefono ha la batteria ai minimi, quindi quando lo farà sarà troppo tardi.

Dopo avere mangiato sushi, passeggiamo intorno a Franklin Street, fermandoci nei negozi. Per un attimo penso di comprare a Peter un cappellino dei Tar Heel, la squadra di basket, ma probabilmente non lo metterebbe perché lui sarà un Wahoo.

Arriviamo davanti a un palo con dei cartelli e Chris si ferma un attimo a dare un'occhiata. Poi indica il segnale di un posto chiamato Cat's Cradle. Stasera suona un gruppo chiamato Meow Mixx. «Andiamoci!» esclama Chris.

«Hai mai sentito i Meow Mixx prima d'ora?» chiedo. «Che musica fanno?»

«Che importa? Andiamoci e basta!» Mi prende per la mano e corriamo giù per la strada, ridendo.

Per entrare bisogna fare la coda; la band ha già iniziato a suonare e la melodia arriva alle nostre orecchie dalla porta aperta. Un paio di ragazze aspetta in fila davanti a noi, così Chris mi abbraccia e annuncia: «La mia migliore amica è stata ammessa!».

Mi commuovo nel sentirla dire che sono la sua migliore amica, pensando a quanto contiamo ancora l'una per l'altra, anche se lei ha i suoi amici e io ho Peter. So che, quando sarà in Costa Rica, o in Spagna, o in qualunque posto deciderà di andare, saremo ancora unite.

Una delle ragazze mi abbraccia e dice: «Congratulazioni! Ti piacerà qui». Porta le trecce arrotolate sopra le orecchie e una t-shirt con la scritta *HILLARY IS MY PRESIDENT*.

Timidamente dico: «In realtà sono stata ammessa, ma non frequenterò: siamo solo venute a fare un giro. Per divertirci un po'».

«Oh, e dove andrai?» mi chiede, corrugando appena il volto pieno di lentiggini.

«William and Mary.»

«Per ora non è una scelta definitiva, comunque» si intromette Chris.

«È abbastanza definitiva» dico io.

«Io vengo da Princeton» mi dice l'altra ragazza. «Per dirti quanto mi è piaciuto qui quando l'ho visitato. A proposito, mi chiamo Hollis.»

Dopo esserci presentate, le ragazze mi raccontano del dipartimento di Lettere, di come andare alle partite di basket, e dei bar sulla Franklin Street dove non chiedono documenti. Chris, che non si era preoccupata di mascherare la sua indifferenza riguardo al dipartimento di Lettere, di colpo è tutta orecchi. Prima di lasciarci perché ormai siamo dentro al locale, Hollis mi dà il suo numero. «In caso decidessi di venire qui» mi dice.

Dentro è pieno di persone, alcune in piedi vicino al palco che bevono birra e ballano. La band è formata in realtà da due ragazzi con una chitarra e un portatile, e suonano una specie di pop elettronico. Il suono riempie l'intero locale. Tra il pubblico vedo gente di ogni età: più grande di noi con magliette di gruppi rock e la barba (parecchio vicina all'età di mio padre) ma anche un bel po' di studenti. Chris cerca di togliersi il timbro sulla mano per poter uscire, andare a comprare delle birre e rientrare, ma non ci riesce. Ne sono sollevata e non solo perché la birra non mi piace, ma soprattutto perché Chris deve guidare fino a casa stanotte. Inizio a chiedere in giro, magari qualcuno ha un caricabatterie, ma Chris mi dà un colpetto sul braccio e mi urla per farsi sentire: «È la nostra avventura! Non abbiamo bisogno di cellulari per quest'avventura!».

Poi mi prende la mano e mi trascina con lei fin sotto al palco. Ci facciamo strada ballando, poi iniziamo a saltare a tempo di musica anche se non conosciamo nessuno di quei pezzi. I capelli ci sbattono selvaggiamente sul viso; sono sudata, e d'un tratto capisco che sto benissimo. «È troppo divertente» urlo in faccia a Chris.

«Anch'io!» urla lei a sua volta.

Dopo la seconda pausa Chris dice che ha fame, quindi usciamo.

Camminiamo per un bel po' prima di trovare un posto che si chiama Cosmic Cantina. È un posticino messicano con una lunga coda di gente in attesa il che, secondo Chris, significa che il cibo è buono o che è a buon prezzo.

I nostri burritos sono farciti con riso, fagioli, formaggio fuso e salsa piccante della casa. Le labbra mi bruciano tantissimo. Se il mio telefono non fosse spento e quello di Chris al limite, avrei cercato il luogo con il migliore burrito di Chapel Hill. Magari però non avremmo trovato questo posto che, per qualche ragione che non so spiegare, ha il migliore burrito che abbia mai assaggiato.

Quando abbiamo mandato giù l'ultimo boccone chiedo: «Che ore sono? Dovremmo tornare in fretta se vogliamo essere a casa prima dell'una».

«Ma hai visto a malapena il campus» replica Chris. «C'è niente che vorresti vedere? Tipo, che ne so, qualche noiosa biblioteca o roba simile?»

«Nessuno mi conosce meglio di te» dico e lei sbatte le ciglia e sospira. «C'è un posto che vorrei vedere...» confesso. «Ma non è sui dépliant: è l'Old Well.»

«Andiamoci, allora.»

Mentre camminiamo le chiedo: «Chapel Hill ti sembra come Charlottesville?».

«No, mi sembra meglio.»

«Tu sei come Kitty: ogni cosa nuova è per forza migliore.»

«E tu pensi che ogni cosa vecchia sia migliore» controbatte lei.

Camminiamo per il resto della strada in silenzio, tranquille. Io continuo a comparare le due università: quella dei miei sogni e quella dove sono adesso. Il campus è silenzioso, forse perché molti studenti sono a casa per le vacanze estive, ma non deserto; vedo ragazze con abiti estivi e sandali, ragazzi con bermuda e cappellini da baseball.

Attraversiamo il prato verde ed eccolo lì: l'Old Well. Si trova tra due edifici in mattoni. È una piccola rotonda, come una versione minore di quella dell'Università della Virginia, con al centro una fontanella. Dietro c'è una grande quercia e tutto intorno sorgono cespugli di azalee di un bel rosa intenso, come un rossetto che usava sempre Stormy. È incantevole.

«Si possono esprimere desideri?» chiede Chris, avvicinandosi alla fontanella.

«Mi sembra di avere sentito dire che il primo giorno di scuola gli studenti bevono un sorso dalla fontana: porta fortuna» dico. «O tutti bei voti.»

Chris si abbassa per berne un sorso quando un paio di ragazze che stanno passando la mettono in guardia: «I ragazzi della fratellanza ci pisciano dentro continuamente... non berla.»

«Che schifo!» esclama saltando all'indietro. «Facciamoci un selfie.»

«Non possiamo! I nostri cellulari sono scarichi, ricordi? Dovremo conservarne il ricordo nella mente, come ai vecchi tempi.»

«Giusto» dice Chris. «Allora torniamo a casa?»

Esito. Non so perché, ma non sono pronta ad andare già via. E se non tornassi più? Vedo una panchina di fronte a uno degli edifici e vado a sedermi. «Restiamo ancora un po'.»

Abbraccio le ginocchia, portandole al petto, e Chris si siede al mio fianco. Giocherella un istante con i braccialetti, poi sussurra: «Vorrei poter venire qui con te».

Il tono riflessivo nella sua voce mi coglie talmente alla sprovvista che mi volto senza nemmeno correggerla per dirle che nemmeno io verrò qui.

«Non fraintendermi: il Costa Rica mi attira tantissimo. È solo che... non so. È come se mi perdessi qualcosa, non andando al college nel momento in cui ci vanno tutti gli altri.» E mi guarda, con un interrogativo negli occhi.

«Il college sarà sempre qui ad aspettarti, Chris. Il prossimo anno, l'anno successivo. Quando vorrai.»

Lei si gira per osservare il prato. «Forse. Vedremo.» Dopo una pausa aggiunge: «Io riesco a immaginarti qui, Lara Jean. E tu?».

Deglutisco un paio di volte prima di riuscire a dire: «Ho un progetto. William and Mary per un anno, poi l'Università della Virginia».

«Intendi dire che tu e Peter avete un progetto. Per questo ti stai frenando.»

«Va bene, Peter e io abbiamo un progetto. Comunque non è l'unica ragione.»

«Ma è quella principale.»

Non posso negarlo. Ciò che mi manca, ovunque vada, sia alla William and Mary sia qui, è sempre Peter.

«E allora perché non venire qui per un anno?» mi chiede Chris. «Che differenza farà tra l'essere qui o alla William and Mary? In qualunque caso non sarai con Peter. Perché non qui?» Non aspetta che le risponda; salta su e corre sul prato, poi si leva le scarpe e fa una serie di ruote.

E se venendo qui finissi per amare questo posto? Che cosa accadrebbe se dopo il primo anno non me ne volessi più andare? Che cosa succederebbe a quel punto? E non sarebbe bello se amassi stare qui? È questo il punto della questione? Perché scommettere sul fatto che non amerò questo posto? Perché non cogliere l'opportunità, invece, e scommettere sulla felicità?

Mi sdraio e allungo le gambe guardando il cielo. C'è un tetto di rami proprio sopra la mia testa: due alberi che crescono lontani, ma i cui rami si allungano per raggiungersi a metà strada. E se Peter e io fossimo come questi due alberi, separati ma sempre uniti? Io penso che potrei essere felice qui. Penso che potrei viverci.

Che cosa mi aveva detto Stormy? L'ultimo giorno in cui l'ho vista, quando mi ha dato l'anello? "Non dire mai no, quando in realtà vorresti dire sì."

Quando Chris si ferma davanti a casa mia sono le tre passate e tutte le luci sono accese. Cavoli. Mi volto verso Chris e la supplico: «Vieni dentro con me?».

«No, assolutamente. Devi sbrigartela tu. Io devo andare a casa *mia* e vedermela con *mia* madre.»

Saluto Chris abbracciandola, esco dalla macchina e salgo gli scalini. La porta si apre non appena inizio a frugare nella borsa per le chiavi. È Kitty con addosso solo l'ampia t-shirt che usa per dormire. «Sei nei guai» bisbiglia.

Papà è subito dietro di lei, ancora con gli abiti da lavoro addosso. Trina è sul divano e l'occhiata che mi rifila significa: "Sei nei pasticci e mi dispiace per te, ma avresti almeno potuto chiamare". «Dove sei stata tutta la notte?» urla papà. «E perché non rispondevi al telefono?»

Mi ritraggo e dico: «Avevo la batteria scarica, mi dispiace. Non mi sono accorta che fosse già così tardi».

Papà inizia a camminare per il salotto. «E allora perché non hai usato il cellulare di Chris?»

«Anche quello di Chris era scarico...»

«Ci hai fatto preoccupare da morire! Kitty ci ha detto che uscivi con Chris senza dire dove eravate dirette...» Kitty mi lancia un'occhiata mentre papà continua a gridare. «Stavo per chiamare la polizia, Lara Jean! Se non fossi arrivata...»

«Mi dispiace» ripeto. «Mi dispiace davvero.»

«È così irresponsabile» borbotta papà, senza nemmeno starmi a sentire. «Lara Jean, avrai anche diciott'anni, ma...»

Dal divano Trina lo interrompe: «Dan, per favore, non dire "vivi ancora sotto il mio tetto". È davvero un cliché».

Papà si volta verso di lei e strilla: «È un cliché per una ragione! È una buona frase! È un'ottima frase!».

«Lara Jean, spiega dove sei stata» dice Kitty con una certa impazienza.

Papà la guarda in modo accusatorio. «Kitty, tu sapevi dov'era?»

«Mi ha fatto promettere di non dirlo!»

Prima che possa replicare, intervengo io: «Ero in Nord Carolina con Chris».

Papà alza le braccia, sconsolato. «In Nord Carolina? Che cosa... che cosa diavolo ci facevi lì? Sei andata in un altro Stato senza dirmelo? Con il telefono scarico!»

Sto male per averlo fatto preoccupare. Non so perché non ho avvertito: avrei potuto chiedere in prestito il telefono di qualcuno. Credo di essermi fatta trascinare dalla situazione, dal fatto di essere là. Non volevo pensare a casa o alla vita reale. «Scusa» mormoro. «Mi dispiace davvero tanto. Avrei dovuto chiamare.»

Papà scuote la testa e insiste: «Perché sei andata in Nord Carolina?».

«Ci sono andata perché...» faccio una pausa. Se lo dico adesso, sarà ufficiale. «Perché sono stata ammessa alla Chapel Hill.»

Papà spalanca gli occhi. «Davvero? Ma è... è meraviglioso. E la William and Mary?»

Sorridendo mi stringo nelle spalle.

Trina lancia un urlo di gioia e si alza dal divano, lasciando cadere la coperta di flanella che aveva intorno alle gambe e rischiando di inciampare. Papà mi abbraccia e Trina si unisce a noi. «Oh, mio Dio, Lara Jean!» dice dandomi una pacca sulla schiena.

«Sono felice che tu sia felice» dice papà. Si asciuga una lacrima dagli occhi. «Sono ancora furioso per il fatto che non hai chiamato. Ma sono anche felice.»

«Quindi ci andrai davvero?» chiede Kitty dalle scale.

La guardo. Sorrido incerta e rispondo: «Sì, ci vado». Peter e io cercheremo di farla funzionare. Troveremo il modo.

Racconto loro ogni dettaglio della serata: che siamo andate allo spettacolo al Cat's Cradle, che abbiamo mangiato burritos alla Cosmic Cantina e siamo andate all'Old Well. Trina prepara dei popcorn ed è quasi l'alba quando andiamo a letto. Mentre papà sbadiglia e si dirige verso la sua camera, Trina bisbiglia: «Tuo padre è invecchiato di dieci anni in una notte. Guarda, cammina come se avesse bisogno di un bastone. Grazie a te sposerò un vecchio». Scoppiamo a ridere tutte e due senza riuscire a smettere. Penso sia una specie di follia dovuta alla mancanza di sonno. Trina rotola sulla schiena e scalcia in aria, ridendo fortissimo. Kitty, che si era addormentata sul divano, si sveglia e chiede: «Perché ridete?» e basta quella domanda per farci ridere ancora di più. A metà delle scale papà si ferma, si volta a guardarci e scuote il capo.

«Vi state già coalizzando contro di me» brontola.

«Accettalo, papà. Hai sempre vissuto in un matriarcato» dico mandandogli un bacio.

«Ehi, non pensare che abbia dimenticato che sei rimasta fuori tutta la notte senza fare nemmeno una telefonata a casa» dice accigliato.

Oh... Forse è troppo presto per tanta allegria. Mentre arranca su per le scale urlo per l'ennesima volta: «Davvero, mi dispiace tanto!».

Mi dispiace per non aver chiamato, ma sono contenta di essere andata.

# 25

Mi sveglio e indugio per un po' a letto, allargando braccia e gambe come una grossa X, puntando a nord, sud, est e ovest. La notte scorsa sembra un sogno. È davvero così? Andrò realmente a Chapel Hill?

Sì, sì, è così. Che follia, che emozione incredibile sapere che la traiettoria della tua vita possa cambiare in una sola notte. Io, che ho sempre avuto paura dei cambiamenti, adesso non mi sento affatto così. Sono emozionata. E capisco che grande privilegio sia essere emozionati per un trasferimento. Peter, Chris e Lucas: loro andranno dove vogliono andare, mentre il mio futuro sembrava di seconda scelta, e lo era davvero, anche se la William and Mary è un'ottima opzione. Ma l'Università del Nord Carolina è una scelta che nemmeno sapevo di avere, quasi una porta magica che si è aperta all'improvviso, e che può condurre ovunque.

Smetto di fantasticare per controllare la sveglia e scopro che ho dormito tutto il giorno. Mi tiro su, accendo il telefono e vedo tutte le chiamate perse e i messaggi vocali della sera prima, di papà e Kitty. Li cancello senza ascoltarli, perché proprio non mi va di risentire la rabbia nella voce di mio padre; poi vedo che Peter mi ha lasciato un sacco di messaggi, e il mio cuore fa un tuffo. Lo chiamo, ma non mi risponde quindi immagino sia all'allenamento. Gli lascio un messaggio chiedendogli di passare da me quando torna a casa. Stasera dobbiamo andare a una festa. Sono nervosa all'idea di dire a Peter la novità. Avevamo fatto un piano e ora io sto cambiando le cose, ma non potevo immaginare che mi si sarebbe aperta questa porta. Peter capirà. Lo so.

Torno nel letto e chiamo Margot.

«Che c'è?» mi chiede.

«Indovina?»

«Cosa?»

«Sono stata ammessa all'Università del Nord Carolina!»

Lancia un urlo e fa cadere il telefono. Quando lo raccoglie dal prato sta ancora urlando. «Oh, mio Dio! Ma è fantastico! Questa è un'ottima notizia. Quando l'hai scoperto?»

Mi giro a pancia in giù. «Ieri! Chris e io siamo andate a visitare il campus ieri sera e, Gogo, ci siamo divertite un sacco. Siamo andate a sentire un gruppo e abbiamo ballato e urlato come due pazze. Ho la gola che brucia!»

«Quindi, aspetta... ci vai, giusto?»

«Sì!»

Margot strilla di nuovo e io rido. «E com'è il campus?» chiede.

«Be', assomiglia molto a quello dell'Università della Virginia.»

«L'ho sentito dire. E anche le due città si somigliano: entrambe di ampie vedute, ma Chapel Hill forse un pochino di più. Un bel po' di gente in gamba è uscita da lì. Non vedo l'ora di guardare il programma dei corsi con te. Ti piacerà. Maggie Cohen, che era un anno avanti a me, la adora. Dovresti parlarle.» Poi, con aria raggiante, conclude: «Questo è l'inizio di tutto, Lara Jean. Vedrai».

Dopo avere parlato al telefono con Margot, faccio un bagno e inizio il mio rituale: maschera per il viso, scrub allo zucchero di canna e lavanda. Nella vasca mi ripeto tutto quello che devo dire a Peter. I due alberi, i rami che si incontrano a metà strada... Sto immersa così a lungo che Kitty mi urla di sbrigarmi. Quando esco dalla vasca, mi asciugo i capelli e li arriccio; mi rifaccio le unghie dopo aver usato una crema contro le pellicine che ho comprato secoli fa, ma che non ricordo mai di usare.

Papà, Trina e Kitty sono usciti per andare al cinema, quindi sono sola in casa quando, verso le otto, arriva Peter. Indossa una felpa dell'università; i capelli, lavati da poco, sono ancora umidi. Profuma di sapone, e su di lui mi piace un sacco. Mi attira in un abbraccio, appoggiandosi con tutto il corpo su di me. «Sono tutto rotto» dice poi, lasciandosi cadere sul divano del salotto. «Possiamo non andare da Steve, stasera? Vorrei soltanto stare qui con te e non dover parlare a nessuno. Sono davvero esausto.»

«Va bene» dico e inspiro profondamente per iniziare a raccontargli la novità, ma lui alza gli occhi stanchi verso di me.

«I ragazzi della squadra sono incredibilmente in forma. È stata dura tenere il ritmo.»

Aggrotto la fronte e dico: «Ehi, anche tu sei in forma».

«Non come loro. Devo mettermi sotto.» Si massaggia il collo e chiede: «Allora, mi dici finalmente dove sei stata ieri sera?».

Mi siedo sul divano davanti a lui, con le gambe ripiegate sotto il sedere. Metto il dorso delle mani sulle guance, che sento infuocate. «Va bene.» Faccio una pausa e chiedo: «Sei pronto ad ascoltare?».

Peter scoppia a ridere: «Sì, sono pronto».

«Ok. È davvero strano, ma ero in Nord Carolina con Chris.»

Peter alza le sopracciglia. «Strano. Va bene, vai avanti.»

«C'ero perché... sono stata ammessa all'Università di Chapel Hill!»

Sbatte gli occhi e poi dice: «Wow. È... wow! È incredibile».

Inspiro di nuovo. «Non pensavo che avrei voluto andarci, ma quando Chris e io siamo arrivate, abbiamo visto che la città è così graziosa e le persone sono davvero simpatiche, e c'è una panchina, vicina all'Old Well, dove se ti sdrai e guardi in alto, vedi due alberi con i rami che si intrecciano. I rami si toccano in questo modo.» Faccio per mimare la posizione e mi fermo perché Peter non sta davvero ascoltando. In realtà fissa il vuoto. «A che cosa pensi?»

«Significa che andrai lì e non alla William and Mary?»

Esito un attimo e poi rispondo: «Sì».

«Sono felice per te, lo sono, ma se penso a quanto saremo lontani... Tipo, se adesso dovessi prendere l'auto e guidare sino a Chapel Hill, mi addormenterei al volante. Quanto dista Charlottesville da Chapel Hill? Quattro ore?»

Sento una stretta allo stomaco. «Tre ore e venticinque minuti. So che sembra lunga, ma ti giuro che passa in fretta!»

«È una distanza doppia rispetto alla William and Mary. Senza contare il traffico.» Lascia cadere la testa sul divano.

«Non è il doppio» insisto. «È un'ora e mezza in più.»

Vedo il dispiacere nei suoi occhi. «Scusa, Covey. Sono proprio giù, in questo momento. Sarà molto più dura di quello che pensavo. Non tu e io, ma il college. Sarò ad allenarmi tutto il giorno, sette giorni su sette e quando non giocherò a lacrosse dovrò studiare o dormire. Tutt'altra cosa rispetto alle superiori. Un sacco di pressione e... scusa, non pensavo che saresti stata così lontana.»

Non l'ho mai visto in questo stato: sembra davvero a terra. Quando si tratta di lacrosse o di scuola è sempre stato così rilassato, così... fiducioso. «Peter, tu andrai alla grande. Hai appena iniziato. Devi solo prendere il ritmo...» Poi timidamente aggiungo: «E... riusciremo a far funzionare le cose».

Di colpo si tira su. «Sai che ti dico? Andiamo alla festa.»

«Sicuro?»

«Certo. Ti sei preparata: sarebbe un peccato che nessun altro vedesse i tuoi capelli.» Mi tira verso di sé e sussurra: «Festeggiamo la tua grande vittoria».

Gli getto le braccia al collo e lo stringo a me; ha le spalle rigide, riesco a sentirgli la tensione nella schiena. Molti ragazzi non avrebbero fatto caso a una cosa così: che mi sia arricciata i capelli e che mi sia preparata per uscire. Cerco di pensare a quello e non al fatto che non si sia *davvero* congratulato con me.

# 26

A casa di Steve Bledell, un gruppo di ragazzi è in soggiorno a fumare erba e a guardare calcio in tv. C'è anche Lucas che, quando gli dico la novità, mi solleva e mi fa volteggiare in aria. «Anche tu te ne vai da qui!» grida.

«Be', vado nello Stato accanto, in Nord Carolina» dico ridendo. Che meraviglia pronunciare quelle parole a voce alta. «Non è molto lontano.»

Lucas mi rimette giù e mi prende il volto tra le mani. «Ma non è qui. Sarà un'ottima cosa per te, Lara Jean.»

«Ne sei certo?»

«Lo *so* per certo.»

Vado in cucina a cercare una Coca Cola quando entra Genevieve, a piedi nudi, con una felpa dell'Istituto di tecnologia della Virginia. Tiene in mano un bicchiere di birra con lo stesso marchio della felpa. Ondeggia leggermente, poi dice: «So che sei entrata alla UNC. Congratulazioni».

Aspetto il colpo basso, una battuta perfida che invece non arriva. «Grazie» rispondo. «Congratulazioni anche a te, per l'Istituto di tecnologia. So che hai sempre desiderato andarci: sarai contenta.»

«Già. Hai sentito che Chris se ne va in Costa Rica? Che fortuna...» Beve un sorso di birra e poi chiede: «Chapel Hill è piuttosto lontana da qui, eh?».

«Non così tanto. Appena tre ore» rispondo mentendo.

«Be', buona fortuna. Spero che ti resti fedele come adesso. Ma conoscendolo, ne dubito seriamente.» Poi le scappa un rutto talmente sonoro e lo sguardo di sorpresa sul suo viso è così divertente, che quasi scoppio a ridere. Per un secondo sembra che anche lei sia sul punto di farlo, ma si frena, mi lancia un'occhiataccia e si allontana.

Più tardi vedo Peter chiacchierare con gli altri ragazzi. Il suo umore sembra migliorato. Sorride molto, ma beve anche molto più di quanto l'abbia mai visto fare.

Verso l'una vado a cercarlo; lo trovo insieme a un gruppo di persone che gioca a Flip Cup nel garage di Steve. Stanno tutti ridendo per qualcosa che ha detto. Mi vede in cima alle scale e mi chiama: «Vieni a giocare con noi, Covey» urla.

Senza muovermi da dove sono, rispondo: «Non posso. Devo andare a casa».

«D'accordo, ti accompagno» dice, facendosi serio.

«No, non importa, mi faccio dare un passaggio o chiamo un taxi.» Mi volto per andarmene, ma Peter mi segue.

«Non ce n'è bisogno, ti accompagno io» insiste.

«Non puoi. Sei ubriaco.» Non vorrei che le mie parole sembrassero offensive, ma è così.

Peter scoppia a ridere. «Non sono ubriaco. Ho bevuto solo tre birre in quanto tempo, tre ore? Sto bene. Tu non bevi quindi non puoi saperlo, ma non sono niente. Te l'assicuro.»

«Be', a giudicare dal tuo fiato non supereresti il controllo.»

Peter mi fissa e poi dice: «Sei arrabbiata?».

«No. Solo non voglio che mi accompagni. E tu non dovresti guidare nemmeno per andare a casa tua. Dovresti passare la notte qui.»

«Ah, sei arrabbiata.» Si avvicina a me, si guarda attorno e poi mi dice: «Mi dispiace per prima. Avrei dovuto essere più felice per te. Ero solo stanco, ecco tutto».

«Va bene» lo rassicuro, sebbene non lo pensi davvero.

Stormy aveva una teoria: "torna a casa con quello che ti ha accompagnata, a meno che non sia ubriaco. In quel caso vai per conto tuo".

Così alla fine ottengo un passaggio da Lucas e arrivo a casa appena prima del coprifuoco. Dopo quello che è successo ieri non posso pretendere troppo.

Peter continua a mandarmi messaggi e io sono contenta di sapere che non si sta più divertendo. Lo faccio aspettare un bel po' prima di rispondergli di non guidare e come risposta mi manda una foto in cui è sdraiato sul divano di Steve, con la giacca di qualcuno come coperta.

Siccome non riesco a prendere sonno vado di sotto a prepararmi un toast. Non sono sola: Kitty sta guardando la tv mentre gioca con il telefono. «Vuoi un toast?»

«Certo» risponde lei, alzando lo sguardo dal telefono.

Preparo prima il suo. Tengo il toast premuto alla padella, così da rendere croccante la superficie e appiattirlo per bene. Taglio un altro pezzo di burro e lo guardo sciogliersi. Mentre sono lì con la spatola in mano, ancora un po' di cattivo umore per quello che è successo con Peter, di colpo ho un'illuminazione. Contatto diretto.

Per ottenere la giusta croccantezza il pane deve essere a contatto con la padella bollente.

Ecco la risposta al mio problema con i biscotti al cioccolato. Io ho sempre usato i tappetini da forno in silicone per non fare attaccare i biscotti alla leccarda. Invece devo usare *carta* da forno. È sottilissima, a differenza del silicone, così l'impasto riceve il calore più in fretta, l'impasto si allarga e voilà, biscotti più sottili!

Sono così entusiasta che inizio ad afferrare gli ingredienti dalla dispensa. Se preparo l'impasto adesso, potrà riposare tutta la notte e domani verificherò la mia ipotesi.

Resto a poltrire tutta la mattina, perché non c'è scuola nemmeno oggi, grazie alle riunioni degli insegnanti e perché sono rimasta alzata sino alle tre per preparare l'impasto e guardare la televisione con Kitty. Al mio risveglio, proprio come il giorno prima, ci sono messaggi da Peter.

Mi dispiace.
Sono un idiota.
Non essere arrabbiata.

Leggo e rileggo i messaggi. Sono stati inviati a qualche minuto di distanza l'uno dall'altro, quindi deve aver controllato con ansia per vedere se ce l'avessi ancora con lui o meno. Non voglio essere arrabbiata. Voglio che le cose tornino a essere com'erano prima.

Così scrivo:

Vuoi venire a vedere una sorpresa?

Peter risponde immediatamente:

SONO GIÀ LÌ.

«Il biscotto perfetto con gocce di cioccolato» ripeto «deve avere tre strati: un cuore tenero e un po' appiccicoso, uno strato in mezzo morbido e un terzo, il più esterno, che dovrebbe essere croccante.»

«Non ce la faccio a sentire questa storia *di nuovo*» geme Kitty. «Proprio non ci riesco.»

«Resisti» le dice Peter, stringendole una spalla. «Ci siamo quasi, poi avremo i biscotti.»

«Il biscotto perfetto è al meglio se mangiato tiepido, ma resta delizioso a temperatura ambiente.»

«Se non la smetti di blaterare, diventeranno freddi» brontola Kitty. La guardo male, ma sinceramente sono felice che sia qui a fare da cuscinetto tra Peter e me. La sua presenza rende l'atmosfera normale.

«Nel mondo della pasticceria tutti sanno che Jacques Torres ha perfezionato i biscotti con le gocce di cioccolato. Peter, tu e io li abbiamo assaggiati qualche mese fa.» Sto davvero tirandola per le lunghe per farli fremere. «Quanto sarà grande il mio biscotto? Indizio. È incredibile.»

Kitty scende dallo sgabello. «Basta. Io me ne vado. Nessun biscotto vale tanto.»

Le do un colpetto sulla testa e continuo: «Oh piccola, ingenua. Cara, folle ragazza. Questo biscotto vale tanto e anche di più. Adesso siediti, da brava, o non parteciperai».

Alza gli occhi al cielo, ma torna a sedersi.

«Amici miei, finalmente l'ho trovata. La mia balena

bianca, il mio anello d'oro, il biscotto che li domina tutti.» Con un inchino sollevo il tovagliolo e presento i miei biscotti sottili, morbidi, non troppo gonfi, disposti ad arte sul vassoio.

Con mio grande sgomento, Peter se ne infila in bocca uno intero. Masticando farfuglia: «Delizioso!».

«Mangia lentamente. Assaporalo, Peter.»

«Lo sto facendo, credimi.»

In effetti, è Kitty il vero critico, il palato difficile da soddisfare. Piena di entusiasmo dico: «Ho usato zucchero melassato. Riesci a sentire la differenza?».

Mia sorella mastica con aria pensosa. «Riesco a sentire la differenza tra questo e quello che hai fatto due volte fa.»

«Questa volta ho usato *fèves* di cacao invece dei soliti pezzetti. Senti come si scioglie?»

«Che cosa sono le *fèves*?»

«Fave, fave di cacao.»

«E non riesci a parlare normalmente? E comunque papà non si è infuriato sapendo che hai speso trenta dollari in cioccolato?»

«Infuriato, non direi. Forse un po' seccato. Però penso che converrà con me che ne è valsa la pena.» Kitty mi lancia un'occhiata tipo *Sì, sì,* e io aggiungo: «È Valrhona, sai? È l'eccellenza del cioccolato. E poi era solo un sacchettino! Comunque non è questo il punto. Puoi dirmi quanto sono più croccanti in superficie e più soffici al centro? Vi ho spiegato che ho usato la carta da forno invece dei tappetini di silicone?».

«Sì, ce l'hai detto» brontola Kitty.

Peter infila il dito nel passante dei miei jeans e mi avvicina a lui. «Il biscotto migliore della mia vita» decreta.

Sta esagerando, e comunque a me non è ancora passata del tutto.

«Siete così sdolcinati» si lamenta Kitty. «Prendo la mia parte di biscotti e me la svigno.» E inizia a mettere biscotti in un tovagliolino di carta, rapida come una scheggia.

«Prendine solo tre!»

Con una smorfia Kitty ne posa due e se ne va al piano di sopra.

Peter aspetta che se ne sia andata, poi mi chiede: «Sei ancora arrabbiata? Non berrò mai più in una sera in cui devo riaccompagnarti a casa, lo prometto».

«Non hai nulla in contrario sul fatto che vada all'UNC?» gli chiedo.

Un'ombra gli passa sul volto, ma dopo un attimo di esitazione annuisce. «È come hai detto tu. Ce la faremo, troveremo il modo.» Per qualche attimo i suoi occhi cercano i miei e so che vuole solo essere rassicurato. Lo abbraccio e lo stringo a me, abbastanza forte da fargli sentire che sono qui e che non cederò.

# 27

Adesso che ho preso la mia decisione ci sono un sacco di cose da fare, e subito. Informo la William and Mary che ho cambiato idea ed eseguo un altro bonifico. Informo la mia tutor, la signora Duvall, che ne è strafelice. Scopro da lei che sono l'unica della mia classe a essere stata ammessa e aggiunge subito il Nord Carolina all'elenco delle università a cui sono stati ammessi dei suoi studenti. «Sapevo che mi avresti resa orgogliosa» dice annuendo con convinzione. «Lo sapevo.»

I cappelli e le tuniche da diplomati sono arrivati e Peter e io passiamo in palestra a ritirare i nostri, insieme ai biglietti di invito alla cerimonia.

Siamo seduti sugli spalti a provare i nostri cappelli quando Peter inclina di lato il mio e dice: «Ti sta bene».

Gli mando un bacio e rispondo: «Fammi vedere i tuoi biglietti». Voglio dare un'occhiata al suo nome, scritto in caratteri decorati.

Mi passa la scatola. Faccio scorrere le dita sulle lettere in rilievo. Peter Grant Kavinsky. «Hai più pensato all'idea di invitare tuo padre?» chiedo.

Peter si guarda attorno per accertarsi di essere soli

e poi mormora: «Perché continui a chiedermi questa cosa?».

Allungo una mano e gli tocco il cappello. «Perché penso che, in fondo, vorresti che ci fosse. Anche solo per dimostrargli quello che sei diventato e che lui si è perso.»

«Vedremo» mi risponde, e io non insisto. È una decisione che spetta a lui.

«Covey, ti va di vedere un film, stasera?»

«Non posso. Kristen, l'amica di Trina, viene da noi per decidere gli ultimi dettagli dell'addio al nubilato.»

Peter mi scruta sorridendo. «Andrete in uno strip club?»

«No! Bleah. Come se avessi voglia di guardare roba simile.»

«Simile a che?»

«Palestrati unti d'olio.» Rabbrividisco e aggiungo: «Sono contentissima che tu non abbia muscoli enormi».

Peter aggotta la fronte. «Ehi, io ho un fisico muscoloso.»

Stringo il suo bicipite e lui immediatamente contrae il muscolo sotto le mie dita. «Tu sei carino, slanciato e con muscoli proporzionati.»

«Sai esattamente come castrare un uomo, Covey» dice Peter mentre svolta nella strada di casa mia.

Adesso mi sento colpevole perché avrei dovuto ricordare che Peter non si sente in forma come i suoi compagni di lacrosse, così mi affretto a rassicurarlo: «Mi piaci come sei». Ride, quindi penso che forse non se l'è presa più di tanto.

«Che cosa farà tuo padre per il suo addio al celibato?»

«Sai com'è mio padre, no? È l'ultima persona al mondo a cui interessa quel genere di cose. Non avrebbe nemmeno amici con cui andare!» Mi fermo a pensarci e poi aggiungo: «Be', credo che Josh sia la cosa più simile a un amico per mio padre. Non l'abbiamo più visto molto da quando è andato via a studiare, ma so che si scrivono, ogni tanto».

«Non riesco a capire che cosa ci trovi la tua famiglia in quel tipo» brontola Peter. «Che cos'ha di tanto interessante?»

È un argomento delicato. Peter si è fissato che a mio padre piaccia più Josh di lui e io cerco di spiegargli che non è una gara... perché non lo è! Papà conosce Josh da quando era piccolo. Si scambiano fumetti. Quindi ovviamente mio padre preferisce Josh. Perché lo conosce meglio. Perché sono più simili. Nessuno dei due è... be', figo. Mentre Peter lo è, non ci sono dubbi. Mio padre non sa come comportarsi con le persone come Peter.

«A Josh piace la cucina di mio padre.»

«Anche a me!»

«E hanno gli stessi gusti in fatto di cinema.»

«E poi Josh non è mai stato ripreso e messo online mentre era in una vasca da bagno con una delle sue figlie.»

«Oh, mio Dio, ma è acqua passata! Mio padre ha dimenticato tutto.» "Dimenticato" forse è un po' esagerato. Forse sarebbe meglio dire che non è più tornato sull'argomento e si augura di non doverlo fare mai più.

«Faccio fatica a crederlo.»

«Be', è così. Mio padre non è un tipo rancoroso.»

E a quel punto Peter ha un'idea. «Che ne dici se organizzo io una festa di celibato per tuo padre? Potremmo ordinare delle belle bistecche e fumare grossi sigari...»

«Mio padre non fuma sigari.»

«Allora solo bistecche.»

«Bistecche senza strip club.»

«Oh, per l'amor del cielo, dammi un minimo di fiducia, Covey! Tra l'altro non ho nemmeno ventun anni: dubito mi lascerebbero entrare in uno strip club!»

Lo guardo con aria critica e lui si affretta ad aggiungere: «Non che mi importi. E soprattutto non vorrei mai andarci con il padre della mia ragazza». Rabbrividisce e dice: «Sarebbe terribile».

«Quindi la proposta quale sarebbe? Farsi due bistecche alla griglia?»

«No. Andremmo in una bella steakhouse, ben vestiti e profumati: una serata da uomini. Magari in giacca e cravatta.»

Cerco di non ridere. Peter non lo ammetterebbe mai, ma adora vestirsi elegante. È piuttosto vanitoso. «Non sembra male.»

«Potresti chiederglielo?»

«Penso che sia *tu* a doverglielo chiedere.»

«Se dice di sì chi altri invito?»

«Josh?»

«Scordatelo. Non ha amici sul lavoro?»

«Non ha tanti veri amici sul lavoro, a parte il dottor Kang... potresti invitare mio zio Victor. E qualche volta va in bicicletta con il signor Shah, che abita in fondo alla via.»

«Mi procuri i loro indirizzi email al più presto? Voglio mandare gli inviti appena avrò l'ok da tuo padre. Quand'è l'addio al nubilato? Il prossimo weekend?»

Peter mi commuove, davvero. È così ansioso di fare bella figura con mio padre... «È il terzo venerdì del mese. Aspettiamo che arrivi Margot.»

Kitty aveva preso stranamente bene la notizia che non avrebbe partecipato all'addio al nubilato di Trina e io mi ero detta *Wow, Kitty sta davvero diventando grande: ha capito che non è per farle un dispetto, ma solo che è una serata dedicata a Trina*.

Naturalmente, invece, con Kitty bisogna sempre andarci cauti.

Per la prima volta da un bel pezzo, viene a scuola con me e Peter. Voleva un passaggio sulla decappottabile, ma io mi sono imputata e ho detto che anch'io dovevo andare a scuola. Quindi al momento siamo tutti e tre a bordo del minivan della madre di Peter, come ai vecchi tempi.

Io però sono seduta dietro, mentre Kitty si è spaparanzata accanto a Peter e sospira appoggiata al finestrino.

«Che cos'hai?» vuole sapere Peter.

«Le altre damigelle non vogliono lasciarmi andare all'addio al nubilato» spiega. «Sono l'unica che resta a casa.»

Mi raddrizzo sul sedile posteriore.

«Che cavolata!» esclama Peter guardando verso di me attraverso lo specchietto retrovisore. «Perché non volete portarla?»

«Andiamo al karaoke! E Kitty non può venire solo perché è troppo piccola. Non sono nemmeno sicura che facciano entrare me!»

«E allora perché voi ragazze non andate al ristorante, come facciamo noi?»

«Perché non sarebbe un vero addio al nubilato.»

Peter alza gli occhi al cielo. «Nemmeno una serata karaoke lo è, non è come uno strip club o roba del genere... Aspetta un attimo, avete cambiato idea? Andate in uno strip club?»

«No!»

«E allora qual è il problema? Andate da qualche altra parte.»

«Peter, non sono io che decido. Bisogna parlarne con Kristen.» Poi do un colpetto al braccio di Kitty e dico: «Questo vale anche per te! Smettila di lavorare ai tuoi obiettivi manipolando Peter! Non è lui che decide».

Peter sorride e dice: «Mi dispiace, piccola».

Kitty si accascia sul sedile, ma la tregua dura solo un minuto. «E se invece venissi all'addio al celibato?» chiede. «Visto che andate solo al ristorante.»

«Eh... oh, non so, devo chiedere agli altri...» balbetta Peter.

«Lo chiederai, allora? Perché a me piacciono le bistecche. Mi piacciono da morire. La ordinerei con contorno di patate al forno e gelato di fragole con panna montata come dessert.» Kitty sfoggia un sorriso a trentadue denti, mentre Peter le risponde con un sorriso incerto.

Arrivati davanti alla scuola elementare mia sorella salta fuori dall'auto pimpante e allegra come un fringuello. Io mi sporgo verso Peter e sussurro: «Ti ha fregato».

# 28

Finalmente sono arrivati gli annuari della scuola!

Alla fine ci sono molte pagine vuote per le firme, ma tutti sanno che il posto d'onore è la quarta di copertina. Ovviamente io l'ho conservata per Peter. Non voglio dimenticare quanto sia stato speciale quest'ultimo anno.

La citazione del mio annuario è: *Ho sparso i miei sogni sotto i tuoi piedi / cammina lieve perché cammini sui miei sogni*. È stato molto difficile scegliere tra quella e *Senza di te, le emozioni di oggi non sarebbero altro che la pelle morta di quelle di ieri*. Frase che Peter ha commentato così: «So che è una citazione da *Il favoloso mondo di Amélie*, ma da quando la pelle morta è romantica?» e ammetto che non ha tutti i torti. Poi mi ha lasciato scrivere la sua. «Sorprendimi» mi ha detto.

Mentre entriamo nella caffetteria qualcuno ci tiene aperta la porta e Peter gli dice: «Molto gentile». Peter continua a dire così invece di "grazie", cosa che, lo so, ha imparato da Ravi. Ogni volta che glielo sento dire mi fa sorridere.

Nell'ultimo mese la caffetteria è stata sempre mezza vuota all'ora di pranzo. Molti di quelli dell'ultimo anno hanno iniziato ad andare a mangiare fuori, ma a Peter piace mangiare quello che gli prepara sua madre e a me piacciono le patatine fritte che servono qui. Invece, siccome oggi è arrivato l'annuario ed è distribuito proprio qui, lo troviamo affollatissimo. Prendo il mio annuario e torno di corsa al tavolo dove mi aspetta Peter. Alla prima pagina c'è lui in smoking. E sotto si legge: *Siete i benvenuti*.

Quando Peter lo vede aggrotta le sopracciglia e mi chiede: «E che cosa vorrebbe dire?».

«Significa "eccomi, sono qui, tanto bello e amabile da guardare"» e poi allargo le braccia come volessi abbracciare una folla di fedeli. «Siete i benvenuti.»

Darrell scoppia a ridere e così fa anche Gabe, che mi imita spalancando le braccia. «Sei il benvenuto» continuano a dirsi l'un l'altro.

Peter scuote il capo e brontola: «Siete fuori di testa».

Mi avvicino al suo viso e sussurro: «E a te piace!». Gli poso il mio annuario davanti e continuo, appoggiandomi alla sua spalla: «Scrivi qualcosa di memorabile. Qualcosa di romantico».

«Mi stai facendo il solletico con i capelli» protesta lui. «Non riesco a concentrarmi.»

Mi raddrizzo e mi allontano, incrociando le braccia sul petto. «Sto aspettando.»

«Come faccio a pensare con te che mi fissi?» chiede. «Lo faccio dopo.»

Scuoto la testa con decisione. «No, perché non lo faresti mai.»

Continuo a insistere fino a quando Peter amette: «Non so proprio cosa scrivere». Be', la cosa mi irrita un po'.

«Scrivi un ricordo, una speranza o qualunque altra cosa.» Sono delusa e cerco di non farlo vedere, ma... è così difficile per lui pensare a qualcosa?

«Lo porto a casa così stanotte avrò tempo per pensarci» taglia corto.

Passo il resto della giornata a riempire il mio annuario di frasi; gli amici scrivono cose tipo: *Buona fortuna*, e *Il primo anno in palestra con te è stato divertente*, o *Aggiungimi su Instagram*, ma anche frasi meno superficiali tipo: *Vorrei che ci fossimo conosciute meglio*. Ben Simonoff scrive: *Sono sempre i tipi più tranquilli quelli più interessanti. Resta interessante.* Alla fine della giornata consegno il mio annuario a Peter con una raccomandazione: «Trattalo bene».

La mattina dopo si dimentica di riportarlo a scuola e la cosa è irritante perché volevo tutte le firme degli studenti dell'ultimo anno e me ne manca ancora qualcuna. Domani è l'ultimo giorno di scuola.

«Per lo meno hai scritto la dedica?» gli chiedo.

«Certo! Te lo porto domani, giuro.»

La Settimana in Spiaggia è una tradizione delle nostre parti. È esattamente ciò che dice il nome: il giorno dopo il diploma la classe dell'ultimo anno fa i bagagli e trasloca a Nags Head per una settimana. Io non avevo mai pensato di andarci, e invece... Innanzitutto devi raccogliere abbastanza amici per affittare una casa: almeno una decina! E prima di uscire con Peter non avevo dieci amici. Poi il genitore di uno degli amici deve affittare la casa a proprio nome, perché nessuno vuole consegnare la propria casa a un gruppo di ragazzi delle superiori. Margot non l'ha fatto: lei e Josh sono andati in campeggio con altri amici. Ha detto che la Settimana in Spiaggia non era una cosa che la facesse impazzire. E in effetti, fino all'anno scorso non interessava nemmeno a me. Invece quest'anno ho Peter, Pammy, Chris e Lucas.

Qualche mese fa Peter mi ha chiesto se mio padre mi avrebbe permesso di andare al mare con lui e io gli ho risposto di scordarselo. Invece ci sarò! Non a casa sua, ma con un gruppo di ragazze. Julia, la sorella più grande di Pammy, ha affittato la casa e Pammy mi ha assicurato che c'è aria condizionata e tutto il resto. Ha detto che quella dei ragazzi è sulla spiaggia, a solo due strade dalla nostra, ed è sicuramente meglio così perché noi potremo andare a casa loro sporche di sabbia, mentre la nostra resterà pulita.

Ecco perché ricordo perfettamente di averne parlato a papà e ricordo anche che aveva accettato. Invece adesso evidentemente se n'è dimenticato e sembra cadere dalle nuvole. «Aspetta un attimo, che cos'è questa Settimana in Spiaggia?»

«È quando dopo il diploma tutti vanno al mare e festeggiano per l'intera settimana» risponde Kitty al posto mio, la bocca piena di pizza.

Le lancio un'occhiataccia.

«La mia Settimana in Spiaggia è stata *folle*» dice Trina sorridendo soddisfatta.

Lancio un'occhiataccia anche a lei.

La fronte di papà si aggrotta. «Folle?»

«Be', non veramente» si corregge Trina. «È stata una vacanza tra ragazze. Un'ultima avventura con tutte le mie amiche, prima di andare al college.»

«Dove starà Peter?» chiede papà, che al momento sfoggia una fronte corrugata come un guscio di noce.

«In un'altra casa, insieme ai ragazzi. Ti ho spiegato tutto molto tempo fa e mi dato hai il permesso, quindi non puoi tirarti indietro ora. Partiamo il giorno dopo il diploma!»

«E non ci sarà nessun adulto a vigilare? Solo ragazzi?»

Trina posa la mano sul braccio di papà. «Dan, Lara Jean non è più una ragazzina. Tra pochi mesi andrà a vivere per conto suo. Questo è solo l'inizio.»

«Hai ragione. Lo so che hai ragione. Ma questo non significa che mi piaccia.» Sospira e si alza. «Kitty, mi aiuti a sparecchiare, per favore?»

Non appena sono usciti dalla stanza, Trina si volta verso di me e bisbiglia: «Lara Jean, lo so che non sei una che beve, ma ti do un consiglio da ricordare quando sarai al mare, al college e anche in seguito. Usate sempre, assolutamente, il metodo della "staffetta". Funziona così: una notte bevi tu e la notte successiva beve la tua amica. Così c'è sempre qualcuno sobrio, in grado di trascinare via per i capelli l'altra e assicurarsi che non accada nulla di... spiacevole».

Sorrido mentre rispondo: «Ci sarà Peter. Se sarà necessario mi prenderà lui per i capelli. Potrei farmi una bella coda di cavallo...».

«Va bene. Te lo sto dicendo per il futuro.» Per quando Peter non sarà con me. Il mio sorriso si spegne, così Trina si affretta ad aggiungere: «Alla mia Settimana in Spiaggia abbiamo fatto i turni anche per chi cucinava. Quando è toccato a me, ho preparato una parmigiana di pollo e tutti i sensori di fumo hanno iniziato a suonare e per tutta la notte non siamo riuscite a spegnere l'allarme!». Poi scoppia a ridere. Trina ride facilmente.

«Dubito che la mia Settimana in Spiaggia sarà *così* folle» dico.

«Be', auguriamoci che lo sia almeno un pochino» conclude lei.

# 29

Questa è l'ultima volta che saliamo queste scale insieme. Peter fa i gradini a due a due, mentre io gli sto dietro sbuffando e ansimando per tenere il passo. Per quelli della nostra età è l'ultimo giorno di scuola, l'ultimo giorno delle superiori.

Quando arriviamo in cima alle scale, dico: «Penso che salire gli scalini a due a due sia un modo di farsi notare. Hai notato che lo fanno solo i ragazzi?».

«Lo farebbero anche le ragazze, probabilmente, se fossero alte abbastanza.»

«Chelsea, l'amica di Margot, è alta un metro e ottanta e non credo proprio che lo faccia.»

«Che cosa vuoi dire... che i ragazzi si mettono in mostra più delle ragazze?»

«Forse. A te non pare?»

«Forse.»

Suona la campanella e gli studenti si avviano verso le classi.

«Non potremmo saltare la prima ora? Perché non andiamo a mangiare dei pancake?» mi guarda alzando le sopracciglia e mi tira a sé usando gli spallacci del mio zaino. «Dai, Covey. Lo so che ne hai voglia anche tu.»

«Per niente: è l'ultimo giorno di scuola e voglio salutare il signor Lopez.»

Peter emette un gemito e dice: «Secchiona».

«Sapevi com'ero quando hai iniziato a uscire con me» gli faccio notare.

«Vero.»

Prima che ci separiamo, diretti alle rispettive classi, tendo le mani verso di lui, ma Peter mi guarda senza capire. «Il mio annuario!» esclamo.

«Oh, merda! L'ho scordato di nuovo!»

«Peter! È l'ultimo giorno di scuola! Ho solo metà delle firme che volevo!»

«Mi dispiace» mormora e si passa le mani tra i capelli spettinandoli. «Vuoi che vada a casa a prenderlo? Posso farlo subito.» Sembra davvero dispiaciuto, ma io sono ugualmente seccata.

Visto che non rispondo nulla, Peter si avvia verso le scale. «No, non fa niente» lo blocco. «Finirò di farlo firmare il giorno della consegna dei diplomi.»

«Sei sicura?»

«Sì» rispondo. Non staremo a scuola nemmeno tutto il giorno: non voglio che perda tempo per il mio annuario.

Le lezioni sono abbastanza rilassate; per lo più gironzoliamo per la classe, salutiamo gli insegnanti, il personale della scuola, le signore della caffetteria, l'infermiera. Molti di loro saranno presenti alla consegna dei diplomi, ma non tutti. Offro i biscotti che ho cucinato la sera prima. Poi ci consegnano le valutazioni finali... tutti voti buoni, quindi nessun problema.

Mi ci vuole un sacco di tempo per svuotare l'armadietto. Trovo dei bigliettini che avevo messo da parte per Peter e che mi affretto a infilare in borsa, così da poterli aggiungere al suo album dei ricordi. Una vecchia barretta energetica. Elastici per capelli tutti impolverati, il che è piuttosto irritante, visto che quando li cerchi non ne trovi mai.

«Mi dispiace buttare via questa roba, persino questa vecchia barretta» dico a Lucas che è seduto sul pavimento a tenermi compagnia. «È stata nel mio armadietto ogni giorno, come un vecchio amico. Ce la dividiamo, per celebrare la giornata?»

«Che schifo» dice Lucas. «Probabilmente avrà la muffa.» Poi aggiunge: «Dopo il diploma, probabilmente non rivedrò più tutta questa gente».

«Ehi! Stai parlando anche di me?»

«A parte te. Tu verrai a trovarmi a New York.»

«Oooh! Sì, ti prego.»

«Il Sarah Lawrence è vicino alla città. Potrò andare a Broadway ogni volta che vorrò. C'è un'app dove si possono comprare biglietti riservati agli studenti, con il viaggio andata/ritorno in giornata compreso nel prezzo» spiega.

«Sei davvero fortunato.»

«Ti ci porterò. E poi andremo nei bar gay: sarà favoloso!»

«Grazie!»

«Ma per ciò che riguarda tutti gli altri, non me ne può importare di meno.»

«Abbiamo ancora la Settimana in Spiaggia» gli ricordo.

«Per il resto delle nostre vite serberemo il dolce ricordo della Settimana in Spiaggia» dice per prendermi in giro. Gli tiro un elastico.

Lucas può prendermi in giro quanto gli pare: tanto io *so* che questi giorni sono speciali. Le superiori saranno un momento che ricorderemo per il resto delle nostre vite.

Dopo la scuola Peter e io andiamo a casa sua, perché la mia è un campo di battaglia per via del trasloco di Trina. La madre di Peter va all'incontro del suo club di lettura dopo il lavoro e Owen ha una partita di calcio, quindi abbiamo la casa tutta per noi. L'unico posto in cui possiamo stare soli di solito è la sua macchina, quindi momenti come questi sono rari e preziosi. È il mio ultimo viaggio di ritorno da scuola e Peter è il ragazzo che mi sta accompagnando.

Quando saliamo in camera sua, mi siedo sul suo letto, che è accuratamente rifatto, con il piumone ben rimboccato e i cuscini sprimacciati. È un piumone nuovo, probabilmente comprato per il college, a quadri rosso ciliegia, panna e blu, che immagino abbia scelto sua madre. «Ti fa lei il letto, vero?» chiedo appoggiandomi ai cuscini.

«Sì» risponde lui, senza la minima vergogna. Viene sul letto e io mi scanso per fargli posto.

È pomeriggio tardi e la luce filtra attraverso le tende chiare, dando alla stanza sfumature da sogno. Se dovessi dare un nome a questo momento, sceglierei "estate in periferia". Peter è bellissimo con questa luce. È bellissimo con qualunque luce, ma specialmente con questa. Scatto una foto con gli occhi, proprio com'è adesso, da custodire nella mente. L'irritazione provata quando mi ha confessato di avere dimenticato il mio annuario si dissolve nell'attimo stesso in cui si stringe a me, appoggia il capo sul mio petto e dice: «Sento il tuo cuore che batte».

Inizio a giocherellare con i suoi capelli, perché so che gli piace. Sono così morbidi per essere i capelli di un ragazzo. Mi piace l'odore del suo shampoo, del suo sapone, di qualunque cosa.

Mi guarda e traccia con il dito il contorno delle mie labbra. «Questa è la parte di te che amo di più» sussurra. Poi si avvicina e sfiora le mie labbra con le sue, stuzzicandomi. Mi mordicchia il labbro inferiore. Mi piacciono tutti i modi in cui mi bacia, ma forse questo è il mio preferito. Poi mi bacia di slancio, come se fosse divorato dal desiderio, infilandomi le mani tra i capelli, e io penso che no, sono questi i baci che preferisco.

Tra un bacio e l'altro mi chiede: «Come mai hai voglia di me solo quando siamo a casa mia?».

«Non... non lo so. Credo di non averci mai pensato prima.» È vero, ci baciamo così solo quando siamo a casa sua. Mi sembra strano essere appassionata nello stesso letto in cui dormo da quando sono bambina. Quando sono nel letto di Peter o nella sua auto, invece, dimentico ogni cosa e mi perdo completamente.

Ci stiamo di nuovo baciando (Peter si è tolto la camicia, io ho ancora la mia) quando al piano di sotto suona il telefono. Peter dice che probabilmente è l'idraulico. Si rimette la camicia e corre di sotto a rispondere; in quel momento vedo il mio annuario sulla scrivania.

Scendo dal letto, lo prendo e vado a guardare in fondo. È ancora vuoto. Quando Peter torna non gli chiedo perché non abbia ancora scritto nulla. Non so perché lo faccio. Invece dico che è meglio che vada, perché Margot torna stanotte dalla Scozia e voglio riempire il frigo con i suoi cibi preferiti.

Peter ci resta male. «Non vuoi fermarti ancora un po'? Ti accompagno io al supermercato.»

«Devo anche pulire la sua stanza» dico alzandomi.

Mi prende per la camicetta e cerca di spingermi sul letto. «Dai, solo altri cinque minuti.»

Mi sdraio vicino a lui senza mai smettere di pensare all'annuario. Io ho passato mesi a decorare il suo! Lui poteva almeno scrivere un messaggio carino sul mio.

«Facciamo pratica per quando saremo al college» mormora, tirandomi a sé e abbracciandomi. «I letti della mia università sono piccoli. Come sono quelli della tua?»

Dandogli la schiena dico: «Non lo so. Non sono andata a vedere i dormitori».

Peter infila la testa nello spazio tra il mio collo e la mia spalla. «Era una domanda trabocchetto» sussurra, ridacchiando sul mio collo. «Per vedere se eri andata nella stanza di qualche ragazzo insieme a Chris. Congratulazioni, hai superato il test.»

Non riesco a evitare di ridere. Poi il mio sorriso si spegne e anch'io lo metto alla prova. «Ricordami di prendere il mio annuario quando usciamo.»

Lo sento irrigidirsi per un attimo e poi con tono indifferente dice: «Devo cercarlo, prima. È da qualche parte. Se non lo trovo subito te lo porto a casa più tardi».

Mi stacco da lui e mi metto a sedere. Mi guarda senza capire mentre io corrugo la fronte. «Ho visto l'annuario sulla tua scrivania, Peter. So che non hai ancora scritto nulla!»

Peter si tira su, sospira e si passa nervosamente le mani tra i capelli. I suoi occhi si posano su di me per un istante prima di abbassarsi di nuovo. «Non so cosa scrivere. So che tu ti aspetti qualcosa di importante, o di romantico… ma non so cosa scrivere. Ho provato un sacco di volte e ogni volta mi blocco. Lo sai che non sono bravo in quel genere di cose.»

«Non mi importa che cosa scrivi» replico convinta. «L'importante è che venga dal cuore. Sii dolce. Sii te stesso.» Mi avvicino a lui e gli metto le braccia al collo. «Va bene?» Peter annuisce e io gli do un bacetto, mentre lui cerca di baciarmi con più ardore, e alla fine dimentico completamente quello stupido annuario. Sento ogni respiro, ogni movimento. Lo fisso nella memoria e lo tengo nel mio cuore.

Quando Peter si allontana, mi guarda negli occhi e mormora: «Sono andato a casa di mio padre, ieri».

Spalanco gli occhi stupita. «Davvero?»

«Sì. Ha invitato Owen e me a cena. Io non ne avevo voglia, ma Owen mi ha chiesto di accompagnarlo e non me la sono sentita di rifiutare.»

Mi sdraio sulla schiena e poso la testa sul suo torace. «Com'è andata?»

«Bene, penso. Ha una bella casa.» Taccio mentre aspetto che prosegua. Passa un'eternità prima che aggiunga: «Ti ricordi quel vecchio film che mi hai fatto vedere, dove il ragazzino povero sta con il naso schiacciato contro il vetro della finestra? Mi sentivo così».

"Il vecchio film" a cui si riferisce è *La fabbrica di cioccolato*, e la scena è quella in cui Charlie guarda tutti i bambini che vanno felici alla fabbrica di cioccolato, e lui non può entrare perché non ha denaro. Il pensiero di Peter – bello, sicuro di sé, tranquillo – che si sente in quel modo mi fa venire voglia di piangere. Forse non avrei dovuto spingerlo a riallacciare i rapporti con suo padre.

«Ha montato un canestro da basket per quei ragazzi. Io gliel'ho chiesto così tante volte, ma per noi non l'ha mai fatto. E i suoi nuovi figli non sono nemmeno tipi sportivi. Non credo che Everett abbia mai preso in mano una palla da basket in tutta la sua vita.»

«Owen si è divertito?»

Questa volta, seppur a malincuore, risponde di sì. «Sì. Lui, Clayton ed Everett hanno giocato con la PlayStation. Mio padre ha cucinato hamburger e bistecche. Indossava persino un maledetto grembiule da cuoco. Non mi ricordo di averlo mai visto aiutare mia madre in cucina, mai, per tutto il tempo che sono stati sposati.» Peter fa una pausa. «Però non ha messo i piatti nella lavastoviglie, quindi forse non è cambiato poi molto. Comunque direi che lui e Gayle stavano davvero facendo un tentativo con noi. Lei ha preparato una torta. Non buona come le tue, però.»

«Che tipo di torta?»

«Una torta al cioccolato farcita. Piuttosto asciutta, però.» Peter esita, poi dice: «L'ho invitato alla consegna dei diplomi».

«Davvero?»

«Continuava a fare domande sulla scuola e... non so. Ho pensato a quello che avevi detto tu e l'ho fatto.» Si stringe nelle spalle, come se non gli interessasse più di tanto. Ma io so che a Peter importa. Ovvio che sia così. «Quindi lo incontrerai là» aggiunge.

Mi accoccolo vicino a lui e mormoro: «Sono così orgogliosa di te, Peter».

Lui ridacchia e chiede: «Perché?».

«Per avere dato una possibilità a tuo padre, anche se lui non se la merita.» Alzo lo sguardo verso di lui e concludo: «Sei un bravo ragazzo, Peter». E il sorriso che gli appare sul volto me lo rende ancora più caro, ammesso che sia possibile.

# 30

Dopo che Peter mi ha riaccompagnato a casa, ho ancora abbastanza tempo per andare all'alimentari a comprare tortilla chips, salsa chili, gelato, una treccia di pane dolce, formaggio brie, spremuta di arance rosse: tutte cose essenziali, no? Dopodiché torno a casa, pulisco il bagno e rifaccio il letto di Margot con lenzuola pulite.

Papà si è incaricato di andare a prendere Margot all'aeroporto, tornando dal lavoro. È la prima volta che mia sorella torna a casa da quando Trina si è trasferita da noi. E infatti, non appena mette piede dentro, vedo che si guarda attorno senza nemmeno posare le valigie. Il suo sguardo vola al caminetto, dove una volta faceva bella mostra la foto del matrimonio di mamma e papà che sta in camera mia dal giorno precedente al trasferimento di Trina. Al suo posto adesso c'è un paesaggio astratto. L'espressione di Margot è impassibile, ma io so che l'ha notato. Come avrebbe potuto non farlo? Vedo mia sorella che si guarda attorno, annotando silenziosamente ogni differenza. I cuscini ricamati che Trina ha portato con sé, una foto incorniciata di lei e papà, fatta il giorno in cui lui si è dichiarato, la poltrona proveniente dal suo salotto. Tutti i ninnoli, e sono molti. Ora che guardo con gli occhi di Margot, noto che l'effetto è sgradevole.

Margot si leva le scarpe, apre lo sportello della scarpiera e nota com'è stipato: Trina ha anche un sacco di scarpe. «Cavoli, qui non ci sta più niente» dice, spostando di lato le scarpe da ginnastica di Trina per fare spazio ai suoi stivali.

Dopo che abbiamo portato le sue valigie di sopra e Margot si è messa qualcosa di comodo, torniamo di sotto per uno spuntino mentre papà prepara la cena. Io sono sulla poltrona a sgranocchiare triangolini di mais, quando Margot di colpo si alza e dice che andrà a sbarazzarsi delle sue vecchie scarpe. «Adesso?» chiedo con la bocca piena di briciole.

«Perché no?» risponde lei. Quando la mia sorella maggiore decide di fare qualcosa, deve farla *immediatamente*.

Svuota l'armadio; poi, seduta a terra a gambe incrociate, seleziona le scarpe decidendo quali donare ai poveri. Solleva un paio di stivali neri e domanda: «Li tengo o li butto?».

«Tienili o regalali a me» rispondo, raccogliendo la salsina. «Stanno benissimo con le calze pesanti.»

Margot li lancia nella pila delle scarpe da tenere. «Il cane di Trina perde un sacco di peli» si lamenta, togliendosene alcuni dai leggins. «Come fai a vestirti sempre di nero?»

«C'è un rotolo adesivo nella scarpiera. E comunque, non mi sembra di vestire sempre di nero.» In realtà vorrei indossarlo più spesso. Tutti i blog di moda insistono sull'importanza di un tubino nero. Mi chiedo se ci saranno molte occasioni per usare un abitino nero al college. «Tu ti vesti spesso elegante a Saint Andrews?»

«Non tanto. Per lo più stiamo in jeans e stivali.»

«Nemmeno quando vai a casa del tuo professore per una serata a base di vino e formaggi?»

«Ci vestiamo eleganti per le cene con gli insegnati, ma non sono mai stata invitata a casa di uno di loro. Forse a te capiterà più di frequente.»

«Forse!»

È il turno degli stivali di gomma gialli. «Tenere o buttare?»

«Tenere.»

«Non sei di aiuto: terresti tutto» dice e getta le galosce nella scatola delle "donazioni".

A quanto pare le mie sorelle sono entrambe spregiudicate quando si tratta di rinnovare. Quando Margot ha finito di passare in rassegna le scarpe, io corro a vedere se fra gli scarti c'è qualcosa che posso recuperare. Finisco con il prendere gli stivali gialli e un paio di Mary Jane di vernice.

Quella sera sto andando in bagno a lavarmi i denti quando sento Trina che parla sottovoce in camera di Margot. Mi fermo a metà corridoio per ascoltare come una spia, come farebbe Kitty. «È un po' imbarazzante. Le hai lasciate nel bagno, quindi le ho infilate nel primo cassetto, nel caso non volessi farle vedere.»

La voce fredda di Margot replica: «Non farle vedere a chi? A Kitty?».

«Be', a tuo padre. O a chiunque. Non sapevo.»

«Mio padre è un ginecologo, penso che abbia già visto delle pillole contraccettive prima d'ora.»

«Oh, lo so. Solo... Solo non ero sicura. Se lo sapesse o meno, voglio dire.»

«Va bene, grazie. Apprezzo il pensiero, ma io non ho segreti per mio padre.»

A quel punto me ne torno velocemente a letto prima di sentire la risposta di Trina.

Ahi, ahi...

Il giorno prima della consegna dei diplomi, Peter viene a trovarmi. Sto cucendo dei fiorellini sul mio tocco, Margot sta sgranando fagioli. Ha trovato una ricetta che vuole provare domani sera. Kitty sta guardando in tv una trasmissione dedicata ai matrimoni, qualcosa del genere chi-sceglierà-l'abito-più-bello?

«Ehi, per il matrimonio di vostro padre perché non usate le lanterne da cerimonia, quelle che accendi, esprimi un desiderio e lasci andare in cielo?» chiede a un tratto Peter. «Le ho viste in un film.»

«Peter, è davvero un'ottima idea!» esclamo io.

«Anche io le ho viste in un film» dice Kitty. «*Una notte da leoni 2*?»

«Sììì!» urla Peter.

Li guardo entrambi scandalizzata, così il mio ragazzo si affretta a dire: «Non è una tradizione asiatica? Potrebbe essere una cosa carina».

«Non è una tradizione coreana, è tailandese» spiega Kitty. «Il film si svolge in Tailandia, ricordi?»

«Non è poi così importante, Trina non è nemmeno asiatica» interviene Margot. «Perché dovrebbe volere qualcosa di tradizionale asiatico al suo matrimonio? Solo perché noi siamo asiatiche?»

«Che c'entra?» protesto. «Trina vuole includere anche

noi tre nella cerimonia. E l'altro giorno ha detto che vorrebbe fosse ricordata la mamma, in qualche modo.»

«Ma se nemmeno la conosceva» ribatte Margot, scuotendo la testa.

«Be', un po' la conosceva. Erano vicine, dopotutto. Comunque, io ho pensato che durante la cerimonia noi tre potremmo accendere una candela...» non proseguo perché Margot ha l'aria poco convinta. «Era solo un'idea» aggiungo, mentre Peter fa una smorfia. Starà pensando: *Cavoli, ma quanto è arrabbiata Margot!*

«Io, invece, penso che sarebbe imbarazzante. Voglio dire che questo matrimonio riguarda Trina e papà, non il passato.»

«Questo è vero» ammette Peter.

Fingo di essere irritata, ma in realtà mi commuove che Peter ce la metta tutta per fare buona impressione su Margot. Sta sempre dalla sua parte. È chiaro che lo fa solo perché ha capito quanto conti per me l'opinione di mia sorella e così facendo riconosce il posto che lei ha nella mia vita. Non potrei mai stare con qualcuno che non capisse quanto è importante per me la mia famiglia.

Infatti, Peter aspetta che Margot sia uscita per accompagnare Kitty a lezione di piano per dire: «A tua sorella non piace proprio la signora Rothschild, eh?». Peter non si è ancora abituato a chiamarla Trina e probabilmente non lo farà mai. Nel nostro quartiere nessuno dei ragazzi, anche se ormai sono cresciuti, chiama gli adulti per nome. Sono tutti *signorina, signora, signore,* a parte papà che è *dottore*.

«Io non direi che a Gogo non piace Trina» replico. «Le piace, ma non si è ancora abituata a lei. Sai com'è Trina...»

«Più che altro so com'è tua sorella. Ci ha messo una vita per accettarmi.»

«Non è vero. Tu sei abituato a piacere a tutti dal primo istante, questo è il problema.» Gli lancio un'occhiata divertita e aggiungo: «Perché sei così affascinante, ma Gogo non si lascia sedurre facilmente. Lei bada alla sostanza».

«Be', ora le piaccio» replica Peter. Siccome non gli rispondo mi chiede: «È vero, no?».

«Sì, è vero» dico ridendo.

Più tardi quel giorno, dopo che Peter è andato ad aiutare sua madre in negozio, Margot e Trina hanno di nuovo una discussione, e questa volta l'argomento sono i capelli. Io sono nella lavanderia impegnata a stirare il mio vestito, quando sento Trina dire: «Margot, quando ti fai la doccia ti dispiace raccogliere i capelli dal filtro? Ho pulito la vasca stamattina e li ho notati».

Margot risponde: «Certo».

«Grazie. Non voglio che ostruiscano i tubi.»

Un attimo dopo Margot mi raggiunge in lavanderia e mi chiede: «L'hai sentita? Ma ti pare? Come fa a sapere che sono proprio i miei e non i tuoi o quelli di Kitty?».

«I tuoi sono più fini e più corti» le faccio notare. «E poi io e Kitty li togliamo sempre perché sappiamo che Trina non li sopporta.»

«Be', io invece non sopporto i peli di cane su tutti i miei vestiti! Ogni volta che respiro mi sembra di inspirare peli! Se è così fissata con le pulizie, dovrebbe passare l'aspirapolvere più spesso.»

Trina appare alle spalle di Margot con espressione gelida e dice: «Passo l'aspirapolvere una volta a settimana, com'è normale che sia».

Margot arrossisce e risponde: «Mi dispiace, ma se hai un cane che perde tanto pelo, forse due volte alla settimana sarebbe più giusto».

«Allora dillo a tuo padre, perché da che lo conosco non l'ho mai visto con l'aspirapolvere in mano.» Dopodiché Trina si allontana, Margot resta senza parole e io riprendo a stirare.

«Non pensi che stia esagerando?» mi chiede sottovoce.

«No, ha ragione. Papà non passa mai l'aspirapolvere. Scopa e passa lo straccio, mai l'aspirapolvere.»

«Comunque esagera!»

«Con Trina non c'è da scherzare» le dico. «Soprattutto quando stanno per venirle le sue cose.» Margot mi fissa perplessa. «Siamo sincronizzate. E tra poco lo sarai anche tu.»

Con la scusa che io devo comprare un nuovo reggiseno senza spalline per il mio vestito, e in realtà perché Margot vuole allontanarsi da Trina, organizziamo una sortita al centro commerciale. Al nostro ritorno i tappeti di casa sono appena stati puliti e Kitty sta mettendo via l'aspirapolvere.

Non c'è bisogno di essere un genio per capire che la cosa dispiacerà a Margot.

A cena Trina e Margot si mantengono cordiali, come se nulla fosse accaduto. Il che è persino peggio di un litigio. Per lo meno, quando litighi, c'è passione.

# 31

Il giorno della consegna dei diplomi mi sveglio presto e resto a letto ad ascoltare i suoni della casa che si risveglia. Papà che si aggira di sotto per preparare il caffè; Margot che ha aperto la doccia; Kitty che probabilmente dorme ancora come un ghiro. Come pure Trina. A tutte e due piace dormire fino a tardi.

Mi mancheranno questi suoni, quando sarò andata via. Una parte di me ha già nostalgia, mentre un'altra parte è molto eccitata all'idea del prossimo passo che farò.

Come regalo per il diploma, Margot mi dona un kit per il college. Una mascherina per gli occhi di raso rosa con il mio nome ricamato in azzurro; una pennetta USB dorata a forma di rossetto e auricolari che sembrano arachidi; pantofole pelose; una bustina di nylon per i trucchi con un motivo di fiocchi colorati. Mi piace ogni singola cosa.

Kitty invece ha fatto un bellissimo collage di foto nostre utilizzando un'applicazione che trasforma le foto in contorni, come in un libro di disegni da colorare. E ha colorato a mano ogni immagine. C'è scritto: *Congratulazioni. Divertiti al college.* PS. *Mi mancherai a livello 11*. Ho le lacrime agli occhi quando abbraccio Kitty così forte e così a lungo che dopo un po' dice: «Va bene, va bene... è abbastanza». Sorrido, perché so che le fa piacere. «Lo metterò in cornice» prometto.

Il regalo di Trina è un servizio da tè vintage, color crema e oro, con boccioli di rosa. «Era di mia madre» dice e io faccio una fatica tremenda per non piangere. L'abbraccio bisbigliandole all'orecchio: «Questo è il regalo che preferisco: mi piace da morire» e lei mi strizza l'occhio. Strizzare l'occhio è uno dei talenti di Trina. È davvero brava, molto spontanea.

Papà prende un sorso di caffè e poi si schiarisce la voce. «Lara Jean, il mio regalo per te è una cosa che dividerai anche con Margot e Kitty» annuncia.

«Cos'è, cos'è?» chiede Kitty impaziente.

«Calma, è il mio regalo» dico guardando papà con impazienza.

«Vi regalo un viaggio in Corea. Andrete con la nonna, quest'estate. Auguri per il tuo diploma, Lara Jean!»

Kitty lancia un urlo, Margot è raggiante, io sono sotto shock.

Abbiamo parlato per anni di andare in Corea: la mamma avrebbe tanto voluto portarci. «Quando, quando?» chiede Kitty.

«Il mese prossimo» risponde Trina. «Io e vostro padre andremo in luna di miele e voi ragazze partirete per la Corea.»

Il mese prossimo?

«Ah, voi due non venite?» chiede Kitty mettendo il broncio. Margot invece ha un sorriso da orecchio a orecchio: Ravi andrà a fare visita alla sua famiglia in India, quindi lei non aveva grandi progetti per l'estate.

«Ci piacerebbe molto, ma io non posso assentarmi a lungo dall'ospedale» spiega papà dispiaciuto.

«Quanto a lungo?» chiedo. «Quanto staremo via?»

«Tutto il mese di luglio» risponde papà, finendo il caffè.

«La nonna e io abbiamo pianificato tutto. Starete dalla vostra prozia a Seul, prenderete lezioni di coreano un paio di volte a settimana e farete un tour dell'intero paese. Jeujeu, Busan, tutto quanto. E Lara Jean, per te c'è anche qualcosa di speciale: una lezione di pasticceria coreana, e non preoccuparti, sarà in inglese.»

Kitty improvvisa un balletto, tanto è felice.

Margot mi guarda con gli occhi che brillano. «Hai sempre desiderato imparare a fare i dolci coreani! Compreremo maschere per il viso, cartoleria e cose deliziose ogni giorno! E quando torneremo a casa potremo guardare i film coreani senza sottotitoli!»

«Non vedo l'ora» dico. Margot, Kitty e papà iniziano a discutere dei dettagli, mentre Trina mi guarda attentamente. Io continuo a sorridere.

Un mese intero. Quando sarò tornata, sarà quasi l'ora di andare al college e Peter e io avremo trascorso l'estate divisi.

Alla consegna dei diplomi tutte le ragazze indossano abiti bianchi. C'è bianco dappertutto. Io ho il vestito a pois che mise Margot due anni fa. Trina ha dovuto accorciare la gonna, perché io sono più bassa. Margot l'aveva indossato con le Converse mentre io ho dei sandali di vernice.

«Forse indosserai anche tu quest'abito per il tuo diploma, Kitty» dico a mia sorella durante il tragitto in auto. «E poserai per la foto vicino alla quercia, come noi. Sarebbe un bellissimo trittico.» Mi chiedo che scarpe indosserà Kitty per l'occasione: sarebbe capace di scegliere i tacchi a spillo come dei pattini a rotelle.

La sua risposta è un'espressione schifata. «Non voglio indossare un vestito usato da voi, io voglio il mio. Oltretutto per allora sarà fuori moda.» Fa una pausa e poi chiede: «Che cos'è un trittico?».

«È un'opera d'arte formata da tre pezzi.» Furtivamente apro Google sul mio cellulare e cerco la definizione per essere sicura di avere detto la cosa giusta. «Per esempio, tre pannelli, appesi uno accanto all'altro.»

«Lo stai leggendo sul telefono.»

«Stavo solo controllando» puntualizzo. Liscio la gonna e controllo che il cappello sia nella borsa. Oggi mi diplomo. È arrivato senza che nemmeno me ne accorgessi... di essere diventata grande, intendo. Trina, al posto di guida, sta cercando un parcheggio mentre Margot, accanto a lei, manda SMS. Papà viene con la sua macchina perché doveva passare a prendere la nonna. Nana, la mamma di papà, è in Florida con il suo compagno e non potrà venire. Vorrei tanto che ci fosse mia madre. Quanti momenti si è persa, quanti se ne perderà ancora... Voglio credere che in qualche modo ci veda, ma vorrei anche tanto essere abbracciata da lei il giorno del mio diploma.

Durante tutto il discorso di commiato, continuo a cercare tra la folla i parenti di Peter. Mi chiedo se suo padre sia seduto con il suo secondogenito e la sua ex moglie, oppure da un'altra parte. E mi chiedo se ci saranno anche i fratellastri di Peter. In compenso ho già individuato la mia famiglia: è difficile non notarli. Ogni volta che mi giro verso di loro, si sbracciano come forsennati. E Trina indossa un elegante cappello bianco a tesa larga. Probabilmente le persone sedute dietro di lei non riescono a vedere niente. L'espressione di Margot quando stamattina Trina si è presentata con quel cappello! Persino Kitty ha detto che era un po'... *eccessivo*. Allora Trina ha chiesto a me cosa ne pensassi e io le ho risposto che mi piaceva molto, il che in un certo senso è vero.

È il mio momento. Il preside ha chiamato il mio nome. «Lara Jean Song Covey.» Dice Laura, però, non Lara e per un attimo resto confusa.

Quando prendo il mio diploma e gli stringo la mano, bisbiglio: «È Lara, non Laura».

Avevo programmato di lanciare un bacio alla mia famiglia mentre attraversavo il palco, ma sono così nervosa che me ne dimentico. Tra gli applausi riesco a sentire le urla di Kitty e i fischi di approvazione di papà. Quando è il turno di Peter, io batto le mani e urlo, e naturalmente tutti gli altri fanno la stessa cosa. Persino gli insegnanti applaudono di più, per lui. Si capisce subito quando gli insegnanti preferiscono uno studente. Non che possa biasimarli se vogliono bene a Peter. Tutti noi lo amiamo.

Dopo che siamo stati dichiarati formalmente diplomati e che abbiamo lanciato in aria i nostri tocchi, Peter si fa largo tra la folla verso di me. Sorride, scherza, saluta gli amici, ma io noto che qualcosa non va. C'è un vuoto nei suoi occhi, persino quando mi abbraccia. «Ciao» dice, baciandomi dolcemente le labbra. «Adesso siamo ufficialmente studenti del college.»

«Non ho visto tua madre e Owen sugli spalti. Eri seduto con loro? E gli altri fratelli ci sono? Vengo a salutarli adesso, o dopo la foto con la mia famiglia?»

Peter scuote il capo. «Mio padre all'ultimo minuto ha detto che non poteva venire.»

«Che cosa? Perché?»

«Un'emergenza, chi lo sa.»

Sono sbalordita. Suo padre sembrava così sincero alla partita di lacrosse. «Spero che fosse un'emergenza seria quella che gli ha impedito di venire alla consegna del diploma di suo figlio.»

«Non fa niente.» Peter si stringe nelle spalle come se la cosa non fosse di grande importanza per lui, ma io so che non è così. Ha la mascella così tesa che potrebbe rompersi i denti.

Dietro di lui vedo la mia famiglia che fende la folla per avvicinarsi. Non si può non notare il cappello di Trina, persino in mezzo a quel brulichio di persone. Mio padre ha in mano un bouquet di rose di tanti colori; la nonna ha un completo color mirtillo e i capelli freschi di parrucchiere.

Vorrei tanto poter avere più tempo per Peter, per confortarlo e stargli vicino. Ma tutto quello che riesco a fare è prendergli la mano e sussurrare: «Mi dispiace», prima che i miei familiari inizino ad abbracciarmi. Peter saluta mia nonna e posa in qualche foto con noi prima di andare a raggiungere sua madre e Owen. Lo chiamo, ma è già lontano e non si gira.

Dopo le foto, papà, Trina, la nonna, Kitty, Margot e io andiamo a pranzo in un ristorante giapponese. Ordiniamo un piatto dopo l'altro e io sono costretta a indossare un bavaglino di carta per proteggere il vestito bianco da eventuali schizzi di salsa di soia. Trina è seduta vicino alla nonna e continua a parlarle e parlarle. Sorride mentre immagino la nonna che pensa: *Accidenti, questa donna non sta zitta un secondo...* Ma è talmente chiaro che Trina sta provando a essere gentile che la nonna apprezzerà sicuramente l'intenzione. Cerco di essere allegra e contenta e di godermi il momento, visto che questo pranzo è per me, ma tutto quello a cui riesco a pensare è Peter, e quanto ci sia rimasta male per lui.

Mentre mangiamo il gelato, la nonna ci illustra tutti i posti che vorrebbe mostrarci in Corea: i templi buddisti, i mercati di strada, la clinica in cui va a togliere i nei con il laser. Indica un piccolo neo sulla guancia di Kitty e sentenzia: «Questo sparirà».

Papà sfoggia un'espressione preoccupata, ma è Trina a chiedere: «Non è troppo piccola?».

La risposta di nonna è un cenno noncurante con la mano e la frase lapidaria: «Non avrà nessun problema».

«Quanti anni devi avere per rifarti il naso in Corea?» chiede subito Kitty e papà quasi si strozza con la birra.

La nonna le lancia uno sguardo severo: «Non farti mai rifare il naso. Hai un naso fortunato».

«Davvero?»

«Molto fortunato! Se ti cambi il naso, cambi anche la tua fortuna. Quindi non farlo mai.»

Mi tocco il naso. La nonna non ha mai detto nulla di simile riguardo al *mio* naso.

«E tu, Margot, potrai comprarti degli occhiali nuovi» continua la nonna. «In Corea costano poco e si trovano tutti i modelli più recenti.»

«Oh!» esclama Margot. «Ho sempre desiderato una montatura rossa.»

Poi la nonna si volta verso di me: «E tu, Lara Jean? Sei felice all'idea del corso di pasticceria?».

«Tantissimo» rispondo. Sotto il tavolo scrivo un messaggio a Peter.

Tutto ok?
Noi abbiamo quasi finito di pranzare.
Passa quando vuoi.

Nel viaggio di ritorno mi ritrovo sola in macchina con papà, perché Trina, Margot e Kitty si sono offerte di accompagnare a casa la nonna. Margot aveva proposto di venire con me e papà, ma la nonna ha insistito perché le tenesse compagnia. Ha capito che a Margot non piace molto Trina e immagino che stia cercando di creare delle occasioni perché si conoscano meglio. Alla nonna non sfugge mai nulla...

Papà ha gli occhi lucidi mentre mi dice: «Tua madre sarebbe stata così orgogliosa di te, oggi, Lara Jean. Sai quanto ci teneva alla vostra istruzione; desiderava che poteste avere ogni opportunità».

Con le dita sfioro la nappa del tocco. «Secondo te, alla mamma è dispiaciuto non riuscire a prendere il master? Non voglio insinuare che non volesse Kitty... solo sapere se avrebbe desiderato che le cose andassero diversamente.»

Papà è colto alla sprovvista, ma risponde subito: «Be', no. Kitty è stata davvero una bella sorpresa. Abbiamo sempre voluto una famiglia numerosa e tua madre pensava di tornare a studiare appena Kitty fosse andata alla scuola materna. E non ha mai cambiato idea».

«No?»

«Assolutamente no, voleva il suo master. Semplicemente... non ne ha avuto il tempo.» La voce di papà si incrina. «Siamo stati insieme solo diciotto anni. Esattamente la tua età, Lara Jean.»

Sento un nodo in gola. Diciotto anni con la persona che ami non sono poi tanti. «Papà, possiamo fermarci al centro commerciale?» gli chiedo. «Ho bisogno di carta fotografica.» Peter e io stamattina ci siamo fatti una foto insieme, prima della cerimonia. Sarà sull'ultima pagina del suo album, il nostro ultimo capitolo delle superiori.

# 32

Peter viene a casa nostra dopo avere cenato con sua madre e Owen. Quando suona il campanello, corro alla porta e la prima cosa che faccio è chiedergli se ha sentito suo padre, ma lui sembra del tutto indifferente alla questione. «Non importa» dice togliendosi le scarpe. «In realtà non volevo nemmeno che venisse.»

La cosa mi ferisce, perché non so se Peter pensa che sia colpa mia, e magari lo è. Avrei dovuto ascoltarlo quando diceva di non insistere, di lasciar perdere quella storia.

Saliamo in camera mia tenendoci per mano, mentre mio padre con tono scherzoso urla: «Tieni la porta aperta!», come fa sempre, con grande disappunto di Peter che si siede alla scrivania. Poso le mani sulle sue spalle sussurrando: «Mi dispiace, è colpa mia. Non avrei mai dovuto spingerti a invitarlo. Se ce l'hai con me, non posso biasimarti».

«Perché mai? Non è colpa tua se mio padre è uno stronzo.» Io resto in silenzio mentre dolcemente spiega: «Senti, non sono triste. Non provo niente. Lo incontrerai un'altra volta, ok?».

«In realtà l'ho già incontrato.»

Mi guarda incredulo ed esclama: «E quando?».

«L'ho incontrato per caso a una delle tue partite di lacrosse. Mi ha chiesto di non dirtelo. Ha detto che gli mancava poterti guardare in campo.» Il muscolo della mascella di Peter ha un guizzo, così mi affretto ad aggiungere: «Avrei dovuto parlartene, scusa».

«Non scusarti. È come ho detto: non mi importa niente di quello che fa o non fa.» Prima che io possa aggiungere qualcosa, mi interrompe: «Possiamo non parlare più di lui? Ti prego».

Annuisco. Mi fa stare male leggere nei suoi occhi la sofferenza che tenta in tutti i modi di negare. In quel momento mi viene in mente che ho un regalo per lui. «Ho qualcosa per te!»

Peter sembra sollevato. «Mi hai fatto un regalo per il diploma? Ma io non ti ho preso nulla.»

«Non preoccuparti, non mi aspettavo niente.» Mi alzo e prendo l'album dalla mia cappelliera mentre il cuore inizia a saltellare per l'impazienza. Lo tirerà su di morale, lo so. «Sbrigati ad aprirlo!»

Invece Peter fa con calma, assaporando il momento. Sulla prima pagina c'è la foto che ho trovato in una scatola di scarpe quando io e Kitty abbiamo ripulito il solaio per fare spazio agli scatoloni di Trina. È il primo giorno delle medie, alla fermata dello scuolabus. Peter è in mezzo a John McClaren e Trevor Pike, le braccia sulle loro spalle. Genevieve e io ci teniamo a braccetto, mentre lei mi bisbiglia qualcosa nell'orecchio, probabilmente qualcosa che riguarda Peter. Io sono girata verso di lei e non verso l'obiettivo. Indosso una maglietta grigio chiaro e una gonna di jeans e ricordo che mi sentivo grande vestita così, una ragazza. Ho i capelli lunghi e dritti che mi arrivano al sedere, come ora. Genevieve aveva cercato di convincermi a tagliarli prima di andare alle medie, ma io non avevo sentito ragioni. Sembriamo tutti così piccoli. John e Trevor con le guance rosee e paffutelle, Peter con le gambe magre come stecchini.

Sotto la foto ho scritto: *L'INIZIO*. «Oh» sussurra Peter. «I piccoli Lara Jean e Peter. Dove l'hai trovata?»

«In una scatola di scarpe.»

Peter dà un colpetto sul volto sorridente di John. «Stronzetto» dice.

«Peter!»

«Sto scherzando.»

Poi ci sono le foto dell'ultimo ballo di Halloween, quando io ero vestita da Mulan e Peter indossava un costume da drago; c'è il biglietto di uno spettacolo; un bigliettino scritto da Peter: *Se prepari gli stupidi biscotti ai mirtilli e cioccolato bianco di Josh anziché la mia torta alla frutta, è finita*; una foto di noi due in mezzo ad altri studenti e una del ballo di fine anno; petali di rose provenienti dal bouquet che mi ha regalato; la locandina del film *Un compleanno da ricordare*.

Non tutti i miei ricordi sono incollati qui. Alcuni, come la matrice del biglietto del nostro primo appuntamento o il bigliettino in cui aveva scritto *Mi piaci vestita d'azzurro* sono conservati nella cappelliera. Non me ne separerò mai.

Però c'è qualcosa di davvero speciale ed è la mia lettera, quella che ho scritto a Peter tanto tempo fa, e che ci ha unito. Volevo tenerla io, in principio, ma poi una vocina nel mio cuore mi ha detto che era giusto che l'avesse lui. Un giorno tutto questo sarà una prova, la prova che eravamo qui insieme, la prova che ci siamo amati. È la garanzia che qualunque cosa accadrà in futuro, tutti questi momenti sono stati *nostri*.

Quando arriva alla pagina della lettera, Peter mormora: «Pensavo che la volessi tenere tu».

«Infatti, ma poi ho sentito che era giusto così. Promettimi che la terrai per sempre.»

Peter volta la pagina. C'è la foto di quando abbiamo portato la nonna al karaoke. Io avevo cantato *You're so vain* e l'avevo dedicata a lui. Peter si era alzato e aveva cantato *Style* di James Taylor. Poi aveva fatto un duetto con mia nonna cantando *Unchained melody* e dopo lei gli aveva fatto promettere di fare un corso di coreano all'università. Quella sera Peter e la nonna si erano fatti un sacco di foto insieme, e lei ne aveva usata una come sfondo del telefono. Gli amici della nonna le avevano detto che Peter sembrava una stella del cinema. In tutto ciò, l'errore era stato dirlo a Peter, perché se n'era vantato per giorni.

Resta a fissare la pagina per un po', in silenzio. «È qualcosa per ricordarci di noi insieme» dico.

«Grazie» sussurra. Poi mi sorride e aggiunge: «È fantastico».

«Non guardi il resto?»

«Lo farò dopo.»

E mi dice che deve andare a casa a preparare la valigia per la Settimana in Spiaggia.

«Peter, va tutto bene?»

Naturalmente, lui mi assicura di sì.

Dopo che se n'è andato, Margot viene in camera mia per aiutarmi a fare i bagagli. Io sto seduta a gambe incrociate sul pavimento per sistemare in valigia quello che lei mi passa. Sono ancora preoccupata per Peter, quindi particolarmente felice che ci sia mia sorella a distrarmi.

«Non riesco a credere che tu sia già diplomata» dice a un tratto Margot, piegando una pila di magliette. «Per me non sei cresciuta di un giorno da quando sono andata via.» Scherzosamente aggiunge: «Per sempre la dolce sedicenne Lara Jean».

«Invece ho più o meno la tua età quando te ne sei andata, Gogo.»

«Be', per lo meno sarai sempre più bassa di me.»

Le lancio un bikini in testa mentre lei aggiunge ridendo: «Presto dovremo fare le valigie per la tua partenza al college».

«Margot, qual è la cosa di casa che più ti manca quando sei via?»

«Voi, naturalmente.»

«E che altro? Voglio dire, niente che non avresti mai immaginato?»

«Mi manca poter dare un bacio della buonanotte a Kitty dopo che si è fatta il bagno e lavata i capelli.»

Faccio una smorfia e dico: «Una vera rarità!».

Margot ci pensa un po' su e poi aggiunge: «Un buon hamburger: hanno un sapore diverso in Scozia. È più tipo... una polpetta di carne. Una polpetta di carne dentro un panino. Mmm... che altro? Mi manca portarvi in giro in macchina. Mi faceva sentire il comandante della nave. E mi mancano i tuoi ottimi dolci!».

«Quali?» chiedo.

«Cosa?»

«Quali ti mancano di più?»

«La tua torta al limone.»

«Se l'avessi saputo, te ne avrei spedita una.»

«Sono abbastanza certa che spedire torte oltreoceano sia costoso.»

«Facciamone una ora» propongo e Margot si affretta giù per le scale, felice.

E così facciamo. Kitty si è addormentata; papà e Trina sono in camera loro con la porta chiusa. Per quanto io voglia bene a Trina, è una cosa a cui faccio fatica ad abituarmi: la porta della sua stanza non è mai stata chiusa. Suppongo che abbia bisogno dei suoi spazi ora, spazi in cui non è un padre. Non solo per il sesso, ma semplicemente per parlare, per prendersi una pausa. E anche per il sesso, credo.

Margot sta contando i misurini di farina quando le chiedo: «Tu e Josh avevate messo della musica la prima volta che l'avete fatto?».

«Mi hai fatto perdere il conto!» sbotta Margot rimettendo tutta la farina al suo posto e ricominciando da capo.

«Allora?»

«No. Curiosa! Giuro che sei peggio di Kitty.»

Faccio rotolare avanti e indietro un limone sul bancone per scaldarlo prima di iniziare a spremerlo. «Quindi era tutto... silenzioso?»

«Non era *silenzioso*. C'era il rumore di qualcuno che tagliava l'erba del prato. E sua madre aveva acceso l'asciugatrice. La loro asciugatrice è molto rumorosa...»

«Ma sua madre era fuori, vero?»

«Certo! Non avrei potuto farlo con lei in casa. La mia compagna di stanza una volta ha portato un ragazzo e io ho fatto finta di dormire ma, onestamente, stavo cercando di non ridere. Il tizio ansimava molto e mugolava.»

Ci mettiamo a ridere.

«Io spero che la mia compagna di stanza non lo faccia.»

«Stabilite regole fisse fin dall'inizio. Tipo chi può usare la stanza e quando, quel genere di cose. E ricorda che devi cercare di essere paziente, perché Peter ti verrà a trovare diverse volte e non vuoi che lei si scocci, no?» Mia sorella fa una pausa e poi mi chiede: «Voi non avete ancora fatto sesso, vero? Non devi dirmelo se non vuoi».

«No. Voglio dire, non ancora.»

«Ci stai pensando?» insiste Margot cercando di avere un tono neutrale. «Presto andrete alla Settimana in Spiaggia.»

Non rispondo immediatamente. Non ci ho pensato molto, non in modo specifico con la prospettiva della Settimana in Spiaggia. L'idea di Peter e me che facciamo sesso, il pensiero che possa diventare qualcosa di "normale" come andare al cinema o tenersi per mano, è un po' strana. Non vorrei che diventasse meno speciale, dopo. Vorrei che restasse una cosa importante, non qualcosa da dare per scontato perché tutti lo fanno o perché l'abbiamo già fatto altre volte. Immagino che qualunque cosa possa diventare scontata se la ripeti un sacco di volte, ma la mia speranza e che a noi non capiti. Non a noi. «Penso che io vorrò assolutamente della musica» dico, filtrando il succo di limone in una tazza graduata. «Così se sarò una che ansima, non ci faremo molto caso. E sarà più romantico. La musica rende tutto più romantico, no? Un attimo prima stai portando fuori il cane e poi senti una canzone di Adele ed è come se entrassi in un film e qualcuno ti avesse appena spezzato il cuore.»

«Nei film non usano il preservativo, quindi assicurati di essere nella vita reale in quel momento» commenta Margot.

La cosa è sufficiente a scuotermi dalle mie fantasticherie. «Papà mi ha dato il kit completo. Lo ha lasciato nel bagno al piano di sopra per me. Preservativi, crema spermicida, tutto» dico scoppiando a ridere. «Spermicida non è l'espressione meno sexy che tu abbia mai sentito?»

«No, è gonorrea!»

Di colpo smetto di ridere. «Peter non ha la gonorrea!»

Adesso è Margot che scoppia a ridere.

«Non ce l'ha!» ripeto.

«Lo so. Sto solo scherzando. Però penso che dovresti portarti il kit, in caso dovesse succedere.»

«Gogo, non sto programmando di fare sesso durante la Settimana in Spiaggia.»

«L'ho detto così, caso mai capitasse! Non si sa mai.» Si sposta i capelli dal volto e in tono serio aggiunge: «Comunque sono contenta di averlo fatto con Josh, la prima volta. Dovrebbe essere con qualcuno che ti conosce davvero. E che ti vuole bene».

Prima di andare a letto apro il kit, tolgo i preservativi e li metto in fondo alla valigia. Poi tiro fuori il mio completino intimo più carino, rosa pallido con laccetti blu elettrico, e che non ho mai indossato e infilo in valigia pure quello. Caso mai ce ne fosse bisogno.

# 33

Peter viene a prendermi a casa di buon'ora. Gli altri sono già partiti, tutti insieme. Peter voleva che io e lui viaggiassimo da soli. È di buon umore; ha comprato delle ciambelle appena sfornate come ai vecchi tempi. Però sono tutte per me: da quando è tornato dal weekend di allenamento con la squadra di lacrosse, pensa sempre alla forma fisica.

Stiamo sistemando il contenuto del bagagliaio per fare spazio alla mia valigia quando Kitty esce di casa per salutarci. Vede il sacchetto di ciambelle posate sopra alla mia borsa e ne ruba subito una. A bocca piena, dice: «Peter, Lara Jean ti ha detto le novità sulla Corea?».

«Che novità?»

Mi giro di scatto per lanciarle un'occhiataccia. «Stavo per dirtelo» improvviso. «Ma ieri non ho avuto l'occasione... Mio padre ci manda in Corea come regalo per il mio diploma.»

«Wow, che figata» commenta Peter.

«Sì, andremo a trovare i nostri parenti e visiteremo anche il Paese.»

«Quando?»

«Il mese prossimo» dico io.

«E per quanto tempo?» chiede.

«Un mese.»

Mi guarda sgomento. «Un *mese*? Così tanto?»

«Lo so...» Siamo già alla metà di giugno. Ci restano solo due mesi da trascorrere qui prima del mio trasferimento all'UNC.

«Un mese» ripete. Prima di mettermi con Peter non avrei avuto il minimo dubbio: sarei volata in Corea per un mese e sarei stata strafelice. Ma ora... non lo ammetterei mai con papà, Margot o Kitty, ma non voglio andarci. Non voglio. Ci andrò. Ma non voglio.

Finalmente saliamo in macchina. «Useremo FaceTime tutto il tempo» dico. «Ci sono circa tredici ore di differenza di fuso orario, quindi se ti chiamo di sera qui sarà mattina.»

Peter ha l'aria avvilita. «Dovevamo andare da Bledell per il weekend del 4 luglio, te lo ricordavi? Suo padre ha una barca nuova. Ti avrei insegnato a usare il wakeboard.»

«Lo so.»

«Che cosa farò quando sarete tutti laggiù? L'estate è rovinata. Volevo portarti a Pony Pasture.» Pony Pasture è un piccolo parco sul fiume James, a Richmond. Ci sono grandi scogli su cui si può stare sdraiati o galleggiare sul fiume dentro alle camere d'aria degli pneumatici. Peter ci è già stato con i compagni di scuola, e voleva ritornarci con me.

«Possiamo farlo quando torno.» Peter annuisce, ma con poca convinzione. «E tornerò con un bel po' di regali. Maschere. Dolci coreani. Un regalo al giorno!»

«Portami delle calze tigrate.»

«Chissà se esistono della tua misura?» domando, tanto per fare una battuta, per farlo sorridere. Questa settimana dovrà essere perfetta, la migliore di sempre, per compensare il fatto che starò via tutta l'estate.

Il telefono di Peter vibra, ma lui ignora la chiamata senza nemmeno guardare di chi si tratti. Un minuto dopo vibra di nuovo e il volto di Peter si contrae.

«Chi è?»

«Mio padre» risponde asciutto.

«Spero stia chiamando per scusarsi e spiegare come mai non è venuto alla consegna dei diplomi.»

«So già il perché. Ha raccontato a mia madre che Everett ha avuto una reazione allergica e lui ha dovuto portarlo di corsa al pronto soccorso.»

«Oh» dico. «Be', è una scusa accettabile. Sta bene Everett?»

«Sta bene. Non credo nemmeno che abbia avuto davvero una crisi allergica. Anche a me, quando mangio le fragole, brucia la lingua. Non è questa tragedia.» Detto ciò Peter mette su della musica e viaggiamo in silenzio per un po'.

La casa delle ragazze ha una bella vista sulla spiaggia; è una palafitta a tre piani, con cucina e sala al piano terra e le camere da letto ai piani superiori. Io e Chris condividiamo una stanza a due letti al piano più alto. È come essere in cima a un faro. Le lenzuola sono turchesi con una fantasia di conchiglie. A parte l'odore di umido, non è male.

Tutte le ragazze in casa si sono suddivise gli incarichi, tutte tranne Chris il cui impiego principale è stato dormire tutto il giorno in spiaggia con una bottiglietta per l'acqua riempita di birra. Risultato: corpo e faccia color gambero. L'unica parte non scottata è quella coperta dagli occhiali da sole. Era imbarazzata, ma ha fatto finta di niente dicendo che è la base per quando andrà in Costa Rica, dove il sole picchia. Pammy ha il ruolo della sorvegliante. Ha promesso ai suoi genitori che non avrebbe bevuto, così si è assunta l'incarico di controllare noialtre, di sincerarsi che beviamo abbastanza acqua e ci ricordiamo eventuali medicine. Kaila è davvero brava con l'arricciacapelli: riesce persino a fare le onde, cosa che a me non è mai riuscita. Harley è la regina del coordinamento con i ragazzi delle altre case.

Io sono la cuoca. Siamo andate a fare provviste appena arrivate. In qualità di cambusiera ho comprato affettati, pasta, un assortimento di sughi e salse, muesli e cereali per la prima colazione. L'unica cosa che non abbiamo comprato è la carta igienica, infatti è finita il secondo giorno. Ogni volta che usciamo a pranzo o a cena, una di noi ruba un rotolo dal gabinetto del ristorante. Non capisco perché non ne compriamo dell'altra, ma ormai è diventato una specie di scherzo. Chris è stata la più brava, perché è riuscita a staccare un rotolo formato famiglia dal dispenser del ristorante e a nasconderlo sotto la maglietta.

I ragazzi vengono da noi ogni giorno per scroccare e anche perché casa loro è già un disastro. L'abbiamo soprannominata *castello di sabbia*. Dopo cinque minuti seduti sul loro divano, ti sembra di aver fatto uno *scrub* e non in modo piacevole.

Mi chiedo se vivere in una confraternita sia così. Se sulle prime tutto sembri piacevole, come in quelle pensioni del 1940; se ci si scambia lo smalto, ballando a tempo di musica mentre ci si veste e si mangia gelato a letto. Ed ecco la risposta: mercoledì, Kaila e Harley litigano su chi abbia lasciato attaccato alla presa l'arricciacapelli e strillano così forte che i vicini chiamano la polizia. Quella sera Pammy si ubriaca e io resto seduta accanto a lei, sulla spiaggia, per ore, mentre lei piange sentendosi in colpa per non avere mantenuto la promessa fatta ai genitori. La sera successiva tre ragazze vanno al club e tornano con tre ragazzi del Montana. Uno di loro ha uno sguardo talmente ambiguo che mi chiudo a chiave in camera. Una volta dentro, mando un messaggio a Peter così lui torna subito indietro e si accampa fuori per "tenerli d'occhio".

Peter e io passiamo le nostre giornate in spiaggia, dove io mi rilasso mentre lui ne approfitta per correre. Da quando siamo arrivati non fa che correre, perché non può allenarsi in palestra come fa quando è a casa. Inizia al mattino, prima che faccia troppo caldo, poi riparte per una corsa breve a mezzogiorno, e infine una terza più lunga al tramonto. Unica eccezione: il giorno in cui mi accompagna al museo Wright Brothers a Kill Devil Hills. C'ero stata da bambina con la mia famiglia, prima che nascesse Kitty, ma ero troppo piccola per salire sui monumenti.

Per tutta la settimana Peter è stato simpatico e di buon umore, specialmente di fronte agli altri: sempre con un sorriso allegro sul volto, sempre il primo a suggerire qualcosa da fare. Ma nei miei confronti è stato freddo. Come se fosse vicino a me, ma si sentisse da un'altra parte. Irraggiungibile. Ho di nuovo cercato di introdurre l'argomento di suo padre, ma lui ha tagliato corto. E nemmeno ha più parlato della vacanza in Corea.

Ogni sera c'è una festa in una delle case, eccetto la nostra. Noi non invitiamo nessuno, perché Pammy non vuole rischiare di perdere la cauzione. La cosa positiva è che sembriamo tutti molto più affiatati rispetto a quando eravamo compagni di scuola. C'è qualcosa di liberatorio nel sapere che è finita e che non staremo mai più insieme così, quindi che male c'è? È con quello spirito che Chris si mette con Patrick Shaw.

Stasera la festa è a casa di Peter. Non so come faranno a riavere la cauzione, perché c'è sabbia e disordine dappertutto: una delle sedie di vimini del patio è rotta, ci sono lattine di birra ovunque, e qualcuno si è seduto sul divano panna del soggiorno sopra un asciugamano arancione umido, lasciando un'enorme chiazza proprio nel mezzo. Mentre mi faccio strada verso la cucina, vedo John Ambrose McClaren dirigersi verso il frigo.

Mi blocco all'istante. Peter è di umore imprevedibile e non ho idea di che reazione potrebbe avere vedendo John a casa sua.

Sto cercando di decidere il da farsi, quando la testa di John spunta da dietro la porta del frigo. Ha una carota in mano e ne stacca un morso prima di mettermi a fuoco. «Ehi!» esclama. «Immaginavo che ti avrei vista qui.»

«Ciao!» lo saluto allegramente, come se non avessi contemplato solo un secondo prima l'idea di filarmela senza essere notata. Lui mi abbraccia con un solo braccio perché ha una mano impegnata con la carota. «Hai visto Peter?» gli chiedo. «È qui in giro.»

«No, siamo appena arrivati.» John è abbronzato e ha i capelli schiariti dal sole; indossa una camicia logora, a scacchi bianca e blu, e dei pantaloni corti color cachi. «Dove state, voi?»

«Proprio qui accanto. E voi?»

«Abbiamo preso una casa sulle palafitte.» Sorride e mi porge la carota. «Vuoi un morso?»

«No, grazie. Poi alla fine che cos'hai deciso per il college?» chiedo io.

«William and Mary.» John solleva la mano per darmi il cinque. «Ti vedrò lì, giusto?»

«In realtà... andrò alla UNC. Mi hanno ripescato dalla lista di attesa.»

John resta a bocca aperta per un istante. «Dici sul serio? Ma è incredibile!» Mi tira a sé per stringermi con più entusiasmo. «Ma è fantastico. È il posto ideale per te, vedrai che ti piacerà.»

Sto guardando verso la porta della cucina, pensando a come fuggire, quando Peter entra con una birra in mano. Ci vede e si blocca per un attimo. Io mi sento molto a disagio, ma Peter sorride e urla: «McClaren! Come va?». Si abbracciano alla maniera dei ragazzi, con vigore, quasi scontrandosi. Quando si staccano, gli occhi di Peter si soffermano sulla carota che John ha in mano. Ogni giorno Peter si prepara un frullato di carote e frutti di bosco e so che gli secca che John ne abbia presa una. Aveva messo da parte quelle che gli servono per il resto della settimana.

«Lara Jean mi stava dicendo che è stata ammessa alla UNC» inizia John, appoggiandosi con la schiena al bancone. «La invidio molto.»

«Già, tu hai sempre voluto andarci, vero?» dice Peter, con gli occhi ancora sulla carota.

«Da quando ero piccolo. Era la mia prima scelta» risponde John dandomi una spintarella scherzosa. «Questa ragazza si è mossa come un ladruncolo e mi ha soffiato il posto.»

«Mi dispiace» dico sorridendo.

«Sto solo scherzando» risponde John addentando la carota. «Comunque posso sempre trasferirmi. Vedremo.»

Peter mi mette un braccio attorno alla vita e beve una sorsata di birra. «Dovresti. Potremmo andare a vederci una partita della squadra di basket dell'UNC tutti insieme.» Lo dice cordialmente, ma nelle sue parole percepisco una certa tensione.

Anche John se ne accorge. «Certo» dice. Poi mangia il resto della carota e butta il fondo nel lavandino. «Gente, vorrei farvi conoscere la mia ragazza, Dipti. È qui in giro.» Estrae il telefono dalla tasca e invia un messaggio.

Così restiamo lì ad aspettarla. È più alta di me, con capelli neri lunghi sino alle spalle, pelle scura: probabilmente è indiana. Ha dei bellissimi denti bianchi e una fossettina sulla guancia. Indossa una tutina di seta bianca che fa risaltare il fisico asciutto. In quel momento mi spiace di avere addosso una maglietta di Peter e dei pantaloncini. Dopo le presentazioni balza a sedere sul bancone e chiede: «Quindi, ragazzi, come vi siete conosciuti?».

«McClaren era il mio migliore amico alle medie» risponde Peter. «Ci chiamavano Butch Cassidy e Sundance Kid. Chi pensi che fosse Butch e chi Sundance Kid, Dipti?»

«Non lo so» risponde lei ridendo. «Non ho mai visto quel film.»

«Butch è il protagonista.» Peter indica se stesso. «E Sundance Kid, cioè lui» prosegue Peter indicando John «era il suo assistente.» Peter si mette a ridere e io mi sento mortificata, ma per fortuna John si limita a scuotere il capo nel suo tipico modo bonario. Peter afferra il bicipite di John e gli dice: «Ci hai lavorato un bel po', vero?». Poi si rivolge a Dipti e spiega: «Aveva delle braccine sottili come spaghetti e passava le giornate a leggere, ma guardalo ora: un vero macho».

«Leggo anche adesso» dice John.

«Le prime volte che io e Peter abbiamo iniziato a frequentarci, mi chiedevo se sapesse leggere» intervengo io e John ride come un matto.

Anche Peter ride, ma non come un attimo fa.

Quando è l'ora di andare, Peter propone che rimanga a dormire lì anziché tornare da me. Gli dico di no, che non ho lo spazzolino e le altre cose che mi servono, ma in realtà la ragione è che sono seccata per il modo in cui lui si è comportato con John.

Mentre mi accompagna a casa, Peter dice: «Dipti è forte. Mi fa piacere per McClaren, anche se dubito che resteranno insieme. Probabilmente andranno a trovarsi a turno una volta ciascuno, e prima di Natale sarà finito tutto».

Smetto di camminare e dico: «È una cosa orribile, quella che hai detto».

«Perché? Ho detto solo quello che penso.»

Sono davanti a lui con il vento salmastro del mare che mi sbatte i capelli sul viso. «Bene, se hai detto solo quello che pensi, allora adesso lo faccio anch'io.» Peter solleva un sopracciglio e aspetta che io prosegua. «Ti sei comportato proprio da sfigato stasera e l'insicurezza non ti dona, Peter.»

«Io?» chiede abbozzando un tono divertito. «Insicuro? E per che cosa? Per McClaren? Ma per favore. Non hai visto che ha aperto il nostro frigo e si è mangiato le mie carote?»

Riprendo a camminare. «Ma chi se ne frega delle tue carote?»

Fa una corsetta per raggiungermi e protesta: «Sai che devo mettermi in forma per la squadra di lacrosse!».

«Sei ridicolo, te ne rendi conto?»

Camminare da arrabbiati fa arrivare prima a destinazione, evidentemente, perché ci ritroviamo sui gradini di casa mia in un batter d'occhio. «Buonanotte, Peter.» Volto i tacchi e inizio a salire le scale. Peter non fa nulla per fermarmi.

# 34

Non riesco a capire se io e Peter abbiamo litigato. Ieri sera sembrava così, ma adesso non so se lui sia arrabbiato con me o se dovrei esserlo io con lui. Ed è una sensazione inquietante.

Io non voglio essere arrabbiata con lui. Il primo luglio parto per la Corea. Non abbiamo tempo da perdere in stupidi litigi sulle carote o su John Ambrose McClaren. Ogni istante è prezioso e non voglio sprecarne nemmeno uno bisticciando.

Decido di preparargli la colazione come offerta di pace. È il suo piatto preferito, dopo le ciambelle. In cucina trovo dello zucchero, del latte, mezza confezione di pane in cassetta, un paio di uova, ma non c'è la cannella. La cannella è indispensabile.

Prendo le chiavi dell'auto di Pammy e guido sino al supermercato più vicino, dove compro cannella, burro, una dozzina di uova, e un'altra confezione di pane, perché già che ci sono voglio preparare toast per tutti. All'ultimo momento aggiungo anche un sacchetto di carote.

Nella casa in cui alloggia Peter nessuno è sveglio e il

disordine sembra persino peggio della sera precedente. Bottiglie di birra dappertutto, sacchetti di patatine fritte ovunque, costumi da bagno stesi ad asciugare sui mobili, piatti sporchi ammucchiati nel lavandino.

Il pane è fresco e i primi due pezzi si sbriciolano nell'uovo sbattuto, e solo alla terza fetta riesco nel tentativo di impregnarla nell'uovo.

I ragazzi iniziano a venire di sotto mentre io continuo a friggere. Peter è l'ultimo a scendere e quando gli offro un toast, ancora caldo e croccante, lui scuote il capo e risponde che è meglio di no, per via della dieta. Non mi guarda nemmeno negli occhi.

Dopo la colazione decido di andare via e Peter non mi trattiene. Torno a casa e vado a svegliare Chris, che si è addormentata vestita. «Ho un french toast per te, di sotto» le dico. Le ho portato quello che avevo offerto a Peter.

La sera c'è una grigliata in una casa a pochi isolati dalla nostra. Noi portiamo insalata di patate e delle bottiglie di vino. In pratica svuotiamo il frigo, visto che è la nostra ultima sera.

Fuori, sul porticato, mi ritrovo a chiacchierare con Kaila ed Emily Nussbaum, una delle amiche di Genevieve che durante questa settimana ho appena intravisto.

«Allora, tu e Kavinsky state ancora insieme?» mi chiede Emily.

Perché me lo chiede proprio adesso? Proprio adesso che non so proprio che cosa rispondere, visto che ci siamo scambiati solo due parole dalla notte scorsa. Naturalmente non intendo parlargliene. Qualunque cosa risponda a Emily, verrà subito riferita a Genevieve e anche se probabilmente lei ha ormai superato la cosa, sicuramente le farebbe piacere sapere che io e Peter abbiamo litigato. «Sì» rispondo. «Stiamo insieme. I nostri college non sono così distanti.»

Kaila sorseggia il suo rum e coca, lanciandomi un'occhiata in tralice. «Sei un tipo interessante, Lara Jean, sai? Sembri timida, quasi infantile, ma in realtà sei molto sicura di te. E te lo dico come complimento.»

«Grazie» rispondo, anche se non credo che chi ti fa un complimento dovrebbe informarti: se fosse sincero per la persona che lo riceve dovrebbe essere ovvio. Bevo un sorso del drink che mi ha preparato Chris e per poco non lo sputo fuori da quant'è forte. L'ha battezzato Shirley Temple adulta e, a questo punto, penso d'aver capito che cosa volesse dire.

«Adesso capisco perché piaci tanto a Kavinsky» insiste Kaila. «Spero che tra voi funzioni.»

«Ti ringrazio.»

Emily posa i piedi sulla mia sedia e dice: «Se Blake mi mollasse, andrei fuori di testa».

«Be', non mi sembra che tu corra questo rischio: probabilmente vi sposerete subito dopo il college.»

«Non credo proprio» dice Emily, ma si vede che è contenta.

«Voi due andate alla stessa scuola, il che rende le cose più semplici.» Kaila mi guarda e aggiunge: «Io non penso che riuscirei a resistere alla lontananza».

«Perché no?» le chiedo.

«Mi piace vedere il mio ragazzo tutti i giorni. Non voglio chiedermi continuamente che cosa stia facendo e con chi. Sono un tipo possessivo, capisci? Non voglio essere un ritaglio di tempo alla fine della sua giornata.

Ho bisogno di essere parte della sua vita e lui ha bisogno di fare parte della mia» spiega, mordicchiando un pezzetto di ghiaccio.

Quello è ciò che è successo tra me e Margot quando lei è andata al college. La distanza si è insinuata lentamente, come acqua di mare che filtra in una barca, senza che noi ce ne accorgessimo. Noi ne siamo uscite indenni, però siamo sorelle. Le sorelle trovano sempre un modo per riavvicinarsi. Non credo sia la stessa cosa in una coppia. Il pensiero che possa succedere a me e a Peter mi riempie di tristezza. Come ci difenderemo? Parlandoci ogni giorno? Facendoci visita almeno una volta al mese? La sua vita sarà piena di impegni di studio e sportivi. Sta già cambiando adesso, fra dieta e allenamenti. Ora litighiamo mentre prima non l'avevamo mai fatto, non seriamente. Solo bisticci senza importanza.

Resto ancora qualche minuto lì, poi, quando Emily e Kaila iniziano a parlare di entrare o meno in una confraternita, mi allontano per andare a cercare Peter. Dopo questa conversazione e la lite di ieri sera, ho voglia di stargli vicino. Lo trovo insieme a un gruppo di ragazzi che sta facendo un falò. Sembra già così distante mentre io vorrei disperatamente che le cose tra noi tornassero normali. Mando giù una sorsata del mio Shirley Temple adulta per farmi coraggio. I nostri occhi si incontrano e io sillabo silenziosamente: «Ce ne andiamo?» Peter annuisce.

«Che cosa stai bevendo?» mi chiede.

«Una cosa che mi ha preparato Chris.»

Prende il mio bicchiere di plastica e lo getta nella spazzatura, poi ci allontaniamo in silenzio, a parte il rumore delle onde dell'oceano. Vorrei riuscire a dire ciò che penso, che non siamo in crisi per via di John Ambrose McClaren o di una carota.

Poi Peter mi chiede: «Sei ancora arrabbiata per ieri sera?».

«No.»

«Bene» dice. «Nel frigo ho visto le carote che hai comprato. Mi spiace non avere mangiato il tuo french toast.»

«Perché non l'hai voluto? La dieta non c'entra, vero?»

Peter scuote la testa. «Non lo so. Ero di uno strano umore.»

Lo guardo. Il suo volto è in ombra per l'oscurità della notte. «Peter, abbiamo poco tempo prima che io vada in Corea. Non sprechiamolo.» Poi metto la mia mano nella sua e lui la stringe.

Per la prima volta in tutta la settimana, la casa è completamente vuota. Tutte le altre ragazze sono alla festa, a parte Chris che ha incontrato qualcuno di Applebee che conosce. In camera mia, Peter si toglie le scarpe e si sdraia sul letto. «Vuoi che guardiamo un film?» mi chiede con le braccia dietro la testa.

No, non voglio guardare un film. Di colpo il cuore mi batte all'impazzata perché so cosa voglio fare. Sono pronta.

Mi siedo sul letto vicino a lui. Premo le labbra sul suo collo e sento le sue pulsazioni accelerare. «Che ne dici di non guardare un film? Che ne dici se... facessimo qualcos'altro, invece?»

Peter sussulta. «Un momento, intendi dire... ora?»

«Sì.» Ora. Ora sembra il momento giusto. Inizio a sfiorargli le labbra e sussurro: «Ti piace l'idea?».

Lo sento deglutire. «Sì.» Poi mi allontana per guardarmi in faccia. «Fermati un attimo. Non riesco a pensare. Sei ubriaca? Cosa ti ha messo Chris in quel drink?»

«No, non sono ubriaca!» D'accordo, sono un po' su di giri, ma la passeggiata all'aria aperta mi ha fatto bene. Peter però mi sta ancora osservando. «Non sono ubriaca. Lo giuro.»

«Sei sicura di volerlo fare adesso?»

«Sì» rispondo, lo sono davvero. «Ma prima puoi mettere Frank Ocean?»

Prende il cellulare e un attimo dopo la musica parte e la voce melodiosa di Frank riempie la stanza. Peter inizia a lottare con i bottoni della camicetta, poi lascia perdere e la solleva. «Aspetta!» urlo a un tratto.

Peter è così stupito che si stacca da me di colpo. «Cosa? Che cosa c'è?»

Scendo dal letto e inizio a frugare in valigia. Non sto indossando il mio completino speciale. Ho il solito reggiseno color carne un po' vecchiotto. Non posso perdere la verginità con il mio reggiseno più brutto.

«Che cosa stai facendo?» mi chiede.

«Solo un secondo.»

Corro in bagno, mi sfilo il vecchio reggiseno e indosso quello che ho portato apposta. Poi mi lavo i denti e mi guardo allo specchio. Ci siamo. Io, Lara Jean Song, sto per perdere la verginità con Peter Kavinsky.

«Va tutto bene?» mi grida lui.

«Un attimo!» Dovrei rimettermi i vestiti o uscire in mutandine e reggiseno? Peter non mi ha mai visto solo con la biancheria intima addosso, finora. Be', sta per vedermi senza niente addosso, quindi tanto vale...

Esco dal bagno, tenendo i vestiti davanti a me, come uno scudo, e appena mi vede Peter si affretta a sfilarsi la camicia. Mi sento le guance in fiamme. Infilo reggiseno e slip in valigia e poi frugo alla ricerca dei preservativi. Ne prendo uno, corro a letto e mi infilo sotto alle lenzuola.

«Va bene, sono pronta» dico.

«Mi piace il tuo reggiseno» sussurra Peter spostando il lenzuolo.

«Grazie.»

Mi viene più vicino e mi bacia le palpebre. Prima la sinistra, poi la destra. «Sei nervosa?»

«Un po'.»

«Non dobbiamo farlo per forza, Covey.»

«No, lo desidero.» Sollevo il preservativo e Peter alza le sopracciglia in modo interrogativo. «L'ho preso nel kit che mi ha dato papà. Ti avevo detto che mi aveva dato il kit per la contraccezione, ricordi?»

Prende il preservativo, mi bacia sul collo e dice: «Possiamo non parlare di tuo padre, adesso?».

«Certo.»

Peter si sposta sopra di me. Ho il cuore che mi batte furiosamente nel petto, come succede ogni volta che sono vicino a lui, ma ora anche di più, perché tutto sta per cambiare. Andrò con lui in un posto in cui non sono mai stata prima. Peter sta attento a tenersi sollevato sugli avambracci, in modo da non schiacciarmi, ma a me non disturba il peso del suo corpo sul mio. Infila una mano fra i miei capelli; sa che mi piace. Le sue labbra sono calde.

E poi, di colpo, smette di baciarmi. Apro gli occhi e lui è sopra di me con la fronte aggrottata. «È per la lite di ieri sera? Perché, Covey...»

«Non è per quello. Io... voglio sentirmi vicina a te.» Peter mi guarda attentamente, vuole che dica di più, che gli dia una spiegazione convincente. In realtà è davvero semplice. «Non è una cosa improvvisata. Voglio fare sesso con te perché ti amo e voglio che sia tu.»

«Ma perché io?»

«Perché... perché tu sei il mio primo amore.»

Peter rotola via da me e si siede con la testa fra le mani.

Mi siedo anch'io, coprendomi con il lenzuolo. «Peter, che cosa c'è che non va?»

Ma lui tace per quella che sembra un'eternità. «Ti prego, Peter, dimmelo.» Inizio a sentire lo stomaco stretto.

«Non voglio farlo adesso.»

«Perché?»

Non riesce a guardarmi. «Non lo so... Ho un sacco di cose per la testa. Il lacrosse, e mio padre che non si è fatto vedere alla consegna dei diplomi, e ora tu che te ne vai per tutta l'estate.»

«Non tutta l'estate. Solo luglio. Sarò qui alla fine di luglio! Perché anticipi la fine dell'estate?»

Peter scuote il capo. «Sembra che non te ne importi niente.»

«Lo sai che non l'ho voluto io! Papà mi ha fatto una sorpresa! Sei ingiusto, Peter.»

Mi lancia una lunga occhiata e poi chiede: «E che mi dici dell'UNC? Avevamo un progetto, Covey. Hai ancora intenzione di trasferirti dove studio io, fra un anno?».

Ho il cuore che batte all'impazzata mentre rispondo: «Non ne sono sicura. Forse. Ma forse no. L'Università del Nord Carolina mi fa un effetto diverso».

«Sì, lo so. È ovvio.»

«La fai sembrare una cosa brutta! Preferiresti che andassi dove sarei infelice?»

«Temporaneamente infelice» mi corregge.

«Peter!»

«Dai, Lara Jean. Davvero pensi che sia così stronzo?»

«No. Io... non capisco perché ti comporti così. Voglio solo dare una vera possibilità alla mia università. Voglio dare una possibilità a me stessa.» Ho gli occhi pieni di lacrime e faccio fatica a parlare. «E penso che anche tu dovresti desiderarlo, per me.»

Peter sobbalza, come se l'avessi colpito. Questo letto è piccolo, eppure sembra lontanissimo da me. E io sto male da tanto desidero avvicinarmi a lui. Ma non ci riesco.

In silenzio si rimette la camicia. «È meglio che vada, ora.» Si alza, infila la porta e se ne va. Aspetto di sentire la porta di casa che si chiude e poi scoppio a piangere.

# 35

*È ora di partire.* Peter potrebbe venire a prendermi per portarmi a casa, ma non lo fa e nemmeno io vado da lui. Torno in Virginia con le altre ragazze.

Peter non si fa vivo sino al giorno dopo, quando ricevo un suo messaggio che dice:

Mi dispiace per ieri sera. Sono stato un coglione.
Faremo in modo che funzioni, te lo prometto.
Devo fare delle commissioni per mia madre,
ma possiamo vederci più tardi.

Gli rispondo:

Sì.

Ricevo subito un altro messaggio:

Mi dispiace davvero tanto.
Ti amo.

Sto per rispondergli *Ti amo anch'io* quando il mio cellulare prende a squillare. È il numero di casa di Peter e mi affretto a rispondere.

«Ti amo anch'io» dico.

C'è un silenzio sorpreso dall'altro capo, poi una risatina. «Ciao, Lara Jean. Sono la mamma di Peter.»

«Oh! Salve, signora Kavinsky.» Si può morire di imbarazzo? Speriamo di no...

Mi chiede di passare da lei per una chiacchierata. Dice che Peter non c'è, che saremo solo io e lei. Deve avergli chiesto di fare quelle commissioni solo per potermi vedere. Quindi non posso che accettare l'invito.

Indosso un prendisole giallo, un filo di rossetto e spazzolo per bene i capelli. Sua madre mi apre la porta in camicetta, bermuda e sorriso di circostanza sulle labbra. «Entra» mi dice.

La seguo in cucina. «Vuoi una bibita, Lara Jean? Un tè freddo, magari?»

«Sì, grazie» dico, sedendomi su uno sgabello.

La mamma di Peter mi porge il bicchiere dicendo: «Grazie per essere venuta, per questa chiacchierata. C'è qualcosa di cui desideravo parlarti».

«Certo.» Sono già sulle spine.

Prende le mie mani tra le sue; sono fredde e asciutte mentre le mie di colpo mi sembrano sudate. «Peter ha passato un periodo difficile durante il quale ha lavorato duro. Sono sicura che tu sappia quanto gli è dispiaciuto che suo padre non si sia fatto vedere alla consegna dei diplomi.» Mi cerca con lo sguardo e io annuisco. «Fa finta che non gli importi, ma ne soffre. È tornato dalla Settimana in Spiaggia dicendo che voleva trasferirsi a Chapel Hill entro il primo anno. Lo sapevi?»

Mi sento avvampare. «No, non lo sapevo. Non... non me l'ha detto.»

Annuisce come se l'avesse immaginato. «Se lo farà, non potrà giocare per un anno e perderà la borsa di studio. Le tasse scolastiche fuori dallo Stato sono molto costose, questo immagino che tu lo sappia.»

Lo so. Un giorno papà aveva detto che era un sollievo che a Margot mancassero solo due anni per finire il college e che prima che fosse il turno di Kitty ci volesse tanto tempo. E so anche che, sebbene io e Peter non parliamo mai di questi argomenti, mio padre guadagna di più di sua mamma.

«Il padre di Peter ha detto che vuole contribuire, ma non possiamo contare su di lui. Io non ci posso contare.» Fa una pausa. «Ma spero di poter contare su di te.»

«Non deve preoccuparsi» mi affretto a dire. «Lo pregherò di non trasferirsi nel Nord Carolina.»

«Tesoro, lo apprezzo tantissimo, davvero, ma non è solo il trasferimento che mi preoccupa. All'università Peter dovrà essere concentrato. Sarà uno studente e un atleta. Non potrà guidare ogni weekend sino a Chapel Hill, non è pensabile. Siete entrambi così giovani. Peter sta prendendo decisioni molto importanti per via del suo rapporto con te e chissà cosa succederà in futuro. Non sempre la vita prende la direzione che credi... Non so se Peter te l'ha mai detto, ma il padre di Peter e io ci siamo sposati giovanissimi. E io... io non sopporterei di vedervi fare gli stessi nostri errori.» Esita e poi aggiunge: «Lara Jean, conosco mio figlio e so che non ti lascerà a meno che non sia tu a lasciarlo per prima».

Spalanco gli occhi per la sorpresa.

«Farebbe qualunque cosa per te, è nella sua natura. È totalmente leale. Diversamente da suo padre.» La signora Kavinsky mi rivolge uno sguardo comprensivo prima di aggiungere: «So che Peter ti sta a cuore e vuoi il meglio per lui, perciò spero che rifletterai su ciò che ti ho detto. E, per favore, non dirgli nulla. Si arrabbierebbe molto con me».

Lotto per trovare la voce e poi dico: «Non lo farò».

Sorride felice e sollevata. «Sei una ragazza dolce, Lara Jean. So che farai la cosa giusta.» Mi stringe un istante le mani prima di lasciarle andare e cambiare argomento, informandosi cortesemente sul matrimonio di mio padre.

Quando torno alla macchina, abbasso lo specchietto e vedo che ho le guance arrossate. Mi sento come alle medie, quando la mamma di Chris le trovò le sigarette e pensò che le avessimo fumate insieme. Volevo dire che io non l'avevo fatto, ma non potevo. Mi sentivo rimpicciolita dalla vergogna. Ed è così che mi sento ora. Come se avessi fatto qualcosa di male.

È stata una follia pensare che Peter e io avremmo potuto essere l'eccezione alla regola? Ha ragione sua madre? Stiamo facendo un errore madornale? Di colpo sembra che ogni nostra decisione sia di vitale importanza, e io ho paura di sbagliare.

Quando torno a casa, papà e le mie sorelle sono in salotto che discutono su dove andare a cena. È una cosa normale di cui parlare il giovedì sera, ma io mi sento così strana, come se il terreno mi stesse scivolando da sotto i piedi, la terra non fosse più stabile, e tutti intorno a me parlassero di cibo.

«Tu che cosa vorresti mangiare, Lara Jean?» mi chiede papà.

«Non ho molta fame», rispondo fissando il mio telefono. Che cosa devo dire a Peter quando mi chiamerà? Devo informarlo? «Preferirei stare a casa.»

«Stai bene?» chiede papà. «Sei pallida.»

Scuoto la testa. «No, sto bene.»

«Che ne dite della Seoul House?» propone Margot. «Ho una voglia matta di coreano.»

Papà esita e io so perché. Trina non è esattamente una persona curiosa dal punto di vista culinario. Vivrebbe di Coca Cola Light e bastoncini di pollo, e l'insalata di cavolo nero è il vertice delle sue avventure alimentari. Quando la costringiamo a mangiare al giapponese, mentre tutti noi ordiniamo sushi, lei sceglie California roll con i gamberetti cotti. E il pesce nemmeno lo assaggia. Nessuno è perfetto.

«A Trina non piace molto il cibo coreano» spiego, perché non debba essere papà a farlo. Il mio telefono vibra e io sussulto, ma è soltanto una email dal dipartimento alloggi del college.

Margot ha deciso di non renderci la vita facile, per cui chiede: «Sul serio?».

«È un po' troppo speziato per lei» spiega papà, ma subito si affretta ad aggiungere: «Comunque, può ordinare manzo marinato o riso fritto».

«Nemmeno io ho voglia di coreano» interviene Kitty.

«Andremo alla Seoul House» taglia corto papà. «A Trina piacerà.»

Non appena papà si allontana per prenotare, io mi rivolgo a Margot: «Non devi giudicare Trina solo perché non le piace il cibo coreano. Non ama il cibo speziato, tutto qui».

Kitty immediatamente si intromette: «Sì, non giudicarla».

Un'espressione ferita attraversa il volto di Margot. «Non ho detto niente!» protesta.

«So come la pensi» insisto io. O meglio, so come la pensa perché io ho fatto lo stesso. E ora mi trovo nella stravagante posizione di dover difendere la fidanzata di papà per qualcosa che anch'io trovo irritante. Trina non morirebbe se allargasse un po' i suoi orizzonti gastronomici.

«Riso fritto? Sul serio?»

«A te che importa se a Trina non piace la cucina coreana?» dice Kitty.

«Il cibo coreano è il nostro collegamento più facile e immediato con la cultura coreana» risponde Margot. «Non mangeremo mai più coreano perché a Trina non piace?» Margot non aspetta la nostra risposta e conclude: «Spero che capisca che quando sposerà papà, sposerà il pacchetto completo e la Corea fa parte di quel pacchetto».

«Margot, Trina lo sa benissimo» intervengo. «E poi quest'estate mangeremo cibo coreano ogni giorno.» Tutti i giorni in cui resterò lontana da Peter.

«Vorrei che venissero anche papà e Trina» mormora Kitty.

«Invece è molto meglio così» ribatte Margot. «Trina morirebbe di fame.» Sta scherzando, ma solo in parte.

Kitty, che sta accarezzando Jamie, la ignora per rivolgersi a me: «Chi si occuperà di James Fox-Pickle e di Simone quando saremo via?».

«Un dogsitter?» rispondo sovrappensiero. Sono qui con le mie sorelle, coinvolta in queste discussioni solo a metà. Quello a cui voglio pensare è Peter, soltanto Peter. «Troveremo una soluzione.»

Margot si guarda attorno corrucciata, finché i suoi occhi non si soffermano sulla grossa poltrona di Trina. «Questa casa di colpo sembra così piccola. Non c'è posto per tutta la roba di Trina.»

«Non sembra *così piccola* quando tu non ci sei.»

Io resto senza fiato per una frazione di secondo, poi esclamo: «Kitty!».

Margot sbianca. «Ho sentito bene?»

Sono sicura che Kitty sia dispiaciuta, però la vedo alzare il mento nel suo tipico atteggiamento testardo. «Era tanto per dire.»

«Sei solo una mocciosa.» Margot scandisce quelle parole con decisione, ma la sua faccia mentre si volta per salire di sopra è quella di chi sta per scoppiare a piangere.

Mi volto verso Kitty: «Perché le hai parlato così?».

Ha gli occhi lucidi mentre risponde: «Perché è stata cattiva con Trina senza motivo».

Le asciugo le lacrime con il dorso della mano. Di colpo ho voglia di piangere anch'io. «Gogo si sente esclusa, tutto qui. Noi conosciamo Trina, abbiamo avuto tempo di frequentarla, invece Margot non la conosce per niente. E Kitty... Margot praticamente ti ha cresciuto, e tu non devi mai parlarle in quel modo.»

«Ma a te parlo così» replica poco convinta.

«È diverso e tu lo sai: noi siamo più vicine di età.»

«Quindi stai dicendo che tu e io siamo sullo stesso livello?»

«Voglio dire... no. Margot e io siamo quasi sullo stesso livello, mentre tu sei la più piccola. Cerca di capirla: si sente rimpiazzata e non le piace.»

Kitty abbassa le spalle. «Non è stata rimpiazzata.»

«Allora rassicurala e cerca di essere comprensiva.» Kitty non risponde, né solleva la testa, ma io so che sta ragionando. «E comunque *sei* una mocciosa.» Alza di scatto la testa, mi salta addosso facendomi il solletico. Quando smetto di ridere le propongo di salire di sopra e chiedere scusa a Margot. «Sai che è la cosa giusta da fare.»

Per una volta Kitty mi ascolta. Va di sopra e poi, dopo un po', scendono tutte e due con gli occhi rossi. Nel frattempo ho ricevuto un messaggio di Peter che mi chiede se posso uscire. Gli rispondo che non posso, che sto andando a cena fuori con la mia famiglia, e gli propongo di vederci l'indomani sera. Dopo la cena a base di bistecche, papà e i suoi amici ci raggiungeranno al Karaoke bar. Spero che per allora avrò deciso cosa fare.

Più tardi, nella mia stanza, mi dipingo le unghie di verde menta per la serata dell'addio al nubilato. Margot, sdraiata sul mio letto, fissa il suo cellulare. «Vuoi che faccia le unghie anche a te?» le chiedo.

«No, non importa» risponde.

«Gogo, senti, devi smetterla di essere di cattivo umore per via di Trina. Lei e papà si sposeranno.»

Margot sospira. «Lei non c'entra. Trina è... Trina.»

«Allora cosa?»

Margot si morde il labbro superiore, un gesto che non le vedevo fare da quando era piccola. «È come se fossi tornata a casa per trovarci una famiglia nuova di zecca di cui io non faccio parte.»

Vorrei dirle che non è cambiato niente, ma non sarebbe vero. La vita è andata avanti senza di lei, proprio come andrà avanti senza di me quando me ne andrò io, in autunno.

Una lacrima le scivola sulla guancia. «E mi manca la mamma.»

Mi si stringe la gola. «Anche a me.»

«Vorrei che Kitty avesse potuto conoscerla» continua Margot. «So che è da egoista ma... credo di non avere mai pensato che papà si sarebbe sposato di nuovo. Pensavo che sarebbe uscito con qualcuno, magari avrebbe avuto una storia seria, ma risposarsi?»

«Neanch'io ci avevo mai pensato,» le dico gentilmente «ma quando sei partita per la Scozia, non so... il pensiero che papà avesse qualcuno accanto ha iniziato ad avere senso.»

«Lo so. Ed è un bene anche per Kitty.»

«Credo che senta Trina come se fosse... sua. Io ho un bel rapporto con lei, ma con Kitty è stato *speciale*, fin dall'inizio.»

«Cavoli, si comporta come un pit bull quando si tratta di Trina!» esclama Margot ridendo. «Le è davvero affezionata.»

«Sai, capisco perché ti ha turbato tanto la faccenda del coreano, oggi. Pensi che se papà smetterà di cucinare coreano perché a Trina non piace, Kitty perderà il collegamento con la cultura della mamma; che se dimentichiamo la Corea, dimentichiamo anche lei.» Grosse lacrime le bagnano tutto il viso e Margot se le asciuga con la manica della felpa. «Ma noi non dimenticheremo mai la Corea e non dimenticheremo mai la mamma. Ok?»

Margot annuisce e inspira profondamente. «Dio, ho pianto due volte oggi. Non è da me!» Mi sorride e io ricambio nel modo più allegro possibile. A mia sorella però non sfugge niente. Infatti Margot aggrotta la fronte e chiede: «Lara Jean, qualcosa non va? Sei sembrata come... non so, malinconica da quando sei tornata dalla Settimana in Spiaggia. È successo qualcosa con Peter?».

Vorrei così tanto raccontarle tutto, scaricare ogni mio fardello sulla mia sorellona, farmi dire da lei che cosa fare. Sarebbero davvero tutto più semplice se lei mi dicesse sempre che cosa fare. In questo caso, però, so già quello che mi direbbe Margot.

*Non andare all'università fidanzata.*

Esattamente quello che le aveva detto mia madre e che lei ha fatto. Ecco che cosa direbbe Margot.

# 36

Per l'addio al nubilato di Trina, Kristen ha deciso che il tema della serata sarebbero stati gli anni Novanta, perché non c'è niente che Trina ami di più degli anni Novanta. Sinceramente penso che la vera ragione sia che Kristen vuole indossare il suo top corto per mettere in mostra gli addominali e invece si presenta con una t-shirt con su scritto *SKATER GURL*, jeans larghi e i capelli pettinati con la riga in mezzo. Il tutto completato da un rossetto marrone scuro, molto opaco.

La prima cosa che fa è cercare un canale radio per poter sparare in tutta la casa musica anni Novanta. Il gruppo delle "ragazze" si è dato appuntamento qui, mentre quello dei "ragazzi", insieme a Kitty, si troverà alla steakhouse. Il che è un vero sollievo per me, visto che ancora non so cosa dire a Peter.

Io e le mie sorelle stiamo finendo di vestirci. Io con un abito babydoll a fiori, parigine color panna e Mary Jean nere con la zeppa.

Mi sto spazzolando i capelli per farmi i codini quando Krtisten viene di sopra a curiosare, con un bicchiere di Martini su cui è scritto *Damigella d'onore* in rosa. «Cavoli, stai benissimo, Lara Jean» dice, sorseggiando il suo cocktail.

«Grazie, Kristen» rispondo, sistemando i codini. Sono contenta di sapere che sono vestita bene per l'occasione. Ho mille cose per la testa, e non avrei voluto guastare la serata dedicata a Trina.

Kitty e Margot sono sedute sul pavimento, impegnate nella manicure di Margot. Margot ha scelto uno stile grunge: lunga camicia di flanella con jeans e un paio di Dr. Martens prese in prestito da Chris.

«Che cosa stai bevendo?» chiede Kitty a Kristen.

«Cosmopolitan. Ce n'è ancora un po' in cucina, ma non per te, tesoro.»

Kitty alza gli occhi al cielo e poi chiede: «Dov'è Trina?».

«Sotto la doccia» rispondo io.

Kristen inclina la testa e stringe gli occhi per guardarmi. «Ti manca qualcosa.» Posa il bicchiere, fruga nella borsetta e tira fuori un rossetto. «Prova questo.»

«Oh... è il rossetto che hai tu?» chiedo.

«Sì! Si chiama *Brindisi a New York*. Era il massimo in quegli anni!»

«Mmm...» mormoro. Le labbra di Kristen sembrano rivestite di cioccolato secco.

«Fidati di me» insiste.

«Volevo mettere questo» dico posando la spazzola per mostrarle un lucidalabbra rosa. «Le Spice Girls non usavano lucidalabbra così? Non erano gli anni Novanta?»

Kristen aggrotta la fronte. «Sono diventate famose verso la fine dei Novanta, inizi Duemila, ma d'accordo. Penso vada bene.» Poi punta il rossetto verso Margot e dice: «Anche tu hai bisogno di questo. Il tuo outfit non è abbastanza anni Novanta». Mentre osserva Kitty che soffia sullo smalto nero di Margot per farlo asciugare, commenta: «Ai miei tempi, io usavo il pennarello. Voi ragazze non vi rendete nemmeno conto di quanto siate fortunate ad avere tutta questa scelta: noi dovevamo accontentarci. Pennarelli per il nero, bianchetto per il bianco».

«Che cos'è il bianchetto?» chiede Kitty.

«Oh, mio Dio. Non sapete nemmeno cos'è il bianchetto?»

Non appena Kristen si gira per riprendere il suo cocktail, Kitty mostra i denti e soffia silenziosamente nella sua direzione come un gatto.

«Ti ho vista, nello specchio» dice Kristen.

«È quello che volevo» risponde Kitty.

«Sbrigati a finire le unghie di tua sorella, così puoi fare le mie.»

«Ho quasi finito» risponde Kitty.

Un minuto dopo si sente suonare il campanello di casa e tutte e tre si precipitano di sotto. Sento Kristen che urla: «Tu vai alla porta, io penso ai drink!».

Monica, la compagna di università di Trina, indossa un abito a sottoveste con un motivo di girasoli sopra a una t-shirt e Mary Jane di vernice con la zeppa che sembrano provenire da un altro pianeta. La sua amica Kendra porta una salopette sopra una canottiera a costine rosa. Stiamo tutte indossando dei vestiti che i bambini mettono a scuola. La moda è una ruota, sul serio.

Comunque, il tema anni Novanta è un successo: Trina ne è entusiasta.

«Mi piace il tuo vestito!» mi dice Kendra.

«Grazie!» rispondo. «È vintage.»

Kendra si ritrae inorridita. «*Oh, mio Dio*, gli anni Novanta sono considerati vintage, adesso?»

«Sì, ragazza mia» afferma Trina. «I loro Novanta sono i nostri Settanta.»

Kendra rabbrividisce mentre dice: «È terrificante. Siamo vecchie?».

«Geriatriche» puntualizza Trina sorridendo.

In macchina, mentre andiamo al karaoke, ricevo un messaggio da parte di Peter; è un selfie di lui e mio padre che se la ridono. Il mio cuore vacilla. Come faccio a lasciare un ragazzo così?

Abbiamo una sala riservata per noi. Margot ordina un Margarita al melograno. Trina nota e non commenta. Be', che cosa potrebbe dirle? Margot è al college. Compirà vent'anni tra un mese.

«È buono?» le chiedo.

«È molto dolce» risponde. «Vuoi assaggiare?»

Certo che vorrei. Peter mi ha già scritto due volte, chiedendomi come sta andando la mia serata, e io ho lo stomaco annodato. Lancio un'occhiata furtiva a Trina che sta cantando con Kristen. Può anche commentare il fatto che Margot beva, ma credo che per me le regole cambierebbero.

«In Scozia si può bere a diciotto anni» dice Margot.

Al diavolo! Ne bevo rapidamente un sorso. È buono, aspro e ghiacciato.

Nel frattempo si sta decidendo quali canzoni cantare. Ovviamente, sono ammessi solo successi degli anni Novanta. Ci vuole un po' prima che l'atmosfera si riscaldi, ma dopo qualche drink si iniziano a urlare i titoli delle canzoni.

Adesso è il turno di Michelle, un'amica di Trina.

«Mi piace questa canzone» dico. «Chi la canta?»

Kristen mi dà un colpetto sulla testa mentre risponde: «Aerosmith, tesoro. Aerosmith».

Poi si alzano tutte insieme a cantare un pezzo delle Spice Girls.

Margot e io cantiamo *Wonderwall* degli Oasis. Quando torno a sedermi sono senza fiato.

Kendra si muove al ritmo della canzone che Trina e Kristen stanno cantando, tenendo sollevato il bicchiere. Il contenuto è verde acido.

«Che cosa stai bevendo?» le chiedo.

«Apple Martini.»

«Sembra buono. Posso assaggiarlo?»

«Sì, prendine un sorso! Sa così tanto di frutta che nemmeno sembra alcolico.»

È dolce. Sa di caramelle.

Poi Kendra si alza per cantare un pezzo di Britney Spears mentre Kristen ci raggiunge sul divano dove inizia a piagnucolare: «Voglio che continuiamo a essere amiche, ok? Non diventare noiosa. Non diventare una mamma, di punto in bianco, va bene? Voglio dire, so che dovrai fare la mamma, ma non essere proprio una mamma-mamma».

«Promesso» le risponde Trina con tono rassicurante.

«Devi promettere che continuerai a venire a bere con noi il mercoledì.»

«D'accordo.»

«Ti voglio così tanto bene» dice Kristen commossa.

Anche Trina ha le lacrime agli occhi. «Anch'io ti voglio bene.»

Il Martini di Kendra è abbandonato sul tavolino tutto solo. Quando nessuno mi guarda ne prendo un altro sorso, perchè ha un buon sapore. E poi un altro. Quando Trina se ne accorge, ormai ho vuotato il bicchiere. Alza le sopracciglia e dice: «Penso che ti sia divertita un po' *troppo* alla Settimana in Spiaggia».

«Non ho praticamente bevuto durante la Settimana in Spiaggia, Trina!» protesto. Poi aggrotto la fronte e chiedo: «Si dice bevuto o bevuta?».

Trina assume un'espressione preoccupata. «Margot, tua sorella è ubriaca?»

Alzo le mani e dico: «Basta, non sono bevuta!».

Margot si siede vicino a me e mi esamina. Poi sentenzia: «È ubriaca».

Non ho mai bevuto prima in vita mia. Sono ubriaca? Mi sento molto rilassata. È così essere ubriachi, tutti rilassati, morbidi come la seta?

«Tuo padre mi ucciderà» geme Trina. «Hanno appena lasciato Kitty a casa. Arriveranno a momenti. Lara Jean, bevi molta acqua. Bevi tutto questo bicchiere. Vado a prenderne un'altra caraffa.»

Quando torna, pochi minuti dopo, dietro di lei c'è papà con i suoi amici e Peter. Trina mi lancia un'occhiata di avvertimento. «Non comportarti da ubriaca» sussurra. Le rispondo sollevando il pollice. Poi mi alzo e getto le braccia al collo di Peter.

«Peter!» grido per farmi sentire nonostante la musica. È così carino in giacca e cravatta. Così carino che vorrei piangere. Seppellisco la mia faccia nel suo collo. «Mi sei mancato così tanto.»

Peter mi guarda e mi chiede allibito: «Sei ubriaca?».

«No, ho bevuto solo due sorsi. Da due drink diversi.»

«Trina ti ha lasciato bere?»

«No» rispondo ridendo. «Ho bevuto dai bicchieri lasciati incustoditi.»

«Sarà meglio che usciamo di qui prima che tuo padre lo scopra» dice lui, guardandosi attorno furtivo. Mio padre sta parlando con Margot, che mi manda un'occhiata che può voler dire solo una cosa: *riprenditi*.

«Ciò che non sa non può fare male.»

«Usciamo nel parcheggio a prendere un po' d'aria» dice Peter, mettendomi un braccio attorno alle spalle per trascinarmi fuori.

Ops. Barcollo. Appena un pochino. Peter cerca di non mettersi a ridere. «Sei proprio sbronza.»

«Non esagerare, sono solo brulla!»

«Brilla» precisa Peter.

«Giusto. Brulla. Voglio dire, brilla.» Come mai è tutto così divertente? Non riesco a smettere di ridere. Poi però noto il modo in cui Peter mi guarda: con una tale tenerezza, che mi fermo di colpo. Non ho più voglia di ridere. Ho voglia di piangere. Penso a come ha reso speciale la festa di mio padre. Penso a tutti i modi in cui dimostra di amarmi. Devo amarlo anch'io allo stesso modo. Non sapevo quale fosse la cosa giusta da fare fino a questo momento, ma adesso lo so. «C'è qualcosa che voglio dirti.» Mi raddrizzo di colpo e involontariamente colpisco Peter al petto, facendolo tossire. «Mi spiace. Ecco cosa voglio dirti. Voglio che tu faccia quello che si suppone tu debba fare e io voglio fare ciò che si suppone che debba fare.»

Peter sorride e scuote la testa. «Stai farneticando, Covey?»

«Sto parlando del fatto che non penso che dovremmo avere una relazione a distanza... a lunga distanza.»

Il suo sorriso si spegne. «Cosa?»

«Penso che tu debba fare tutte le cose di cui hai bisogno al tuo college, tipo giocare a lacrosse, e studiare, e io devo fare ciò di cui ho bisogno al mio college, e se cerchiamo di stare insieme nonostante la distanza, tutto cadrà a pezzi. Quindi non possiamo. Non possiamo e basta.»

Sbatte le palpebre mentre il suo viso diventa lentamente di pietra. «Non vuoi che stiamo insieme?»

Il dolore che leggo sul suo volto mi rende sobria di colpo. «Io voglio che tu faccia le cose che si suppone tu debba fare. Non voglio che rinunci a niente a causa mia. L'Università della Virginia è ciò per cui hai lavorato tanto, Peter. Quello è il tuo posto, non Chapel Hill.»

Peter sbianca e mi chiede: «Hai parlato con mia madre?».

«Sì. No, voglio dire...»

Il muscolo della sua mascella si contrae. «Ho capito. Non dire altro.»

«Aspetta, ascoltami, Peter...»

«No, ho capito. Solo per la cronaca, ho parlato a mia madre dell'Università del Nord Carolina solo come *ultima* possibilità. Non avevo ancora deciso niente; l'ho solo buttata lì. Ma va bene, se non vuoi che ci venga.» Poi si allontana così in fretta che devo slanciarmi in avanti per bloccarlo.

«Peter, non sto dicendo questo! Sto dicendo che se venissi, rinunceresti a tutto il lavoro che hai fatto, e finiresti per odiarmi.»

«Smettila, Lara Jean» dice. «L'ho capito da subito, da quando hai deciso di cambiare college. Da quel momento hai iniziato a dirmi addio.»

La mia mano scivola via da lui. «Che significa?»

«L'album dei ricordi, tanto per cominciare. Hai detto che era per ricordarci di noi. Perché dovrei avere bisogno di ricordarmi di noi, Lara Jean?»

«Non in quel senso! Ci ho lavorato per mesi! E adesso stai incolpando di tutto me, quando sei tu quello che mi ha respinto! Da quando siamo andati alla Settimana in Spiaggia!»

«Benissimo, allora parliamo di quello che è successo quella sera alla Settimana in Spiaggia.» Mentre mi guarda con aria di sfida, sento il volto andare in fiamme. «Quella sera volevi fare sesso con me, come se stessi cercando di infiocchettare tutta la faccenda. Come se volessi infilarmi nella tua... nella tua cappelliera. Come se io fossi un personaggio della tua prima storia d'amore, pronto da archiviare. Così saresti stata libera di proseguire con il capitolo successivo.»

Mi sento stordita, instabile sulle gambe. Peter, che credevo di capire così bene. «Mi dispiace che tu l'abbia presa in questo modo, ma non erano quelle le mie intenzioni. Per niente.»

«Certo che lo erano, infatti adesso stai finendo quello che hai cominciato settimane fa. Non è così?»

C'è una piccola verità nascosta in quello che dice, anche solo una piccolissima parte? È vero che non volevo farlo per la prima volta con nessun altro. È vero che sembrava giusto farlo con lui, il primo e l'unico amore. Non volevo, né vorrei che accadesse con qualcuno incontrato al college. Quel ragazzo sarebbe un estraneo per me. Invece conosco Peter da quando eravamo bambini. Stavo solo cercando di chiudere un capitolo?

No. Semplicemente volevo che fosse Peter. Ma se lui la vede così, forse è più semplice così.

«Forse hai ragione. Forse volevo che la mia prima volta fosse con te per chiudere il capitolo delle superiori. Il nostro primo capitolo.»

Vedo la sofferenza nei suoi occhi e poi vedo che il suo volto si irrigidisce assumendo un'espressione chiusa, come una casa vuota e sprangata. E alla fine si allontana. Questa volta non provo a fermarlo. Senza voltarsi mi dice: «Va tutto bene, Covey. Non preoccuparti».

Non appena se n'è andato mi giro di lato e vomito tutto quello che ho bevuto e mangiato quella sera. Sono piegata in due, ansimante, quando Trina, papà e Margot escono dal locale. Papà corre verso di me. «Lara Jean, che cos'hai? Ti senti male?»

«Sto bene, sto bene» dico asciugandomi gli occhi e la bocca.

Papà spalanca gli occhi, allarmato. «Hai bevuto?» mi chiede, poi si volta e guarda Trina, che mi sta massaggiando la schiena, per chiederle con tono accusatorio: «Trina, le hai permesso di bere?».

«Ha preso solo qualche sorso di Martini. Starà benone.»

«Non sembra che stia benone!»

«Dan, Lara Jean è una giovane donna ormai. Tu non te ne accorgi perché la vedi ancora una ragazzina, ma è molto cresciuta da quando la conosco. Sa cavarsela.»

A quel punto interviene Margot. «Papà, le ho lasciato prendere un paio di sorsate dal mio drink... è tutto. Lara Jean non regge un goccio d'alcol. Onestamente, è qualcosa su cui dovrebbe lavorare un po' prima di andare al college. Non prendertela con Trina.»

Papà sposta lo sguardo da Margot a Trina e viceversa. Mia sorella è di fianco a Trina, sono insospettabilmente alleate. Poi si volta verso me e dice: «Hai ragione, Gogo. La cosa riguarda Lara Jean. Sali in macchina».

Mentre torniamo a casa dobbiamo fermarci, perché devo vomitare di nuovo. Ma non è l'alcol che mi fa desiderare di morire. È l'espressione sul volto di Peter, il modo in cui si è spenta la luce nei suoi occhi. L'unica altra volta che l'ho visto in quello stato è stato quando suo padre non si è presentato alla consegna dei diplomi. E ora soffre così a causa mia.

Inizio a piangere. Grossi singhiozzi mi scuotono le spalle.

«Non piangere» sussurra mio padre dopo un lungo sospiro. «Sei nei guai, ma non sono guai enormi.»

«Ho rotto con Peter» riesco a confessare. «Papà, se avessi visto la sua faccia. È stato... terribile.»

«E perché hai rotto con lui?» chiede confuso. «È così un caro ragazzo.»

«Non lo so» dico piangendo. «Non lo so più.»

Toglie una mano dal volante e mi stringe la spalla. «Va bene. Va tutto bene.»

«Ma... non va bene.»

«Andrà bene» dice accarezzandomi la testa.

Ho fatto la scelta giusta, stasera. L'ho fatta, lo so. Lasciarlo libero era la cosa giusta da fare.

Riesco a immaginare il futuro, Peter. Un futuro in cui ci saremmo fatti del male. E io non voglio. È meglio separarci adesso, quando ancora riusciamo a lasciarci senza odiarci.

# 37

Mi sveglio nel bel mezzo della notte in lacrime.

Ho fatto un errore madornale e voglio tornare indietro. Piango finché non mi addormento.

Al mattino mi pulsa la testa e devo precipitarmi a vomitare in bagno, come facevano le ragazze alla Settimana in Spiaggia. Solo che adesso non c'è nessuno a reggermi la testa. Resto sdraiata sulle piastrelle, in caso dovesse arrivare un altro conato, e mi addormento lì. Vengo svegliata dalla mia sorellina che mi strattona il braccio. «Levati, devo fare la pipì» dice, scavalcandomi.

«Aiutami.»

Mentre lei si siede, io mi sciacquo il viso con acqua fredda.

«Mangia del pane tostato» mi suggerisce. «Assorbirà l'alcol che hai nello stomaco.»

Mi lavo i denti e vado di sotto, in cucina, dove papà sta cucinando delle uova; Margot e Trina mangiano dello yogurt.

«Sorgi e risplendi, ragazza mia» dice Trina con un sorriso.

«Sembra che ti sia passato sopra un autocarro» è il commento di Margot.

«Se non fosse per il matrimonio, oggi non ti avrei permesso di uscire» dice papà, cercando, senza successo, di avere un tono severo. «Mangia un po' di uova strapazzate.»

Solo l'idea mi dà il voltastomaco.

«Prima mangia del pane tostato» suggerisce Margot. «Assorbe l'alcol.»

«È quello che ha detto Kitty.»

Trina punta il cucchiaio verso di me. «E quando avrai messo un po' di cibo nello stomaco, potrai prendere qualcosa per il mal di testa. Starai subito meglio, vedrai.»

«Non berrò *mai* più» dichiaro. Margot e Trina si scambiano un sorrisetto d'intesa. «Sul serio.»

Passo la giornata a letto, con le luci spente e le tende tirate. Vorrei disperatamente chiamare Peter. Chiedergli di perdonarmi. Non ricordo nemmeno che cosa gli ho detto. Mi ricordo la sostanza, ma il ricordo è confuso. Una cosa però mi è rimasta impressa, e non la dimenticherò mai: il suo sguardo addolorato. Mi odio per avergli provocato tanto dolore.

Mi arrendo. Gli mando un messaggio. Solo tre parole.

Mi dispiace tanto.

Vedo che sta scrivendo... Aspetto e aspetto e il cuore mi batte all'impazzata. La risposta però non arriva. Provo a chiamarlo, ma trovo la segreteria e allora spengo il telefono. Forse mi ha già cancellata dai suoi contatti, come ha fatto con suo padre. Forse è proprio... finita.

# 38

Chris è la prima a partire.

«Non potrò venire al matrimonio di tuo padre» dice. «Parto domani per la Repubblica Dominicana.»

«Cosa?»

«Lo so. Mi dispiace» Eppure non sembra affatto dispiaciuta. Al contrario, ha un grande sorriso dipinto sul volto. «È pazzesco, davvero. Ho trovato lavoro in un hotel ecosostenibile, e non posso perdere l'occasione. Parlano spagnolo anche nella Repubblica Dominicana, giusto?»

«Sì, ma pensavo saresti andata in Costa Rica!»

Si stringe nelle spalle. «Ho avuto quest'offerta e l'ho presa al volo.»

«Ma... non posso credere che tu vada via così presto! Non dovevi partire prima di agosto. Quando tornerai?»

«Non lo so, questa è la cosa bella. Potrei restare per sei mesi e poi forse si apriranno nuove porte e chissà... potrei andare da qualche altra parte!»

Sbatto le palpebre: non ci posso credere. «Quindi te ne vai per sempre?»

«Non per sempre. Solo per un po'.»

Eppure, qualcosa dentro di me mi dice che sarà davvero per sempre. Non riesco a immaginare Chris che torna qui l'anno prossimo e si iscrive al college. Questa è Chris, una gatta randagia che va e viene a suo piacimento. E atterrerà sempre sulle zampe.

«Non essere triste. Starai bene senza di me, hai Kavinsky.» Per un secondo resto in apnea. Il suono del suo nome è come una pugnalata al cuore. «E comunque partiremo tutti presto. Diciamo che sono contenta di non essere rimasta indietro.»

Invece sta andando a vivere la sua avventura, e ne sono felice. «Solo non riesco a credere che tu vada via così presto.» Non le confido che Peter e io abbiamo rotto, che non ho più il mio ragazzo accanto. Questa giornata non è mia e di Peter, ma di Chris e del suo nuovo, entusiasmante futuro. «Posso venire ad aiutarti a fare le valigie?»

«Le ho già fatte! Porto solo l'essenziale. La mia giacca di pelle, dei bikini e i miei cristalli.»

«Non dovresti portarti le scarpe da ginnastica e i guanti da lavoro, roba simile?»

«Le scarpe da ginnastica le avrò ai piedi e qualunque altra cosa mi servirà la comprerò al mio arrivo. Secondo me, solo così si può chiamare avventura: viaggia leggero e tieniti pronto.»

Pensavo che avremmo avuto più tempo, Chris e io. Più tempo in camera mia, a condividere segreti, a mangiare patatine fritte sul letto, a notte fonda. Avrei voluto rendere più solida la nostra amicizia prima della sua partenza: Lara Jean e Chrissy, come ai vecchi tempi.

Tutto finisce.

# 39

La sera prima del matrimonio, quando le mie torte sono sul bancone della cucina a raffreddarsi e tutti gli altri stanno sistemando le sedie da giardino, guido fino a casa di Chris per dirle addio.

«Non ti lascio entrare, se piangi.»

«Non riesco a farne a meno. Mi sento come se fosse l'ultima volta che ci vediamo.» Una lacrima mi scivola sulla guancia. C'è qualcosa di definitivo in questo momento. Lo so, lo so e basta. Chris è proiettata in avanti, verso il suo prossimo passo. E se anche ci rivedessimo, non sarà la stessa cosa. Lei è uno spirito libero e io sono stata fortunata ad averla avuta accanto per tutti questi anni.

«Magari mi rivedrai già la prossima settimana, quando sarò tornata di corsa a casa» scherza, ma nella voce avverto una flebile nota di incertezza. Chris, con tutta la sua spavalderia e il suo coraggio, la mia impavida Chris, è nervosa.

«Non succederà.» Poi di slancio l'abbraccio. «Sta succedendo, proprio in questo momento.»

«Cosa?»

«La vita!»

«Sei proprio una romanticona» commenta, ma io so che ha gli occhi lucidi.

«Ti ho portato una cosa» le dico. Tolgo il regalo dalla borsa e glielo consegno.

Chris strappa la carta e apre la scatola. È una foto di noi due in una piccola cornice a forma di cuore, non più grande di una pallina dell'albero di Natale. Siamo in spiaggia, nei nostri costumi da bagno; abbiamo dodici, forse tredici anni. «Appendila al muro ovunque tu vada, così la gente saprà che c'è qualcuno a casa che ti aspetta.»

Si asciuga gli occhi con il dorso della mano. «Oh, mio Dio, Lara Jean, sei impossibile.»

Alcuni conoscono i propri migliori amici al college, lì trovano le persone che resteranno loro accanto per tutta la vita. Io, invece, so di avere già trovato quella persona, ed è Chris. Io sono il tipo che conserva le lettere in una cappelliera. Io tengo tutto, per sempre.

Quando torno a casa, Trina è in palestra. Papà è fuori a sistemare il giardino, Margot sta rinfrescando i nostri abiti con il ferro a vapore e Kitty sta ritagliando fiori di carta per i festoni che appenderemo sopra al tavolo dei dolci. È il momento di mettere la glassa sulla torta nuziale come ho promesso a Trina. Anche la torta dello sposo per papà è pronta, con i biscottini alla menta e tutto il resto. Osservo questo mio secondo tentativo con la torta nuziale, perché il primo pendeva tristemente da un lato. Devo ammettere che anche questa è leggermente asimmetrica, ma un generoso strato di glassa è in grado di mascherare ogni imperfezione. Per lo meno è ciò che continuo a ripetermi.

«Hai messo così tanta glassa su quella torta da provocare il diabete a tutti» commenta Kitty.

La ignoro e continuo a ruotare la torta per glassare la superficie in modo omogeneo. «Mi sembra che così vada bene. Margot, ho ragione?»

«Sembra fatta da professionisti» mi assicura, puntando la stiratrice verso l'orlo del vestito.

«A proposito, Kitty, gli ultimi tre fiori che hai ritagliato sono tutti storti.»

Kitty mi fa una linguaccia.

«Questa è l'ultima volta che siamo solo noi tre.»

Margot alza gli occhi e sorride.

«Io sono contenta che non saremo più solo noi tre» sentenzia Kitty.

«Anch'io» dice Margot, e sono *quasi* certa che lo pensi davvero.

Le famiglie si stringono e si allargano. E l'unica cosa che si può fare è esserne felici, felici per gli altri, finché ci sono degli altri per cui essere felici.

Non riesco a dormire, così scendo in cucina per una tazza di tisana rilassante. Mentre faccio scorrere l'acqua da mettere nel pentolino, guardo fuori dalla finestra e vedo la brace di una sigaretta che brilla nell'oscurità. È Trina che fuma!

Sono lì, indecisa se rinunciare al mio rituale della tisana e scappare a letto prima che mi veda, quando lei rientra con una lattina di succo di mela in mano.

«Oh!» esclama, sorpresa.

«Non riuscivo a dormire» bisbiglio mentre lei sussurra: «Non dirlo a Kitty!».

E scoppiamo a ridere.

«Le ho giurato che avrei smesso di fumare. E sono mesi che non tocco una sigaretta!»

«Non le dirò niente.»

«Grazie, ti devo un favore.»

«Ti va una tazza di tisana?» le chiedo. «Ce la preparava la mamma. È davvero rilassante.»

«Mi sembra un'ottima idea.»

«Sei nervosa per domani?»

«No, non nervosa... solo, emozionata, penso. Vorrei che tutto filasse liscio.» Poi si stira e aggiunge: «Dimmi cos'è successo tra te e Peter».

«Oh, niente» mento. L'ultima cosa di cui ha bisogno una futura sposa è ascoltare i guai altrui la sera prima delle nozze.

Ma lei non smette di fissarmi. «Avanti, ragazza. Dimmelo.»

«Non so. Direi che abbiamo rotto.» Mi stringo nelle spalle, cercando di non piangere.

«Oh, tesoro. Porta qui quelle tazze e vieni a sederti vicino a me.»

Obbedisco e la raggiungo sul divano. Trina sistema la coperta sulle nostre gambe e mormora dolcemente: «Ora raccontami tutto».

«Penso che le cose abbiano iniziato ad andare storte quando sono entrata all'Università del Nord Carolina. Il nostro progetto era che io andassi alla William and Mary e che mi trasferissi da lui in seguito, in modo da stare lontani solo il primo anno. Purtroppo l'UNC è molto più lontana della William and Mary, ma quando l'ho visitata, ho capito che volevo andare lì. Non con un piede dentro e l'altro fuori, capisci?» Giro il cucchiaino nella tisana e proseguo: «Voglio davvero provare a stare bene».

«Penso che sia l'atteggiamento giusto» commenta Trina scaldandosi le mani sulla tazza. «Quindi è per questo che hai rotto con Peter?»

«No, non esattamente. La madre di Peter mi ha detto che lui aveva parlato di trasferirsi all'UNC il prossimo anno. E voleva che rompessi con lui di modo che lui non si incasinasse la vita per colpa mia.»

«Cavoli! La madre di Peter è una vera stronza!»

«Non ha usato proprio queste parole, ma il senso era quello.» Bevo un sorso di tisana e continuo: «Nemmeno io vorrei che si trasferisse... mia madre diceva di non andare al college da fidanzati, perché non vivresti a pieno l'esperienza del primo anno».

«Be', a dire il vero, tua madre non ha mai conosciuto Peter Kavinsky. Non aveva tutti gli elementi e forse, se lo avesse conosciuto...» Trina emette un fischio soffocato. «Forse avrebbe cambiato parere.»

Gli occhi mi si riempiono di lacrime. «In realtà sono pentita di avere rotto con lui e vorrei tornare indietro!»

Trina mi solleva con dolcezza il mento. «E allora perché non lo fai?»

«Non mi perdonerà mai per averlo fatto soffrire. Penso che ormai mi consideri morta.»

Trina cerca di nascondere un sorriso. «Ne dubito. Senti, domani al matrimonio parlerai con lui. Quando ti vedrà con quel vestito, ti perdonerà ogni cosa.»

Tiro su con il naso e rispondo: «Non sono sicura che verrà».

«Io invece penso di sì. Non organizzi l'addio al celibato di un uomo se non hai intenzione di andare al suo matrimonio. Senza parlare del fatto che è pazzo di te.»

«Ma se dovessi ferirlo di nuovo?»

Trina avvolge la tazza con entrambe le mani e beve un sorso prima di rispondere: «Tu non puoi proteggerlo dal dolore, tesoro, per quanto tu possa sforzarti. Essere vulnerabili, aprirsi all'altro, soffrire... fa tutto parte dell'essere innamorati».

Rifletto su quanto mi ha detto per un istante e poi le chiedo: «Trina, quando hai capito che tra te e mio padre era una cosa seria?».

«Non saprei. Penso di avere semplicemente scelto.»

«Scelto, cosa?»

«Scelto lui. Scelto... noi.» Mi sorride e aggiunge: «Scelto tutto il pacchetto».

È assurdo pensare che l'anno scorso fosse solo la signora Rothschild, la nostra vicina di casa. Io e Kitty la guardavamo correre verso la macchina tutte le mattine e invariabilmente rovesciarsi addosso il caffè. E domani sposerà nostro padre. Sarà la nostra mamma adottiva e io ne sono proprio contenta.

# 40

L'aria profuma di caprifoglio e sembra che l'estate non finirà mai. È un giorno perfetto per sposarsi. Non credo esista un luogo più bello della Virginia in giugno. Tutto è fiorito, tutto è verde, pieno di sole e di promesse. E quando mi sposerò, penso che potrebbe piacermi dire "sì" nel giardino di casa.

Ci siamo svegliati presto e sembrava ci fosse un sacco di tempo, e invece ci affanniamo alla velocità della luce. Trina svolazza di qua e di là nella sua vestaglia nuova di seta color avorio, regalo di Kristen. Anche noi damigelle ne abbiamo ricevuta una: rosa con i nostri nomi ricamati in oro sul taschino. Su quella di Trina si legge: *La sposa*. Devo concederlo a Kristen: è fastidiosa, ma è in gamba. Sa come fare le cose *per bene*.

L'amica fotografa di Trina ci fotografa tutte mentre siamo assiepate intorno a Trina, che siede in mezzo a noi come un cigno molto abbronzato. Finalmente arriva il momento di vestirci. Dopo ore di trattative, Kitty e io abbiamo trovato una soluzione di compromesso. La mia cocciuta sorellina indossa una camicia a maniche corte con un papillon scozzese molto elegante e pantaloni che lasciano scoperta la caviglia. È così carina con le trecce che le formano una coroncina sulla testa. È così... Kitty. Anch'io ho accettato un compromesso: ho dei fiori nei capelli, ma ho abbandonato la coroncina. Ho anche ceduto sull'idea degli abiti eterei per Margot e me, optando per degli abitini vintage anni Cinquanta che ho trovato online; quello di Margot è color crema con margherite gialle mentre il mio ha dei fiori rosa e le bretelline incrociate sulla schiena.

Trina è una bellissima sposa. I denti e l'abito sembrano bianchissimi in contrasto con la pelle abbronzata. «Non sembro scema, vero?» chiede guardandomi un po' nervosa. «Non sono troppo vecchia per vestirmi di bianco? Voglio dire, sono una donna divorziata.»

Prima che io possa rispondere qualcosa, Margot interviene: «Sei perfetta, Trina. Assolutamente perfetta».

La mia sorellona sa come dire le cose in modo che sembrino... be', giuste. Il corpo di Trina si rilassa, come se avesse finalmente liberato un grande respiro. «Grazie, Margot.» Le trema la voce mentre aggiunge: «Sono proprio... sono così... felice».

«Non piangere!» strilla Kitty.

«Sssh, Kitty» intervengo io. «Non urlare. Trina ha bisogno di tranquillità.» Per tutto il giorno Kitty è stata piena di energia e di agitazione, come se fosse Natale, il suo compleanno e il primo giorno di scuola tutto in una volta.

Trina torna in sé, cioè nervosissima. Si sventola le ascelle e non fa che domandare: «Sto sudando? Puzzo? Penso di avere bisogno di altro deodorante. Kitty, secondo te puzzo?».

Kitty si avvicina e la annusa: «Tranquilla, hai un buonissimo profumo».

Abbiamo già fatto almeno un centinaio di foto oggi e ne faremo ancora altre centinaia, ma so che questa sarà la mia preferita. Noi tre, le tre ragazze Song, tutte affaccendate attorno a Trina: Margot che le asciuga gli occhi con un fazzoletto di carta, Kitty seduta su di uno sgabello intenta a sistemarle i capelli, io con un suo braccio sulle spalle e sembra che la stia sorreggendo. E sorridiamo, felici. Alcune cose stanno finendo ma altre, tante altre sono appena all'inizio.

Da Peter, però, nemmeno una parola. Ogni volta che un'auto imbocca il vialetto, corro alla finestra per controllare se è lui. Ma non è così. Peter non si fa vedere e io non posso biasimarlo. Però spero ancora, perché non c'è altro che io possa fare.

Il giardino è pieno di lucine e lanterne di carta bianca. D'accordo, non c'è la parete di rose, ma è bello lo stesso. Tutte le sedie sono state sistemate; la passatoia è stata srotolata sul prato per l'arrivo della sposa. Saluto gli ospiti via via che arrivano. Non saremo più di cinquanta persone in tutto: il numero ideale per un matrimonio nel giardino di casa. Margot è seduta vicino alle nonne, al padre e alla sorella di Trina, in prima fila. Io vado a salutare i nostri vicini, gli Shas, la zia Carrie e zio Victor, mia cugina Haven, che mi fa i complimenti per l'abito. Durante tutto il tempo, io tengo gli occhi puntati sul vialetto di casa, sperando di vedere un'Audi nera che non arriva.

Quando parte *Lullaby* delle Dixie Chicks, Kitty, Margot e io andiamo ai nostri posti. Papà si mette al posto dello sposo e tutti volgiamo lo sguardo verso la casa. Trina sta arrivando, e cammina lentamente verso di noi. È raggiante.

Piangiamo durante tutta la cerimonia: persino Margot, che non versa mai una lacrima. E quando il reverendo Choi dice: «Può baciare la sposa», papà diventa rosso come un peperone, ma bacia Trina in un modo plateale. Tutti battono le mani; Kitty esulta, Jamie Fox-Pickle abbaia.

Il ballo padre-figlia è stata un'idea di Trina. Ha detto che lei c'era già passata e una volta era sufficiente, ma che per noi ragazze avrebbe avuto un senso. E in settimana abbiamo fatto pratica.

Abbiamo programmato che il primo ballo fosse con Margot, poi con me e infine con Kitty. La canzone scelta da papà è *Isn't she lovely*, un brano che Stevie Wonder scrisse quando nacque la sua bambina.

Kitty e io siamo ai lati della pista e battiamo le mani a tempo.

Prima di lasciare andare Margot, papà si avvicina al suo orecchio e le bisbiglia qualcosa e a mia sorella si inumidiscono gli occhi. Non le chiederò cosa le abbia detto: è un momento solo loro.

Papà e io balliamo bene, almeno così sembra dalle reazioni dei presenti.

«Sono così orgoglioso di te» mi dice. «La mia ragazza di mezzo.» Ed è il mio turno ad avere gli occhi pieni di lacrime. Gli do un bacio sulla guancia e cedo il posto a Kitty.

Mi sto allontanando dalla pista quando lo vedo. Peter, in giacca e cravatta, in piedi vicino al corniolo. È così bello da togliere il fiato. Attraverso il giardino e lui non mi stacca mai gli occhi di dosso. Ho il cuore che batte all'impazzata. È qui per me? O perché l'aveva promesso a mio padre?

«Sei venuto» è tutto quello che riesco a dirgli.

«Certo che sono venuto.»

«Vorrei poter ritirare tutte le cose che ho detto l'altra notte. Ma non mi ricordo nemmeno tutto quello che ho detto.»

Lui abbassa lo sguardo e mi chiede: «Ma lo pensavi, vero? Perciò hai fatto bene a parlarne, perché qualcuno doveva farlo e comunque avevi ragione».

«Su cosa?»

«Su Chapel Hill. Sul fatto che non debba trasferirmi.» Alza la testa, ha lo sguardo ferito. «Però avresti dovuto dirmi che mia madre ti aveva parlato.»

«Tu avresti dovuto dirmi che stavi pensando di trasferirti! Avresti dovuto dirmi quello che provavi in quei giorni, Peter. Ti sei chiuso in te stesso dopo la consegna dei diplomi e non mi hai permesso di avvicinarmi. Continuavi a dire che tutto si sarebbe sistemato.»

«Perché ero spaventato, va bene?» grida. Si guarda attorno, per vedere se qualcuno ha sentito, ma la musica è forte e stanno tutti ballando. Nessuno ci sta guardando, quindi è come se fossimo soli, lì, nel giardino. Solo io e lui.

«Di che cosa avevi paura?»

Stringe le mani, prende un lungo respiro. Quando finalmente risponde, ha la voce roca. «Avevo paura perché tu saresti andata lontano e forse avresti pensato che non valeva la pena stare con me e mi avresti lasciato.»

Mi avvicino a lui, poso una mano sul suo braccio. Peter non si allontana, né mi respinge. «Con la mia famiglia, tu sei la persona più importante al mondo. E alcune delle cose che ho detto l'altra notte possono essere vere, ma non è vero che volevo farlo con te per chiudere un capitolo. Volevo farlo con te perché ti amo.»

Peter mi mette un braccio attorno alla vita e mi avvicina a lui. Mi guarda negli occhi e mormora: «Nessuno di noi vuole lasciare l'altro. Quindi, perché dovremmo farlo? Per le cazzate che dice mia madre? Perché l'ha fatto tua sorella? Tu non sei tua sorella, Lara Jean. Noi non siamo come Margot e Sanderson o chiunque altro. Siamo tu e io. E certo, sarà dura, ma Lara Jean, io non ho mai provato per nessuna quello che provo per te». Lo dice con tutta la sicurezza che solo un ragazzo della sua età può avere e io non potrei amarlo più di così.

Stanno suonando *Loving in my baby's eyes* quando Peter mi prende per mano e mi guida attraverso il prato.

Non abbiamo mai ballato così, prima d'ora. Questo è il tipo di canzone dove si ondeggia abbracciati al proprio partner, dove ci si guarda negli occhi e ci si sorride, tutto il tempo.

Siamo io e lui, eppure tutto sembra diverso, quasi fossimo una versione più adulta di Peter e Lara Jean.

Sulla pista da ballo, Trina, Kitty e Margot stanno ballando in cerchio con la nonna nel mezzo. Haven balla con mio padre. Quando il nostro sguardo si incrocia, lei sillaba: «È troppo carino». Peter, non mio padre. Ed è vero. È davvero troppo, troppo carino.

Non dimenticherò mai questa sera, mai, finché vivrò. E un giorno, se avrò questa fortuna, racconterò a qualche ragazza le mie avventure, proprio come ha fatto Stormy con me. E farò rivivere questo momento ancora, e ancora.

Quando sarò vecchia e grigia, ripenserò a stasera e la ricorderò proprio com'è adesso.

Adesso.

Siamo qui, adesso. Non è ancora il futuro.

Più tardi, dopo che tutti gli ospiti sono tornati a casa, le sedie sono state impilate e gli avanzi messi in frigo, vado in camera mia a cambiarmi. Sul mio letto vedo il mio annuario. Vado in fretta alle ultime pagine e trovo il messaggio che Peter ha scritto per me.

Solo che non è un messaggio, è un contratto.

*Contratto modificato fra Lara Jean e Peter.*

*Peter scriverà una lettera a Lara Jean tutte le settimane. Una vera lettera scritta a mano, non una email.*

*Lara Jean telefonerà a Peter una volta al giorno. Preferibilmente l'ultima telefonata della sera, prima di addormentarsi.*

*Lara Jean appenderà una foto di Peter alla parete della sua stanza.*

*Peter terrà l'album dei ricordi sulla sua scrivania, così che eventuali parti interessate vedano che lui è impegnato.*

*Peter e Lara Jean si diranno sempre la verità, anche quando sarà dura.*

*Peter amerà Lara Jean con tutto il suo cuore, per sempre.*

# 41

La notte prima della mia partenza per il college, il meteo annuncia lo sciame meteorico delle Perseidi. Sembra che sarà spettacolare. Peter e io andiamo al lago per guardarlo. Kitty non lo dice, ma so che anche lei vorrebbe venire: ne ha una voglia matta. Ha il corpo teso da quanto desidera chiedermelo, ma non osa farlo. E in un qualsiasi altro momento, le avrei detto di sì.

Ok, sono un'orribile sorella maggiore. Margot l'avrebbe portata e mi sento in colpa per essere così gelosa del mio tempo con Peter, ma ce ne rimane così poco...

«A che cosa pensi?» mi chiede Peter.

«Oh, a niente in particolare» rispondo. Mi vergogno troppo a dire a voce alta che avrei dovuto invitare Kitty.

Quando tornerò a casa per le vacanze autunnali, faremo qualcosa noi tre assieme. Magari la porteremo allo spettacolo di mezzanotte al drive-in, le farò indossare il pigiama e ci porteremo una coperta per quando si addormenterà. Questa notte però è solo per Peter e me. Non ha senso rovinarsi questo momento con i rimpianti e i rimorsi: ormai ho fatto quello che ritenevo giusto. E a essere davvero sincera, lo rifarei.

Desidero trascorrere insieme ogni momento che ci resta. Voglio che Peter abbia occhi solo per me; voglio parlare solo con lui, essere sola con lui. Un giorno Kitty capirà. Un giorno anche lei amerà un ragazzo e vorrà averlo tutto per sé.

Eppure... non riesco a trattenermi.

«Avremmo dovuto portare Kitty.»

«Lo so» dice Peter. «Ci sto malissimo. Pensi che sia arrabbiata con noi?»

«Triste, forse.»

Ma nessuno dei due suggerisce di girare l'auto e tornare a prenderla. Siamo silenziosi, e poi scoppiamo a ridere, imbarazzati e sollevati allo stesso tempo. «La porteremo la prossima volta» dice Peter con tono convinto.

«Sì, la prossima volta» ripeto io. Mi allungo e gli afferro la mano, serrando le mie dita intorno alle sue, e lui ricambia la stretta. Sono così felice di sapere che siamo in perfetta sintonia.

Stendiamo una coperta e ci sdraiamo l'uno accanto all'altra. La luna sembra un ghiacciaio nel cielo blu. Sulle prime non vedo niente di diverso, sembra un normalissimo cielo notturno.

«Forse non avremmo dovuto salire in montagna» dice Peter, girandosi verso di me.

«No, è perfetto» dico. «E poi ho letto da qualche parte che per vedere le stelle cadenti basta aspettare, non importa dove ti trovi.»

«Abbiamo tutta la notte» sussurra attirandomi a lui.

A volte mi piacerebbe che Peter e io ci fossimo incontrati a ventisette anni. Mi sembra una bella età per incontrare la persona con cui spenderai il resto della vita.

Sei ancora abbastanza giovane, ma auspicabilmente già ben avviata sulla strada per diventare ciò che desideri.

Però, se ci rifletto, allora no. Non rinuncerei ai miei dodici, tredici, sedici, diciassette anni con Peter per tutto l'oro del mondo. Il mio primo bacio, il primo falso fidanzato, il primo vero fidanzato. Il primo ragazzo che mi ha regalato un gioiello. Una volta Stormy disse che quello era il migliore dei momenti migliori. Disse che quello è il modo in cui un ragazzo ti fa capire che gli appartieni. Per noi invece è stato l'esatto opposto. Quello è stato il momento in cui ho capito che Peter apparteneva a me.

Non voglio dimenticare niente di questo momento. Il modo in cui mi guarda. Il modo in cui, quando mi bacia, ogni volta, mi vengono i brividi sulla schiena. Voglio ricordare tutto questo.

«Prima media.»

Alzo lo sguardo verso di lui. «Cosa?»

«Quando ti ho visto per la prima volta: in prima media, nell'aula magna della scuola. Tu eri seduta davanti a me e ho pensato che fossi carina.»

Mi metto a ridere e dico: «Bel tentativo». È divertente che Peter si inventi delle storie per sembrare romantico.

«Avevi i capelli lunghissimi e una fascia con un fiocco. Mi sono sempre piaciuti i tuoi capelli, già da allora.»

Senza smettere di sorridere gli do dei colpetti affettuosi sulla guancia. «Ok, Peter, ti credo.»

Ma lui continua imperterrito. «Sullo zaino c'era scritto il tuo nome con un pennarello glitterato. Non avevo mai sentito prima d'allora quel nome: Lara Jean.»

A quel punto sono *davvero* sbalordita. Avevo scritto quelle lettere sullo zaino io stessa! E non è stato per niente facile farlo bene. Mi ero completamente dimenticata di quello zaino, che allora era il mio bene più prezioso.

«Il direttore iniziò a chiamare gli studenti per salire sul palco e partecipare a dei giochi a premi. I tuoi capelli si erano incastrati nella sedia e, mentre tu cercavi di liberarli, tutti hanno alzato le mani. Così tu non sei stata scelta. Ricordo di aver pensato che forse avrei dovuto aiutarti, ma poi mi ero risposto che sarebbe stato strano.»

«Come fai a ricordartene?» chiedo incredula.

Peter si stringe nelle spalle. «Non lo so. Me lo ricordo e basta.»

Kitty dice sempre che gli inizi delle storie sono importanti.

Al college, quando ci chiederanno come ci siamo incontrati, che cosa risponderemo? La storia breve è: siamo cresciuti insieme. Però quella è più la storia mia e di Josh. Insieme dal liceo? Quella è la storia di Peter e Gen. Quindi qual è la nostra?

Immagino dirò che tutto è iniziato con una lettera d'amore che non pensavo di spedire.

*«Sono stati giorni magnifici» concluse felice «e sento che questo viaggio ha segnato una nuova epoca nella mia vita. Però la parte migliore è stata tornare a casa.»*

L. M. Montgomery, Anna dai capelli rossi

# *Ringraziamenti*

Non avrei mai pensato di scrivere un altro libro su Lara Jean, quindi mi ritengo fortunata di avere la possibilità di ringraziare di nuovo tutte le persone che mi hanno aiutata durante questo percorso. Voglio dire grazie con tutto il cuore alla mia agente, Emily van Beeck, e a tutta la squadra della Folio; alla mia editor Zareen Jaffery e a tutta la mia famiglia S&S, in particolar modo a Justin Chanda, Anne Zafian, Chrissy Noh, Lucy Cummins, Mekisha Telfer, KeriLee Horan, Audrey Gibbons, Katy Hershberger, Candace Greene, Michelle Leo e Dorothy Gribbin. Grazie anche alla mia agente cinematografica, Michelle Weiner; alla mia addetta stampa, Brianne Halverson; al mio assistente, Dan Johnson. Vorrei ringraziare anche Jeannine Lalonde, dell'ufficio ammissioni dell'Università della Virginia, e Vincent Briedis, del dipartimento di atletica. Ringrazio i miei amici e colleghi scrittori per avere letto questo manoscritto, per avermi aiutata con osservazioni brillanti e per avermi sostenuta a ogni passo lungo il cammino: Siobhan Vivian, Adele Griffin, Jennifer E. Smith, Melissa Walker e Anna Carey. Non ce l'avrei fatta senza di voi.

E infine grazie ai miei lettori, senza i quali non avrei scritto questo romanzo. Davvero, questo è per voi. La mia speranza è che il modo in cui si conclude la storia di Lara Jean vi sia piaciuto e vi abbia soddisfatti. Questa volta, e lo dico sul serio, è finita tra Lara Jean e me. Ma vi assicuro che vivrà per sempre nel mio cuore, perché c'è sempre una svolta lungo la strada.